중세 일본 설화모음집 1

-일한대역 『우지슈이모노가타리宇治拾遺物語』① -

『이 저서는 인하대학교의 지원에 의하여 연구되었음.』
『This work was supported by INHA UNIVERSITY Research Grant.』

중세 일본 설화모음집 1

-번역본『우지슈이모노가타리宇治拾遺物語』① -

민병찬 옮김

도서출판 시간의물레

目次 Contents

目次 Contents

目次 Contents

일러두기

1. 본서는 13세기 초 성립한 것으로 추정되는 설화집인 『우지슈이모노가타리(宇治拾遺物語)』의 일본어 옛글을 한국어로 대역한 책이다.
2. 기본 텍스트로는 『日本古典文学全集28 宇治拾遺物語』(小学館, 1973년)을 쓴다. 이하 『全集』이라고 한다.
3. 『全集』은 고바야시 도모아키(小林智昭)가 교정한 『宇治拾遺物語』의 일본어 옛글과 주석, 그리고 그의 현대일본어역으로 구성된다. 이하 『全集』의 일본어 옛글을 〈원문〉이라고 한다.
4. 본서에서는 〈원문〉의 총 197개 이야기 가운데 서(序)에서 예순 번째 이야기까지 대역한다.
5. 본서에서는 한국어 대역문을 상단에, 〈원문〉을 하단에 각주 형태로 교차 제시한다.
6. 일본어 옛글의 가나표기법이나 한자 등은 모두 〈원문〉에 따른다.
7. 〈원문〉에는 한자 읽기가 모두 적혀있지 않으나, 〈역사적가나표기법〉에 준하여 이를 모두 기입한다.
8. 〈원문〉을 한국어로 대역할 때는 일본어의 모든 문법 형식을 빠짐없이 반영하며, 다소 어색한 부분이 있더라도 축어역을 지향한다.
9. 〈원문〉을 제외한 주석에서는 단어의 뜻을 사전적 방식으로 기술하는데, 각종 문법 형식에 관한 언급은 지양한다.
10. 일본어 단어의 뜻풀이는 주로 『広辞苑』(제6판)과 『日本国語大辞典』(제2판)을 참조한다. 또한 한국어의 경우 국립국어원에서 제공하는 〈표준국어대사전〉의 검색 결과를 활용한다.
11. 지명 소개 등 필요한 경우 대역문 안에서 괄호를 치고 간략히 풀이한다.

서(序)

세간[1]에 『우지다이나곤모노가타리(宇治大納言物語)』라고 하는 것이 있다.[2] 이 다이나곤[3](大納言_율령제[律令制] 하 고위관직명)은 다카쿠니(隆国)[4]라는 사람이다.[5] 니시노미야(西宮)[6]님의 손자 도시카타(俊賢) 다이나곤의 둘째 아들[7]이다.[8] 나이가 많아지고 나서는 더위를 꺼려, 자리를 비우곤 5월에서 8월까지, 사찰인 뵤도인(平等院)[9]에서 일체경(一切經)[10]을 모셔둔 남쪽 산기슭에 있는 난젠보(南泉房)라는 곳에 머무르셨다.[11] 그래서 우지(宇治) 다이나곤이라고 일컬은 것이다.[12]

---

1) 〈원문〉의 「世(よ)」는 인간이 생활해가는 장으로서의 다양한 인간관계나 사회관계를 통틀어서 일컫는 말이다.

2) 世に宇治大納言物語といふ物あり。

3) 「大納言(だいなごん) : ①율령제(律令制)에서 태정관(太政官;だいじょうかん)의 차관(次官;じかん). 우대신(右大臣;うだいじん)을 잇는 고관(高官)으로, 공경(公卿 ; くぎょう)의 일원으로서 국정을 심의하고 가부(可否)를 주상(奏上)하며 선지(宣旨)를 전달하는 역할을 맡았다. ②메이지(明治) 초년(初年)의 태정관(太政官;だじょうかん)제(制)의 관직명.」(『広辞苑』)

4) 『日本古典文学全集』의 설명에 따르면 다카쿠니(隆国;1004-1077)는 다이나곤(大納言)을 지낸 미나모토노 도시카타(源俊賢;960-1027)의 둘째 아들이다. 이하 어구 풀이에서 『日本古典文学全集』은 『全集』으로 약칭한다.

5) この大納言は隆国といふ人なり。

6) 「니시노미야(西宮)」는 『全集』의 설명에 따르면 제60대 다이고(醍醐)덴노(天皇;885-930)의 아들인 미나모토노 다카아키라(源高明;914-982)를 가리킨다.

7) 〈원문〉의 「男(なん)」은 아들의 순번을 제시하거나 셀 때 쓰는 말이다. 참고로 〈なん〉은 오음(呉音)으로 읽은 것이다.

8) 西宮殿の孫、俊賢大納言の第二の男なり。

9) 「平等院(びょうどういん)」은 교토(京都)부(府) 우지(宇治)시(市)에 소재한 절이다. 1052년에 창건됐다.

10) 「一切経(いっさいきょう) : 경장(経蔵)·율장(律蔵)·논장(論蔵) 삼장(三蔵) 및 그 주석서를 포함한 불교 성전(聖典)의 총칭.」(『広辞苑』). 참고로 「일체경(一切經) : 불경을 집대성한 경전. 석가모니의 설교를 기록한 경장(經藏), 모든 계율을 모은 율장(律藏), 불제자들의 논설을 모은 논장(論藏)을 모두 망라하였다.」(표준국어대사전)

11) 年たかうなりては、暑さをわびて、暇を申して、五月より八月までは、平等院一切経蔵の南の山ぎはに、南泉房といふ所に籠り居られけり。

머리카락을 대충 묶어 올리고 흐트러진 차림으로, 거적을 바닥에 깔고 더위를 식히시는데,[13] 커다란 부채를 가로젓거나 해서, 오가는 사람들 가운데 귀천을 따지지 않고 불러 모아, 옛날이야기를 시키시곤,[14] 자신은 집 안에서 바닥에 배를 깔고 엎드려서, 이야기에 맞춰서 커다란 종이에 적으셨다.[15]

천축(天竺) 이야기도 있고, 중국 이야기도 있고, 또 일본 이야기도 있다.[16] 그 가운데는 존귀한 것도 있고, 정취가 느껴지는 것도 있고, 무서운 것도 있고, 애처로운 것도 있고,[17] 지저분한 것도 있고, 조금은 허무맹랑한 이야기도 있고, 우스꽝스러운 것도 있어서 가지각색이다.[18]

세상 사람들이 이것을 즐겨 읽는다.[19] 모두 합하면 14권이다.[20] 그 정본(正本)이 전해져서 덴노(天皇)를 가까이에서 섬기던[21] 도시사다(俊貞)라는 사람이 소장하고 있었다.[22] 그 후에 어찌 된 영문인지?[23] 나중에 박식한 사람들이 덧붙여가는 사이에, 이야

---

12) さて宇治大納言とは聞えけり。

13) 髻を結ひわげて、をかしげなる姿にて、筵を板に敷きて、すゞみ居侍りて、

14) 大なる打輪をもてあふがせなどして、往来の者、上下をいはず、呼び集め、昔物語をせさせて、

15) 我は内にそひ臥して、語るにしたがひて、大なる双紙に書かれけり。

16) 天竺の事もあり、大唐の事もあり、日本の事もあり。

17) それがうちに貴き事もあり、をかしき事もあり、恐ろしき事もあり、哀なる事もあり、

18) きたなき事もあり、少々は空物語もあり、利口なる事もあり、様々やうやうなり。

19) 世の人これを興じ見る。

20) 十四帖なり。

21) 〈원문〉의 「侍従(じじゅう) : 군주(君主) 곁에서 가까이 섬기는 것(사람). ①율령제(律令制)에서 나카쓰카사(中務)성(省)에 소속하여 덴노(天皇)를 가까이 모시는 벼슬아치. ②메이지(明治)관제(官制)의 구나이쇼(宮内省), 현재는 구나이초(宮内庁)의 지주(侍従)직(職)의 직원」(『広辞苑』). 참고로 「시종(侍從) : ①『역사』 조선 시대에, 홍문관의 옥당(玉堂), 사헌부나 사간원의 대간(臺諫), 예문관의 검열(檢閱), 승정원의 주서(注書)를 통틀어 이르던 말. ②『역사』 조선 말기에, 궁내부의 시종원에 속한 주임관 벼슬. 임금을 곁에서 모시어 어복(御服)과 어물(御物)에 관한 일을 맡아보았으며, 정원은 18명이었다. ③『가톨릭』 미사 때에, 사제와 부제를 도와 성체 성사에 참여하는 직위나 직무」(표준국어대사전).

22) その正本は伝りて、侍従俊貞といひし人のもとにぞありける。

23) いかになりにけるにか。

기가 더 많아졌다.24) 우지 다이나곤이 세상을 떠난 이후의 내용을 담아놓은 책까지 있으니 말이다.25)

그러는 사이에 지금 세간에 다시 이야기를 적어넣은 것이 나타났다.26) 다이나곤의 모노가타리(物語)27)에 빠진 것을 그러모으고, 또한 그 이후의 일들을 적어 모은 것이리라.28) 책 이름을 우지슈이노 모노가타리(宇治拾遺の物語)라고 한다.29) 우지(宇治) 지역에 남겨진 것을 주웠기에 이렇게 이름 붙인 것일까?30) 또는 벼슬인 지주(侍従)를 슈이(拾遺)라 일컫기도 하므로 '우지슈이모노가타리'라고 한 것일까?31) 그 구별을 알기 어렵다.32) 분명하지 않다.33)

---

24) 後に、さかしき人々書き入れたるあひだ、物語多くなれり。

25) 大納言より後の事書き入れたる本もあるにこそ。

26) さるほどに、今の世にまた物語書き入れたる出で来たれり。

27) 「物語(ものがたり)」는 '글쓴이가 보고 듣거나, 또는 상상한 것을 바탕으로 인물, 사건에 관해 서술한 산문 형식의 문학작품'(『広辞苑』)을 가리킨다.

28) 大納言の物語にもれたるを拾ひ集め、またその後の事など、書き集めたるなるべし。

29) 名を宇治拾遺物語といふ。

30) 宇治にのこれるを拾ふとつけたるにや。 여기에서 「にや」는 〈なり[助動]단정〉의 連用形 〈に〉에 〈や[係助詞]의문〉가 붙은 말인데, 문장 끝에 쓰여서 의문의 뜻을 나타낸다. ~인 것인가?(…のだろうか.) 이하 이러한 문법 사항에 대해서는 원칙적으로 언급하지 않는다.

31) また侍従を拾遺といへば、宇治拾遺物語といへるにや。

32) 差別しりがたし。

33) おぼつかなし。

1. 여인의 침소에 들어 독경한 승려와 지방신 이야기[1)]

지금은 옛날[2)], 도묘(道命)[3)] 아사리(阿闍梨)[4)]라고 세자를 보필하는 사람[5)]의 아들인데, 색에 탐닉한 승려가 있었다.[6)] 그는 이즈미시키부(和泉式部_헤이안[平安]시대 여성 가인[歌人])와 정을 통하고 있었다.[7)] 이 승려는 독경에 능통했다.[8)] 어느 날 밤 이즈미시키부의 침소에 들어 누워있었는데,[9)] 문득 잠에서 깨어 마음을 가다듬고 조용히 경을 외다

---

1) 『日本古典文学全集』 [1巻1] 「道命和泉式部の許に於て読経し五条の道祖神聴聞の事」(도묘[道命]가 이즈미시키부[和泉式部]의 침소에서 독경하는데 이를 고죠[五条]의 도소진[道祖神_일본의 지방신]이 찾아와 들은 이야기). 참고로 「道祖神(どうそじん)」은 마을의 경계나 고개 따위의 길가에 세워진, 외래의 역병이나 도로의 악령을 막아내는 신을 가리킨다.

2) 〈원문〉의 「今(いま)は昔(むかし) ; 지금은 옛날」은 이야기를 시작할 때 사용하는 상투적인 표현인데, 『오치쿠보모노가타리(落窪物語)』(10세기 초)나 『헤이케모노가타리(平家物語)』(13세기 초) 그리고 『곤자쿠모노가타리슈(今昔物語集)』(12세기 초) 등에 보인다. 〈지금〉을 말하는 이와 듣는 이가 함께 있는 장소에서 '지금 보면 이제 옛날 일이지만'과 같이 해석하는 것이 일반적이지만, 〈지금〉을 과거의 어떤 때를 가리키는 것으로 해석해서 말하는 이가 그 '어떤 시점'에 몸을 두고 '지금이 바로 옛날인데'와 같이 청자를 이야기에 끌어들이는 의미로 보기도 한다.

3) 『全集』에 따르면 「도묘(道命)」는 고위 관직인 공경(公卿 ; くぎょう) 후지와라노 미치쓰나(藤原道綱; 955-1020)의 아들로, 11세기 초기 천태종(天台宗;てんだいしゅう)의 승려다.

4) 「阿闍梨(あじゃり) : ①사범(師範)으로 모실만한 덕이 높은 승려에 대한 호칭. ②밀교(密教)에서 수행이 일정한 계제에 도달하여 전법관정(伝法灌頂;でんぽうかんじょう_밀교에서 비밀 궁극의 법을 전수하는 의식)에 의해 비법(秘法)을 물려받은 승려.」(『広辞苑』). 참고로 「아사리(阿闍梨) : 『불교』 제자를 가르치고 제자의 행위를 바르게 지도하여 그 모범이 될 수 있는 승려.」(표준국어대사전) 역시 참고로 「전법관정(傳法灌頂) : 『불교』 비밀교(秘密敎)의 학습을 성취하였을 때에 대아사리(大阿闍梨)의 지위를 받고, 이를 다른 사람에게 전하여 주는 지위에 오르기 위한 관정. 이 관정으로 대일여래의 직(職)을 받으면 밀교의 법을 널리 전하는 아사리가 된다.」(표준국어대사전)

5) 〈원문〉의 「傅(ふ)」는 율령제(律令制)에서 황태자(皇太子;こうたいし)가 거주하는 동궁(東宮;とうぐう)에서 황태자에 대한 보도(補導)를 관장한 벼슬이다.

6) 今はむかし、道命阿闍梨とて、傅殿の子に、色に耽りたる僧ありけり。

7) 和泉式部に通ひけり。

8) 経をめでたく読みけり。

9) それが和泉式部がり行きて臥したりけるに、

가,[10] 여덟 권을 모두 읽고는 새벽녘에 얕은 잠을 청하고 있었다.[11] 그런데 그때 인기척이 느껴져서 "너는 누구냐?" 물었더니,[12] "저는 고죠(五条_교토[京都] 소재 지역명)[13] 니시노도인(西洞院) 근처에 사는 노인네입니다." 하기에,[14] "여긴 어쩐 일인가?" 도묘가 물었더니,[15] "이렇게 독경을 오늘 밤 듣게 된 일을 평생토록 잊을 수 없겠습니다."라고 했다.[16] 이에 도묘가 "법화경을 외는 건 늘 하는 일이다.[17] 어찌 오늘 밤에라고 하는가?" 했더니,[18] 노인네가 말하길 "정결하게 독경하시는 때에는,[19] 범천(梵天_고대 인도에서는 창조주, 불교에서는 불법[佛法]을 수호하는 신)[20] 제석(帝釋_불법[佛法]을 수호하는 신)[21]을 비롯한 높으신 분들이 찾아와 들으시므로,[22] 노인네 따위는 얼씬거릴 수도 없습니

10) 目覚めて経を心をすまして読みける程に、

11) 八巻読み果てて、暁にまどろまんとする程に、

12) 人のけはひのしければ、「あれは誰ぞ」と問ひければ、

13) 「五条(ごじょう) : ①교토(京都)시(市) 중앙부에 있는 동서로 뻗은 길의 이름. ②나라(奈良)현(県) 서부 요시노가와(吉野川)에 면한 시(市).」(『広辞苑』)

14) 「おのれは五条西洞院の辺に候翁に候」と答へければ、

15) 「こは何事ぞ」と道命いひければ、

16) 「この御経を今宵承りぬる事の、生々世々忘れ難く候。」といひければ、

17) 道命、「法華経を読み奉る事は常の事なり。

18) など今宵しもいはるるぞ」といひければ、

19) 五条の斎曰く、「清くて読み参らせ給ふ時は、

20) 「梵天(ぼんてん) : ①(범어 Brahmā)인도철학에서 만유(万有)의 원리 브라만(梵)을 신격화한 것. 힌두교의 삼신(三神) 가운데 하나. 불교에서는 색계(色界) 초선천(初禅天)의 우두머리로서 제석천(帝釈天)과 나란히 제천(諸天)의 최고위를 차지하며 불법(仏法)의 수호신으로 여겨진다. 밀교에서는 십이천(十二天)의 일천(一天)으로서 상방(上方)을 지킨다. 또한 색계의 초선천. 욕계(欲界)를 벗어난 천상계.」(『広辞苑』). 참고로 「범천(梵天) : ①『불교』 색계(色界) 초선천(初禪天)의 우두머리. 제석천(帝釋天)과 함께 부처를 좌우에서 모시는 불법 수호의 신이다. ②『불교』 십이천의 하나. 위를 지키는 신이다.」(표준국어대사전)

21) 「帝釈天(たいしゃくてん) : (범어 Śakro devānām Indraḥ)범천(梵天)과 함께 불법(仏法)을 지키는 신. 또한 십이천(十二天)의 하나로 동방(東方)의 수호신. 수미산(須弥山;しゅみせん) 꼭대기 도리천(忉利天;とうりてん)의 우두머리로 희견성(喜見城;きけんじょう)에 산다고 한다. 인도신화의 인드라(Indra)신이 불교에 도입된 것.」(『広辞苑』). 참고로 「제석천(帝釋天) : ①『불교』 십이천의 하나. 수미산 꼭대기에 있는 도리천의 임금으로, 사천왕과 삼십이천을 통솔하면서 불법과 불법에 귀의하는 사람을 보호하고 아수라의 군대를 정벌한다고 한다. ②『불교』 팔방천의 하나. 동쪽 하늘을 이른다.」(표준국어대사전).

다.[23] 오늘 밤은 몸과 마음을 깨끗이 씻는 의식[24]도 치르시지 아니하고 독경하시므로,[25] 범천이나 제석도 들으시지 않기에 그 틈에,[26] 이 노인네가 가까이 와서 듣게 된 것을 도저히 잊을 수 없겠습니다."라고 말씀하셨다.[27]

그러므로 문득 독경한다고 하더라도, 정결하게 갖추고서 독경해야 마땅한 것이다.[28] "염불과 독경은 사위의(四威儀)[29]를 깨뜨리는 일이 없어야 한다."라고, 에신(惠心_승려의 이름) 스님도 경계하셨으니 말이다.[30]

22) 梵天、帝釈を始め奉りて聴聞せさせ給へば、

23) 翁などは近づき参りて承るに及び候はず。

24) <원문>의 「行水(ぎょうずい)」는 신에 대한 제사나 법회를 준비하기 위해 맑은 물로 몸을 씻어 정결하게 하는 일을 가리킨다.

25) 今宵は御行水も候はで読み奉らせ給へば、

26) 梵天・帝釈も御聴聞候はぬひまにて、

27) 翁参り寄りて、承りて候ひぬる事の、忘れ難く候なり」とのたまひけり。

28) されば、はかなく、さは読み奉るとも、清くて読み奉るべき事なり。

29) 「四威儀(しいぎ) : 행(行)・주(住)・좌(坐)・와(臥)의 네 가지 예절. 계율에 따른 행동거지.」(『広辞苑』). 참고로 「사위의(四威儀) : 『불교』 수행자가 생활에서 갖추어야 할 네 가지의 몸가짐. 행(行), 주(住), 좌(坐), 와(臥)이다.」(표준국어대사전)

30) 「念仏、読経、四威儀を破る事なかれ。」と、恵心の御房も戒め給ふにこそ。

2. 느타리버섯 이야기[1]

이것도 지금은 옛날, 단바(丹波_지금의 교토[京都]부[府], 일부는 효고[兵庫]현[県]에 속한 옛 지역명) 지방 시노무라(篠村_현재 교토부 가메오카[亀岡]시[市])라는 곳에,[2] 예로부터 느타리버섯이 주체할 수 없을 만큼 많이 났다.[3] 마을 사람들은 버섯을 따다가 주변에 돌리거나, 또 자신도 먹거나 하며 평소에 지냈는데,[4] 그 마을 큰 어르신의 꿈에, 머리를 기른 승려들이 이삼십 명 남짓 나타나서는,[5] "할 말이 있다." 하기에, "누구신가요?" 하고 물었다.[6] 그러자 "우리 승려들은 오랫동안 잘 모셔왔습니다만,[7] 이 마을과 연이 다하여 이제 다른 곳으로 옮기고자 합니다. 이를 너무나도 아쉽게 생각합니다.[8] 하지만 역시 연유를 말씀드리지 않으면 안 되겠다고 생각하여, 이리 말씀드립니다." 했다.[9] 이를 꾸고 화들짝 놀라서 "이건 무슨 일인가?" 하며 아내며 자식들에게며 묻는데,[10] 또 그 마을 다른 사람의 꿈에도 매한가지로 보였다며,[11] 수많은 사람이 이구동성으로

---

1) 『日本古典文学全集』 [1巻2] 「丹波国篠村平茸生ふる事」(단바 지방 시노무라에 느타리버섯이 무성한 일)

2) これも今はむかし、丹波国篠村といふ所に、

3) 年比平茸やる方もなく多かりけり。

4) 里村の者、これを取りて、人にも心ざし、また我も食ひなどして、年比過ぐる程に、

5) その里にとりて宗とある者の夢に、頭をつかみなる法師どもの、二三十人ばかり出で来て、

6) 「申すべきこと」といひければ、「いかなる人ぞ」と問ふに、

7) 「この法師ばらは、この年比も宮仕よくして候つるが、

8) この里の縁尽きて、今はよそへまかり候ひなんずる事の、かつはあはれにも候。

9) また事の由を申さではと思ひて、この由を申すなり」といふと見て、

10) うち驚きて、「こは何事ぞ」と妻や子やなどに語る程に、

11) またその里の人の夢にも、この定に見えたりとて、

이야기하는데, 영문도 모르는 채 한 해도 그렇게 저물었다.[12]

그런데 이듬해 구시월이나 되어서,[13] 이제 버섯이 필 시절이라 산에 들어가 버섯을 찾는데,[14] 도통 버섯이 보이지 않는다.[15] 어찌 된 노릇인가 마을 사람들이 의아해하던 차에,[16] 돌아가신 추이(仲胤) 스님[17]이라고 설법하면 견줄 사람이 없는 분이 오셨다.[18] 이 일을 듣고서 "이건 참으로, 부정한 몸으로 설법을 펼치는 승려는,[19] 느타리버섯으로 환생한다는 이야기가 있는데."라고 말씀하셨다.[20] 그러니 본디 느타리버섯은 먹지 않아도 아무 지장이 없을 거라는 이야기다.[21]

---

12) あまた同様に語れば、心も得で、年も暮れぬ。

13) さて、次の年の九十月にもなりぬるに、

14) さきざき出で来る程なれば、山に入りて茸を求むるに、

15) すべて蕨大方見えず。

16) いかなる事にかと、里国の者思ひて過ぐる程に、

17) 〈원문〉에는 「僧都(そうず) : 승강(僧綱;そうごう)의 하나. 승정(僧正)의 다음 승관(僧官). 현재 각 종파에서 승계(僧階)의 하나」(『広辞苑』). 한편 〈표준국어대사전〉에는 「승도(僧都)」가 '중국 북위(北魏) 때의 승관(僧官)의 이름'으로 풀이되어 있을 뿐이다. 참고로 「승강(僧綱) : 『불교』 사원의 관리와 운영의 임무를 맡은 세 가지 승직. 승정, 승도, 율사를 이르거나 상좌, 사주, 유나를 이른다.」(표준국어대사전).

18) 故仲胤僧都とて、説法ならびなき人いましけり。

19) この事を聞きて、「こはいかに、不浄説法する法師、

20) 平茸に生るといふ事のあるものを」とのたまひてけり。

21) されば、いかにもいかにも、平茸は食はざらんに事欠くまじきものとぞ。

3. 혹부리영감 이야기[1]

이것도 옛날, 오른쪽 얼굴에 커다란 혹이 달린 영감이 있었다.[2] 크기는 큰 귤만했다.[3] 다른 사람들과 어울리지 못하여, 땔감을 해다 살림을 꾸리고 있었는데, 어느 날 산에 올랐다.[4] 비바람이 거세게 일어 돌아가지도 못하고, 산속에서 뜻하지 않게 머물렀다.[5] 다른 나무꾼도 없었다.[6] 두려움에 어찌할 바를 몰랐다.[7] 나무에 난 구멍이 있는데 그 안에 기어들어서, 눈도 붙이지 못하고 웅크리고 있는데,[8]멀리서 사람들 소리가 무수히 나더니, 왁자지껄한 소리가 가까워졌다.[9] 아무래도 산속에 홀로 있었기에,[10] 인기척에 조금은 안도하는 마음이 들어 밖을 내다봤다.[11] 그런데 참으로 각양각색의 무리가,[12] 빨간 색깔에는 파란 것을 입고, 검은색에는 빨간 것을 아랫도리에 두르고,[13] 참으로 눈이 하나인 게 있고, 입이 없는 것도 있고,[14] 참으로 어떻게도 말

---

1) 『日本古典文学全集』 [1巻3] 「鬼に瘤取らるる事」(도깨비에게 혹 떼인 일)

2) これも昔、右の顔に大なる瘤ある翁ありけり。

3) 大柑子の程なり。

4) 人に交るに及ばねば、薪をとりて世を過ぐる程に、山へ行きぬ。

5) 雨風はしたなくて、帰るに及ばで、山の中に心にもあらずとまりぬ。

6) また木こりもなかりけり。

7) 恐ろしさすべき方なし。

8) 木のうつほのありけるにはひ入りて、目も合はず屈まり居たる程に、

9) 遥より人の音多くして、とどめき来る音す。

10) いかにも山の中にただ一人居たるに、

11) 人のけはひのしければ、少しいき出づる心地して、見出しければ、

12) 大方やうやうさまざまなる者ども、

로 못 할 자들이, 백여 남짓 우글거리는데,[15] 불을 태양처럼 밝히고, 내가 들어가 있는 나무구멍 앞에 둘러앉았다.[16] 참으로 정신이 아득했다.[17]

우두머리로 보이는 도깨비가 윗자리에 앉았다.[18] 좌우 두 줄로 늘어선 도깨비들은 숫자를 다 헤아릴 수도 없다.[19] 그 모습이란 말로 다 하기 어렵다.[20] 술을 들이고 잔치하는 품새란 이 세상 사람들과 매한가지다.[21] 여러 차례 술잔을 돌리기 시작하여, 대장 도깨비는 거나하게 술기운이 오른 모양이다.[22] 끝자리에서 젊은 도깨비 하나가 일어나서,[23] 반상을 머리에 올리곤 뭐라는지 지껄이고,[24] 윗자리 앞으로 어슬렁거리며 나와 중얼거렸다.[25] 대장 도깨비는 술잔을 왼손에 들고 포복절도하데,[26] 그 모습이 이 세상 사람들과 매한가지다.[27] 젊은 도깨비는 춤사위를 선보이곤 자리로 돌아갔다.[28] 이어서 차례로 나와 춤을 추는데,[29] 엉성하기도 하고 맛깔나기도 하다.[30] 놀라

---

13) 赤き色には青き物を着、黒き色には赤き物を褌にかき、

14) 大方目一つある者あり、口なき者など、

15) 大方いかにもいふべきにあらぬ者ども、百人ばかりひしめき集りて、

16) 火を天の目のごとくにともして、我が居たるうつほ木の前に居まはりぬ。

17) 大方いとど物覚えず。

18) 宗とあると見ゆる鬼横座に居たり。

19) うらうへに二ならびに居並みたる鬼、数を知らず。

20) その姿おのおの言ひ尽し難し。

21) 酒参らせ、遊ぶ有様、この世の人のする定なり。

22) たびたび土器始りて、宗との鬼殊の外に酔ひたる様なり。

23) 末より若き鬼一人立ちて、

24) 折敷をかざして、何といふにか、くどきくせせる事をいひて、

25) 横座の鬼の前に練り出でてくどくめり。

26) 横座の鬼杯を左の手に持ちて笑みこだれたるさま、

27) ただこの他の人のごとし。

28) 舞うて入りぬ。

29) 次第に下より舞ふ。

워하며 지켜보고 있는데, 윗자리에 앉은 도깨비가 말하길,[31] "오늘 잔치야말로 여느 날보다 훌륭하다.[32] 하지만 별난 춤사위를 보고 싶구나." 했다.[33] 이 말을 들은 영감은 무엇에 홀렸는지,[34] 아니면 신령께서 그렇게 마음먹도록 하신 것인지,[35] '아아, 달려 나가 춤을 출까.' 하는 생각을 했지만,[36] 한 번은 마음을 고쳐먹었다.[37] 그래도 왠지 도깨비들의 장단이 너무 흥겨워서,[38] '뭐가 됐든 그저 뛰쳐나가서 춤을 추자.[39] 죽으면 뭐 어쩔 수 없고.'라고 마음먹고,[40] 나무구멍에서 고깔을 코에 걸친 영감이,[41] 허리춤에 요키[42]라고 하는 나무 베는 물건을 차고,[43] 윗자리에 앉은 도깨비 앞으로 뛰쳐나왔다.[44] 도깨비들은 펄쩍 뛰며 "이게 뭐지?" 하며 야단법석이었다.[45]영감은 젖혔다 움츠렸다 온 힘을 다해 덩실덩실 장단을 맞추며,[46] 온 마당을 헤집고 뛰놀았다.[47] 대장 도깨비를 비롯하여 거기 모여 있던 도깨비들은 놀라 하며 흥겨워했다.[48]

---

30) 悪しく、よく舞ふもあり。

31) あさましと見る程に、横座に居たる鬼のいふやう、

32) 「今宵の御遊こそいつにもすぐれたれ。

33) ただし、さも珍しからん奏を見ばや」などいふに、

34) この翁物の憑きたりけるにや、

35) また然るべく神仏の思はせ給ひけるにや、

36) あはれ走り出でて舞はばやと思ふを、

37) 一度は思ひ返しつ。

38) それに何となく、鬼どもがうち揚げげたる拍子のよげに聞えければ、

39) さもあれ、ただ走り出でて舞ひてん、

40) 死なばさてありなんと思ひとりて、

41) 木のうつほより、烏帽子は鼻に垂れかけたる翁の、

42) 〈원문〉의 「斧(よき)」는 「斧(おの) : 도끼」를 달리 부르는 이름이다. 「よき」는 형용사 「よし」의 연체형(連体形)이기도 한데, 「よし」는 '좋다. 빼어나다. 즐겁다' 등과 같은 뜻이다.

43) 腰に斧といふ木伐る物さして、

44) 横座の鬼の居たる前に躍り出でたり。

45) この鬼ども躍りあがりて、「こは何ぞ」と騒ぎ合へり。

46) 翁伸びあがり、屈まりて、舞ふべき限り、すぢりもぢり、ゑい声を出して、

대장 도깨비가 말하길, “오랫동안 이런 잔치를 벌여왔지만, 여태껏 이런 건 본 적이 없구나.[49] 앞으로 이런 잔치에 영감은 반드시 오도록 하라.”고 했다.[50] 영감이 아뢰길 “두말하면 잔소립니다. 꼭 오겠습니다.[51] 이번엔 갑작스럽게 벌어진 일이다 보니 마지막 춤사위를 놓쳤습니다.[52] 이처럼 마음에 들어 하신다면, 다음엔 차분하게 보여드리겠습니다.” 했다.[53] 대장 도깨비는 “말 한번 잘하는구나. 반드시 와야 한다.” 했다.[54] 그런데 안쪽 세 번째 자리에 앉은 도깨비가,[55] “이 영감이 말은 이렇게 하지만 안 올 수도 있어 보이니,[56] 담보를 받아두셔야 하겠습니다.” 했다.[57] 대장 도깨비가 “지당하다. 지당하다.” 하고,[58] “뭘 받아둬야 좋을까?” 하며 각자 의견이 분분한데,[59] 대장 도깨비가 말하길 “저 영감 뺨에 있는 혹을 떼야겠다.[60] 혹은 복이 깃든 것이니까 그걸 소중히 생각할 터다.” 했다.[61] 이에 영감이 말하길 “그냥 눈이나 코를 취하시더라도 이 혹은 봐주십시오.[62] 오랫동안 가지고 있던 건데 이유도 없이 떼가시는 건 이치에

47) 一庭を走りまはり舞ふ。

48) 横座の鬼より始めて、集り居たる鬼どもあさみ興ず。

49) 横座の鬼の曰く、「多くの年比この遊をしつれども、いまだかかる者にこそあはざりつれ。

50) 今よりこの翁、かやうの御遊に必ず参れ」といふ。

51) 翁申すやう、「沙汰に及び候はず、参り候べし。

52) この度にはかにて、納の手も忘れ候ひたり。

53) かやうに御覧にかなひ候はば、静かにつかうまつり候はん」といふ。

54) 横座の鬼、「いみじく申したり。必ず参るべきなり」といふ。

55) 奥の座の三番に居たる鬼、

56) 「この翁はかくは申し候へども、参らぬ事も候はんずらんと覚え候に、

57) 質をや取らるべく候らん」といふ。

58) 横座の鬼、「然るべし、然るべし」といひて、

59) 「何をか取るべき」と、おのおの言ひ沙汰するに、

60) 横座の鬼のいふやう、「かの翁が面にある瘤をや取るべき。

61) 瘤は福の物なれば、それをや惜み思ふらん」といふに、

62) 翁がいふやう、「ただ目鼻をば召すとも、この瘤は許し給ひ候はん。

맞지 않습니다." 했다.[63] 그러자 대장 도깨비는 "저렇게 아까워하잖아.[64] 그냥 그걸 받아둬야겠다." 하니,[65] 한 도깨비가 다가와서 "그럼 뗀다." 하며 비틀어 잡아당기는데, 전혀 아프지 않았다.[66] 그리고 "반드시 다음번 자리에 와야 한다." 하곤,[67] 새벽에 닭이 우는 시간이 되었기에 도깨비들이 돌아가고 말았다.[68] 영감이 얼굴을 매만지니 늘 매달려 있던 혹이 온데간데없고,[69] 마치 닦아낸 것처럼 반질반질하다.[70] 영감은 나무할 일도 내동댕이치고 집으로 돌아왔다.[71] 할멈이 "이게 어찌 된 일이요?" 물으니, 여차여차하다고 답한다.[72] "기절초풍할 노릇이로군." 했다.[73]

이웃집에 왼쪽 얼굴에 커다란 혹이 달린 영감이 있었는데,[74] 이 영감이 혹이 사라진 것을 보곤,[75] "이건 어떻게 혹을 없어지게 하신 겁니까?[76] 어디 있는 의원이 뗀 겁니까?[77] 내게 알려주세요. 내 혹도 떼게요." 하기에,[78] "이건 의원이 뗀 게 아니라오.[79] 여차여차한 일이 있어서 도깨비가 뗀 게라오." 했다.[80] 그러자 "나도 똑같이 해

---

63) 年比持ちて候物を、故なく召されん、すぢなき事に候ひなん」といへば、

64) 横座の鬼、「かう惜み申すものなり。

65) ただそれを取るべし」といへば、

66) 鬼寄りて、「さは取るぞ」とてねぢて引くに、大方痛き事なし。

67) さて、「必ずこの度の御遊に参るべし」とて、

68) 暁に鳥など鳴きぬれば、鬼ども帰りぬ。

69) 翁顔を探るに、年比ありし瘤跡なく、

70) かいのごひたるやうにつやつやなかりければ、

71) 木こらん事も忘れて、家に帰りぬ。

72) 妻の姥、「こはいかなりつる事ぞ」と問へば、しかじかと語る。

73) 「あさましき事や」といふ。

74) 隣にある翁、左の顔に大なる瘤ありけるが、

75) この翁、瘤の失せたるを見て、

76) 「こはいかにして瘤は失せ給ひたるぞ。

77) いづこなる医師の取り申したるぞ。

78) 我に伝へ給へ。この瘤取らん」といひければ、

서 떼야지." 하며 자초지종을 자세히 묻기에 가르쳐줬다.[81] 그 영감이 말한대로 그 나무구멍에 들어가 기다리는데,[82] 정말로 들은대로 도깨비들이 찾아왔다.[83] 그들이 둘러앉아 술잔치를 벌이다가,[84] "어디냐, 영감은 왔느냐?" 하매,[85] 이 영감이 두렵다고 생각하면서도 척하고 나서니,[86] 도깨비들이 "여기 영감이 왔습니다." 했다.[87] 그러자 대장 도깨비가 "이리 와라. 어서 춤춰 보거라." 했는데,[88] 전에 왔던 영감보다는 서툴고 엉성하게 선보이니,[89] 대장 도깨비가 "요번에는 고약하게 추는구나.[90] 아무리 봐도 못쓰겠다.[91] 저번에 맡아둔 혹을 돌려줘라." 했다.[92] 그러자 끝자리에서 도깨비가 나와선,[93] "담보로 잡아둔 혹을 돌려주마." 하며 이제 다른 쪽 얼굴로 내던지니,[94] 양쪽에 혹이 달린 영감이 되어 버렸다.[95] 남의 걸 탐하지 말아야 한다나 뭐라나.[96]

---

79) 「これは医師の取りたるにもあらず。

80) しかじかの事ありて、鬼の取りたるなり」といひければ、

81) 「我その定にして取らん」とて、事の次第をこまかに問ひければ、教へつ。

82) この翁いふままにして、その木のうつほに入りて待ちければ、

83) まことに聞くやうにして、鬼ども出で来たり。

84) 居まはりて、酒飲み遊びて、

85) 「いづら翁は参りたるか」といひければ、

86) この翁恐ろしと思ひながら、揺ぎ出でたれば、

87) 鬼ども、「ここに翁参りて候」と申せば、

88) 横座の鬼、「こち参れ、とく舞へ」といへば、

89) さきの翁よりは天骨もなく、おろおろ奏でたりければ、

90) 横座の鬼、「この度はわろく舞うたり。

91) かへすがへすわろし。

92) その取りたりし質の瘤返し賜べ」といひければ、

93) 末つ方より鬼出で来て、

94) 「質の瘤返し賜ぶぞ」とて、今片方の顔に投げつけたりければ、

95) うらうへに瘤つきたる翁にこそなりたりけれ。

96) 物羨みはせまじき事なりとか。

4. 꿈풀이 이야기[1]

이것도 지금은 옛날, 도모(伴) 다이나곤(大納言_율령제[律令制] 하 고위관직명) 요시오(善男)는 사도(佐渡_현재 니가타[新潟]현 소재 섬의 옛 이름)[2] 지방 행정관[3]의 수하였다.[4] 그곳에서 요시오가 꿈에서 보길,[5] 나라(奈良)에 있는 사이다이지(西大寺)와 도다이지(東大寺)[6] 두 사찰에 가랑이를 걸치고 서 있는 꿈이었는데,[7] 아내에게 그 내용을 이야기했다.[8] 아내가 말하길 "당신 가랑이가 찢어지지나 않을까?" 하고 꿈풀이를 하니,[9] 요시오가 놀라 '쓸데없는 말을 하는구먼.' 하면서도 무서운 생각이 들어서,[10] 상사인 행정관의 집으로 찾아갔다.[11] 이 행정관은 대단한 관상가인데,[12] 평소와는 달리 깍듯하게 향응

---

1) 『日本古典文学全集』 [1巻4] 「伴大納言の事」(도모 다이나곤에 관한 일)

2) 「佐渡(さど)」는 금광으로 유명한데, 에도(江戸)시대에는 금은을 산출하기 위해 직할로 운영했다고 한다.

3) 〈원문〉의 「郡司(ぐんじ)」는 율령(律令)시대 지방 행정관이다. 태수(国司;こくし) 아래에서 군(郡)을 다스렸다. 지방 유력자 가운데 임명하며, 大領(だいりょう)・少領(しょうりょう)・主政(しゅせい)・主帳(しゅちょう) 네 등급의 벼슬로 구성된다.

4) これも今は昔、伴大納言善男は佐渡国郡司が従者なり。

5) かの国にて、善男夢にみるやう、

6) 「西大寺(さいだいじ)」는 나라(奈良)시에 있는 진언율종(真言律宗;しんごんりっしゅう)의 총본산으로 남도칠대사(南都七大寺;なんとしちだいじ) 가운데 하나다. 764년 쇼토쿠(称徳)덴노(天皇;764-770재위)에 의해 창건됐다. 한편 「東大寺(とうだいじ)」는 역시 나라(奈良)시에 있는 화엄종(華厳宗;けごんしゅう)의 총본산으로 남도칠대사(南都七大寺) 가운데 하나다. 745년 쇼무(聖武)덴노(天皇;724-749재위)에 의해 창건됐다.

7) 西大寺と東大寺とを跨げて立ちたりと見て、

8) 妻の女にこの由を語る。

9) 妻の曰く、「そこの股こそ裂かれんずらめ」と合するに、

10) 善男驚きて、よしなき事を語りてけるかなと恐れ思ひて、

11) 主の郡司が家へ行き向ふ所に、

12) 郡司きはめたる相人なりけるが、

을 베풀고,[13] 방석을 내어 마주 앉으니,[14] 요시오가 수상쩍게 여겨,[15] '나를 속여 띄워주고선 아내가 한 이야기처럼 가랑이라도 찢으려는 게 아닐까.' 하며 두려워하는데,[16] 행정관이 말하길 "당신은 말로 못 할 고귀한 좋은 꿈을 꾼 게요.[17] 그런데 쓸데없는 사람에게 발설했소.[18] 분명 높은 자리에 오르더라도,[19] 변고가 생겨 죄를 뒤집어쓰겠소." 했다.[20]

그러고 나서 요시오는 연이 닿아 도읍에 올라가서, 다이나곤 자리에 오른다.[21] 하지만 결국 죄를 뒤집어쓴다.[22] 그 행정관이 말한 이야기와 다르지 않다.[23]

---

13) 日比はさもせぬに、殊の外に饗応して、

14) 円座取り出で、向ひて召しのぼせければ、

15) 善男怪しみをなして、

16) 我をすかしのぼせて、妻のいひつるやうに、股など裂かんずるやらんと恐れ思ふ程に、

17) 郡司が曰く、「汝やんごとなき高相の夢見てけり。

18) それによしなき人に語りてけり。

19) 必ず大位にはいたるとも、

20) 事出で来て罪を蒙らんぞ」といふ。

21) 然る間、善男縁につきて、上京して、大納言にいたる。

22) されども犯罪を蒙る。

23) 郡司が言葉に違はず。

5. 이마에 불경을 박아넣었다는 땡중[1]

이것도 지금은 옛날, 어느 집에,[2] 기세등등하게, 도끼를 짊어지고 조개 피리를 허리춤에 차고,[3] 석장(錫杖)을 짚은 수도승[4]이 거들먹거리며 들어와,[5] 가신들이 일하는 곳 안뜰에 섰다.[6] 이에 한 가신이 “당신은 어떤 스님인가요?” 물으니,[7] “나는 한동안 영산(靈山)[8]에서 지내다가 이제 다른 신령한 산[9]으로 옮겨,[10] 지금부터 이천일을 머물고자 하는데 쌀이 떨어졌습니다.[11] 이에 공양미를 부탁하고자 하니 가서 아뢰십시오.” 하며 서 있었다.[12]

살펴보니 미간 언저리 이마에, 머리 경계를 따라 두 치 남짓한 상처가 나 있다.[13]

---

1) 『日本古典文学全集』 [1巻5] 「随求陀羅尼額に籠むる法師の事」(수구다라니를 이마에 심은 중에 대한 일)

2) これも今は昔、人のもとに、ゆゆしくことごとしく、

3) 斧を負ひ、法螺貝腰につけ、

4) 〈원문〉의 「山伏(やまぶし)」는 산과 들판에서 노숙하는 것이나, 불도 수행을 위해 산과 들판에서 기거하는 승려를 가리킨다. 또는 일본 불교의 일파인 수험도(修験道;しゅげんどう)의 수행자(修験者;しゅげんじゃ)를 달리 부르는 말이다. 여기에서는 ‘수도승’으로 옮긴다.

5) 錫杖つきなどしたる山伏の、ことごとしげなる入り来て、

6) 侍の立蔀の内の小庭に立ちけるを、

7) 侍、「あれはいかなる御坊ぞ」と問ひければ、

8) 〈원문〉의 「白山(はくさん)」은 이시카와(石川)·기후(岐阜) 두 현(県)의 경계에 있는 화산으로 예로부터 신앙의 산으로 알려져 있다. 표고 2702미터.

9) 〈원문〉의 「御嶽(みたけ)」는 나라(奈良)현에 있는 「金峰山(きんぶせん)」의 다른 이름이다. 이 산에 얽힌 일화가 아래 22번째 이야기에 등장한다.

10) 「これは日比白山に侍りつるが、御嶽へ参りて、

11) 今二千日候はんと仕り候ひつるが、斎料尽きて侍り。

12) まかりあづからんと申しあげ給へ」といひて立てり。

아직 다 아물지 않아서 불그스레하다.[14] 가신이 물어 말하길 "그 이마의 상처는 뭔가요?"라고 물었다.[15] 수도승은 짐짓 엄숙하게 목소리를 가다듬고 말하길,[16] "이것은 수구다라니(隨求陀羅尼)[17]를 심어 넣은 겁니다."라고 답했다.[18] 가신들은 "참으로 황공한 일이로군요.[19] 발가락이며 손가락을 자르는 건 흔하게 보지만,[20] 이마를 깨뜨려 다라니경을 심어 넣는 건 본 적이 없어요."라며 수군거리고 있는데,[21] 열일고여덟 남짓한 젊은 가신이 냉큼 뛰어나와 슬쩍 보곤,[22] "아이고, 땡중이로세.[23] 뭐가 수구다라니를 심었다는 거야.[24] 저건 저잣거리 젊은 양반 집에서 동쪽 방면에 있는 대장장이의 아내와 남몰래 정을 통하고 있었는데,[25] 작년 여름에 거기 들어가 누워있는 현장

13) 見れば額、眉の間の程に、髪際に寄りて、二寸ばかり傷あり。

14) いまだなま癒にて赤みたり。

15) 侍問うていふやう、「その額の傷はいかなる事ぞ」と問ふ。

16) 山伏、いとたうとたうとしく、声をなしていふやう、

17) 〈한국민족문화대백과사전(http://encykorea.aks.ac.kr/)〉에서 「수구다라니(隨求陀羅尼)」에 대한 「'수구'는 중생이 소원을 구하면 성취한다는 뜻으로서, 이 다라니의 효험에서 이름지어진 것이다. 갖은이름(具稱)은 『불설금강정 유가최승비밀성불수구즉득신변가지성취다라니(佛說金剛頂瑜伽最勝祕密成佛수求卽得神變加持成就陀羅尼)』이지만, 보통 『수구즉득다라니(隨求卽得陀羅尼)』 또는 『수구다라니』라 줄여 부른다. 이 다라니가 우리나라에 전래된 시기는 오래인 듯하나, 문헌으로 남아 있는 것은 고려말이나 조선초의 간행으로 보이는 범자(梵字)와 한자의 대역인 『오대진언(五大眞言)』에 다른 다라니와 함께 수록된 예가 가장 빠르다.」와 같은 설명을 확인할 수 있다. 한편 『ウィキペディア (Wikipedia) 』에는 표제어 「大随求菩薩」에 대한 설명 가운데 「胎蔵界曼荼羅の蓮華部院に在す。観音菩薩の変化身とされる。原名は、法術・護符・僕婢などの意を持つことから、この菩薩を念じてその真言を読誦すれば、衆生の求願に随い施し与えるをもって随求と名づける。またその真言を随求陀羅尼という。この尊の真言には息災・滅罪、特に求子の功能が歓ばれて平安時代以降に隆盛になったが、単純に真言を唱えるのみで、あまり尊格としては重んじられなかったため、本尊とされることは少ない。」가 확인된다.

18) 「これは隨求陀羅尼を籠めたるぞ」と答ふ。

19) 侍の者ども、「ゆゆしき事にこそ侍れ。

20) 足手の指など切りたるはあまた見ゆれども、

21) 額破りて陀羅尼籠めたるこそ見るとも覚えね」と言ひ合ひたる程に、

22) 十七八ばかりなる小侍のふと走り出でて、うち見て、

23) 「あな、かたはらいたの法師や。

24) なんでふ隨求陀羅尼を籠めんずるぞ。

에서 대장장이와 맞닥뜨려서,26) 옷가지도 챙겨 입지 못하고 줄행랑쳐서 서쪽으로 내달렸다.27) 그러다가 젊은 양반28) 집 앞 근처에서 구석에 몰려,29) 괭이로 이마를 찍혔던 거야.30) 젊은 양반도 봤고말고."라고 했다.31) 그러자 사람들이 그 이야기에 기막혀 하며 수도승의 얼굴을 봤는데,32) 조금도 대수로운 일로 여기는 기색도 없이 잠시 뜸을 들이다가,33) "그 김에 심은 겁니다."라고 태연스럽게 이야기하니,34) 모인 사람들이 한꺼번에 아하하 웃는 틈에 꽁무니를 빼고 말았단다.35)

---

25) あれは七條町に、江冠者が家の、大東にある鋳物師が妻を、みそかみそかに入り臥し入り臥しせし程に、

26) 去年の夏入り臥したりけるに、男の鋳物師帰り合ひたりければ、

27) 取る物も取りあへず、逃げて西へ走る。

28) 〈원문〉의 「冠者(かんじゃ)」는 성인식을 치른 남자나 관직이 없는 사람, 또는 단순히 젊은이 등을 가리킨다.

29) 冠者が家の前程にて追ひつめられて、

30) 鋤して額を打ち破られたりしぞかし。

31) 冠者も見しは」といふを、

32) あさましと人ども聞きて、山伏が顔を見れば、

33) 少しも事と思ひたる気色もせず、少しまのししたるやうにて、

34) 「そのついでに籠めたるぞ」と、つれなういひたる時に、

35) 集れる人ども、一度にはと笑ひたる紛れに、逃げて去にけり。

6. 땡땡이중의 아랫도리를 살핀 이야기[1]

이것도 지금은 옛날, 추나곤(中納言_고위관직명)[2] 모로토키(師時)라는 분이 계셨다.[3] 그 집에 유별나게 검게 물들인 짧은 옷에 수도승의 가사를 걸치고,[4] 모감주나무로 만든 커다란 염주를 늘어뜨린 승려가 찾아와 자리에 섰다.[5] 추나곤이 "당신은 어떤 승려인가?" 물으시니,[6] 유별나게 끓어오르는 목소리로,[7] "거쳐 가는 세상이 덧없는 것을 견딜 수 없습니다.[8] 예로부터 지금까지 생과 사로 윤회하는 건,[9] 결국 번뇌에 얽매여 지금 이처럼 무상한 세상을 벗어나지 못하기 때문입니다.[10] 이를 무익한 일이라 생각하여,[11] 번뇌를 끊어내고 오로지 이번에 생사의 경계를 넘으려 마음먹은 고승(高僧)[12]

---

1) 『日本古典文学全集』 [1巻6] 「中納言師時法師の玉茎検知の事」(추나곤 모로토키가 중의 아랫도리를 살핀 일)

2) 「中納言(ちゅうなごん) : 율령제(律令制)에서 태정관(太政官;だいじょうかん)의 차관(次官;すけ). 〈令外(りょうげ)の官(かん);대보령(大宝令;だいほうりょう) 또는 양로령(養老令;ようろうりょう)이 제정된 이후에 설치된 벼슬〉로, 大納言(だいなごん) 다음 벼슬. 정(正;しょう)과 권(権;ごん)이 있다. 관장하는 일은 주상(奏上;そうじょう), 선하(宣下;せんげ)를 담당하며, 정무를 수행했다.」(『日本国語大辞典』)

3) これも今は昔、中納言師時といふ人おはしけり。

4) その御もとに、殊の外に色黒き墨染の衣の短きに、不動袈裟といふ袈裟掛けて、

5) 木欒子の念珠の大なる繰りさげたる聖法師入り来て立てり。

6) 中納言、「あれは何する僧ぞ」と尋ねらるるに、

7) 殊の外に声をあはれげになして、

8) 「仮の世にはかなく候を忍び難くて、

9) 無始よりこのかた生死に流転するは、

10) 詮ずる所煩悩に控へられて、今にかくてうき世を出でやらぬにこそ。

11) これを無益なりと思ひとりて、

12) 〈원문〉의 「聖人」을 「せいじん」이 아닌 「しょうにん」으로 읽으면 '깨달음을 얻은 사람'의 뜻이다. 부처나 보살 또는 고승을 가리킨다. 한편 〈표준국어대사전〉에서 「성인(聖人)」은 '①지혜와 덕이 매우 뛰어나 길이 우러러 본받을

입니다."라고 했다.[13] 추나곤이 "그런데 번뇌를 끊어낸다는 건 어찌?"라고 물으시니,[14] "그건 이걸 보십시오." 하며 옷섶을 끌어 올려 내보이니,[15] 참으로 진짜는 보이지 않고 털만 있다.[16]

"이건 괴이한 일이로군." 하며 살펴보시다가,[17] 아래에 매달려 있는 주머니를 미심쩍게 여겨서,[18] "게 누구 있느냐?" 부르시니 가신 두세 명이 왔다.[19] 추나곤이 "그 중을 끌고 와라." 하시니,[20] 중이 정색을 하고 아미타불을 외며,[21] "얼른 어떻게든 하십시오."라며 사뭇 비장한 얼굴로 다리를 벌리고 눈을 질끈 감고 있었다.[22] 이어 추나곤이 "다리를 벌려라." 하시니,[23] 두셋이 달라붙어 잡아당겨 벌렸다.[24] 그러곤 젊은 가신 가운데 열두어 살 남짓한 아이를 불러들여,[25] "저 중의 아랫도리 위를 손을 펼쳐서 위아래로 문지르거라."라고 말씀하셨다.[26] 말씀대로 포동포동한 손으로 위아래로 문지른다.[27] 한참을 그러고 있는데 그 중이 정색을 하고,[28] "이제 이 정도로 하시지요."

만한 사람. ②『가톨릭』 교회에서 일정한 의식에 의하여 성덕이 뛰어난 사람으로 선포한 사람.'으로 풀이되어 있다.

13) 煩悩を切り捨てて、ひとへにこの度生死の境を出でなんと思ひ取りたる聖人に候」といふ。

14) 中納言、「さて煩悩を切り捨つとはいかに」と問ひ給へば、

15) 「くは、これを御覧ぜよ」といひて、衣の前をかき上げて見すれば、

16) まことにまめやかのはなくて、ひげばかりあり。

17) 「こは不思議の事かな」と見給ふほどに、

18) 下にさがりたる袋の、殊の外に覚えて、

19) 「人やある」と呼び給へば、侍二三人出で来たり。

20) 中納言、「その法師引き張れ」とのたまへば、

21) 聖まのしをして、阿弥陀仏申して、

22) 「とくとくいかにもし給へ」といひて、あはれげなる顔、気色をして、足をうち広げておろねぶりたるを、

23) 中納言、「足を引き広げよ」とのたまへば、

24) 二三人寄りて引き広げつ。

25) さて小侍の十二三ばかりなるがあるを召し出でて、

26) 「あの法師の股の上を、手を広げて上げ下しさすれ」とのたまへば、

27) そのままに、ふくらかなる手して、上げ下しさする。

했다.[29] 그런데, 추나곤이 "볼만하게 됐다. 그냥 문지르거라. 어서어서." 했더니,[30] 중이 "보기 흉측합니다. 이젠 그만."이라 하는데도 짓궂게 계속 문지르고 누르니,[31] 털 안쪽에서 송이버섯 크기의 물건이 삐죽삐죽 나와서 배를 툭툭 쳤다.[32] 추나곤을 비롯해서 거기 모인 사람들이 한꺼번에 웃음을 터뜨렸다.[33] 중도 손뼉을 치고 나뒹굴며 자지러지게 웃었다.[34] 일찍이 물건을 아래 주머니에 비틀어 넣고,[35] 밥풀로 털을 붙이고선,[36] 아무렇지 않게 남을 속여 재물을 동냥하려 했던 것이었다.[37] 미치광이 땡중이었던 것이다.[38]

---

28) とばかりある程に、この聖まのしをして、

29) 「今はさておはせ」といひけるを、

30) 中納言、「よげになりにたり。たださすれ。それそれ」とありければ、

31) 聖、「さま悪しく候。今はさて」といふを、あやにくにさすり伏せける程に、

32) 毛の中より松茸の大きやかなる物のふらふらと出で来て、腹にすはすはと打ちつけたり。

33) 中納言を始めて、そこら集ひたる者ども諸声に笑ふ。

34) 聖も手を打ちて臥し転び笑ひけり。

35) はやうまめやかものを下の袋へひねり入れて、

36) 続飯にて毛を取りつけて、

37) さりげなくして、人を謀りて物を乞はんとしたりけるなり。

38) 狂惑の法師にてありける。

7. 사슴으로 꾸민 스님[1]

야마토(大和_현재 나라[奈良]현 소재 옛 지역명) 지방 류몬(龍門)이라는 곳에 고승이 있었다.[2] 살고 있던 곳에 빗대 류몬의 고승이라고 불렀다.[3] 그 고승이 친하게 알고 지내던 사내가 밤낮으로 사슴을 죽이는데,[4] 밤에 횃불을 밝혀 다가오는 사슴을 잡는 사냥법[5]으로 칠흑 같은 밤에 사냥하러 나갔다.[6]

사슴을 찾아다니다가 눈이 마주쳤는데,[7] "사슴이 있다." 하여 포위망을 좁히니 분명 있었다.[8] 화살이 닿을 거리로 좁혀가서,[9] 횃불에 걸어 화살을 메겨 쏘려고 활시위를 당기고 보니,[10] 이 사슴의 두 눈 사이가 평소 보던 사슴보다 가깝고 눈빛도 다르기에,[11] 수상쩍게 여겨서 활을 내리고 가만히 살펴보았다.[12] 그런데도 여전히 수상쩍어

---

1) 『日本古典文学全集』 [1巻7] 「龍門の聖鹿に代らんとする事」(류몬의 고승이 사슴을 대신하려 한 일)

2) 大和国に龍門といふ所に聖ありけり。

3) 住みける所を名にて、龍門の聖とぞいひける。

4) その聖の親しく知りたりける男の、明暮鹿を殺しけるに、

5) 〈원문〉의 「照射(ともし)」는 여름밤 산속 나무 그늘에 화톳불을 피우거나 횃불을 밝히거나 해서 사슴을 유인해 쏴죽이는 사냥을 가리킨다.

6) 照射といふ事をしける比、いみじう暗かりける夜、照射に出でにけり。

7) 鹿を求め歩く程に、目を合せたりければ、

8) 「鹿ありけり」とて、押しまはし押しまはしするに、たしかに目を合せたり。

9) 矢比にまはし取りて、

10) 火串に引きかけて、矢をはげて射んとて、弓ふりたて見るに、

11) この鹿の目の間の、例の鹿の目のあはひよりも近くて、目の色も変りたりければ、

12) 怪と思ひて、弓を引きさしてよく見けるに、

서 화살을 빼고 불을 비춰보니,[13] 사슴의 눈은 아닌 걸로 보이는데,[14] 일어설 테면 일어서보라지 생각하며 더 가까이 다가가 보니,[15] 몸뚱이는 분명 사슴 가죽이었다.[16] “과연 사슴이다.” 하여 다시 쏘려는데,[17] 역시 눈이 아니기에 점점 더 다가가 보니, 스님의 머리임을 알아차렸다.[18] ‘이건 어찌 된 일인가?’ 하여 말에서 내려 달려가서,[19] 불을 밝혀 사슴이 있는지 둘러보니,[20] 그 고승이 눈을 껌벅이며 사슴 거죽을 뒤집어 쓰고 누워계셨다.[21]

“이건 어찌 된 영문으로 이리 계십니까?” 하니,[22] 뚝뚝 눈물을 떨구며,[23] “내가 가로막는 걸 듣지 않고 많은 사슴을 죽인다.[24] 내가 사슴을 대신하여 죽임을 당한다면,[25] 그래도 조금은 그만두지 않을까 생각하여,[26] 이렇게 화살을 맞으려고 지키는 것이다.[27] 하지만 아쉽게도 쏘지 않았다.”라고 말씀하셨다.[28] 이에 이 사내는 엎드려 울부짖으며,[29] “이렇게까지 생각하셨는데 허투루 대했습니다.”라며,[30] 그 자리에서

---

13) なほ怪しかりければ、矢を外して、火取りて見るに、

14) 鹿の目にはあらぬなりけりと見て、

15) 起きば起きよと思ひて、近くまはし寄せて見れば、

16) 身は一張の皮にてあり。

17) なほ鹿なりとて、又射んとするに、

18) なほ目のあらざりければ、ただうちにうち寄せて見るに、法師の頭に見なしつ。

19) こはいかにと見て、おり走りて、

20) 火うち吹きて、しひをりとて見れば、

21) この聖目打ちたたきて、鹿の皮を引き被きて、添ひ臥し給へり。

22) 「こはいかに、かくてはおはしますぞ」といへば、

23) ほろほろと泣きて、

24) 「わ主が、制する事を聞かず、いたくこの鹿を殺す。

25) 我鹿に代りて殺されなば、

26) さりとも少しはとどまりなんと思へば、

27) かくて射られんとして居るなり。

28) 口惜しう射ざりつ」とのたまふに、

칼을 뽑아 활을 자르고,[31] 화살을 죄다 부러뜨렸다.[32] 그리고 상투를 자르곤 그길로 고승을 따라 승려가 되었다.[33] 그러고 나서 고승이 살아생전 그를 따르다가,[34] 돌아가시자 대신하여 다시 그곳에서 수행을 계속했다는 이야기다.[35]

---

29) この男臥し転び泣きて、

30) 「かくまで思しける事を、あながちにし侍りける事」とて、

31) そこにて刀を抜きて、弓たち切り、

32) 胡籙みな折りくだきて、

33) 髻切りて、やがて聖に具して、法師になりて、

34) 聖のおはしけるが限り、聖に使はれて、

35) 聖失せ給ひければ、またそこにぞ行ひて居たりけるとなん。

8. 점괘 이야기[1]

여행객이 유숙할 곳을 찾는데, 다 쓰러져가는 커다란 집이 있기에,[2] "여기에 머물 수 있겠습니까?" 물으니,[3] 여인네가 "좋습니다. 드시지요." 하여 모두 말에서 내려 자리를 잡았다.[4] 집은 큰데 인기척이 없다.[5] 오직 여인네 홀로 있는 낌새였다.[6]

그리하여 날이 밝았기에 식사를 마치고 나서려는데,[7] 그 집에 있는 여인네가 나와서는,[8] "떠나실 수 없습니다. 멈추십시오."라고 한다.[9] "이건 무슨 일인가?" 물으니,[10] "당신은 금화 천 냥을 빚졌습니다.[11] 그걸 갚아야만 가실 수 있겠네요." 하므로,[12] 그 여행객의 아랫사람들이 웃으며,[13] "아이고, 생떼 쓰는 모양이네." 했다.[14] 그런데 그 여행객이 "잠깐." 하며 다시 말에서 내려 자리 잡고,[15] 점괘 상자[16]를 들이고 막을

---

1) 『日本古典文学全集』 [1巻8] 「易の占して金取り出す事」(역점으로 금화를 찾아내는 일)

2) 旅人の宿求めけるに、大きやかなる家の、あばれたるがありけるによりて、

3) 「ここに宿し給ひてんや」といへば、

4) 女声にて、「よき事、宿り給へ」といへば、皆おり居にけり。

5) 屋大なれども、人のありげもなし。

6) ただ女一人ぞあるけはひしける。

7) かくて夜明けにければ、物食ひしたためて出でて行くを、

8) この家にある女出で来て、

9) 「え出でおはせじ。とどまり給へ」といふ。

10) 「こはいかに」と問へば、

11) 「おのれが金千両を負ひ給へり。

12) その弁へしてこそ出で給はめ」といへば、

13) この旅人従者ども笑ひて、

14) 「あらじや、ざんなめり」といへば、

둘러치곤,[17] 얼마 지나 여인네를 부르니 나왔다.[18]

여행객이 묻길 "부모님이 역점이라는 일을 하시지 않으셨는가?" 하니,[19] "글쎄요, 그랬었나요. 그런 비슷한 걸 하긴 하셨지요." 했다.[20] 그러자 "그렇군." 하며,[21] "그런데 어찌 천 냥 빚을 졌으니 그걸 갚으라고 하는가?" 물으니,[22] "우리 부모님이 돌아가셨을 때, 겨우 살아갈 만한 것을 넘겨주고 말하기를,[23] '지금부터 10년 지나 그달에 여기에 여행객이 와서 머물고자 할 게다.[24] 그 사람은 내게 천 냥을 빚진 사람이다.[25] 그 사람에게 그 금화를 달라고 하여 견디기 어려울 때는 팔아서 살려무나.' 했기 때문에,[26] 지금까지는 부모님이 남겨주신 걸 조금씩 팔아 근근이 쓰다가,[27] 올해 들어서는 더 팔 것도 없어서,[28] 이제나저제나 우리 부모님이 말한 날이 오려나 기다렸는데,[29] 바로 오늘 오셔서 묵으시기에,[30] 빚지신 분이라 생각하여 말씀드린 겁니다." 했다.[31] 그러자 "금화 이야기는 진짜요. 그런 일이 있었겠지." 하며,[32] 여인네를 한쪽

---

15) この旅人、「暫し」といひて、またおり居て、

16) 〈원문〉의 「皮籠(かわご)」는 둘레에 가죽을 두른 상자를 가리킨다. 나중에는 종이를 두르거나 대나무를 두른 것도 가리킨다.

17) 皮籠を乞ひ寄せて、幕引きめぐらして、

18) 暫しばかりありて、この女を呼びければ、出で来にけり。

19) 旅人問ふやうは、「この親はもし易のうらといふ事やせられし」と問へば、

20) 「いさ、さ侍りけん。そのし給ふやうなる事はし給ひき」といへば、

21) 「さるなる」といひて、

22) 「さても何事にて千両の金負ひたる、その弁へせよとはいふぞ」と問へば、

23) 「おのれが親の失せ侍りし折に、世中にあるべき程の物など得させ置きて申ししやう、

24) 『今なん十年ありてその月に、ここに旅人来て宿らんとす。

25) その人は我が金を千両負ひたる人なり。

26) それにその金を乞ひて、耐へ難からん折は売りて過ぎよ』と申ししかば、

27) 今までは親の得させて侍りし物を、少しづつも売り使ひて、

28) 今年となりては、売るべき物も侍らぬままに、

29) いつしか我が親のいひし月日の、とく来かしと待ち侍りつるに、

30) 今日に当りておはして宿り給へれば、

구석으로 데리고 가서,[33] 다른 사람에게도 알리지 않고 기둥을 두드리는데,[34] 텅 비어있는 소리가 나는 곳을 가리켜,[35] "자, 이 안에 말씀하신 금화가 있소.[36] 열어서 조금씩 꺼내 쓰시지요."라고 가르쳐주고 떠났다.[37]

이 여인네의 부모는 점괘에 밝은 사람으로,[38] 여인네의 행실을 보건대 10년이면 빈털터리가 될 걸로 내다봤다.[39] 그 날짜에 역점을 치는 사내가 와서 머물 걸 생각하곤,[40] 금화가 있다고 미리 알려주면,[41] 냉큼 꺼내다가 죄다 탕진하여, 그때쯤 쓸 것도 없어 곤란할 걸로 생각했기 때문이다.[42] 그렇게 가르쳐주고 죽은 후 그 집도 팔아치우지 않고,[43] 오늘을 손꼽아 기다리다가 그 사람에게 매달렸던 것인데,[44] 이 사람 또한 역점을 보기에,[45] 그 뜻을 살펴 점괘를 내어 알려주고 떠났던 것이었다.[46]

주역의 점은 앞날을 손바닥 안에 있는 것처럼 가리켜 아는 일이었던 게다.[47]

---

31) 金負ひ給へる人なりと思ひて申すなり」といへば、

32) 「金の事はまことなり。さる事あるらん」とて、

33) 女を片隅に引きて行きて、

34) 人にも知らせで、柱を叩かすれば、

35) うつほなる声のする所を、

36) 「くは、これが中に、のたまふ金はあるぞ。

37) あけて少しづつ取り出でて使ひ給へ」と教へて、出でて去にけり。

38) この女の親の、易のうらの上手にて、

39) この女の有様を勘へけるに、今十年ありて貧しくならんとす。

40) その月日、易の占する男来て宿らんずると勘へて、

41) かかる金あると告げては、

42) まだしきに取り出でて使ひ失ひては、貧しくならん程に、使ふ物なくて惑ひなんと思ひて、

43) しか言ひ教へ、死にける後にも、この家をも売り失はずして、

44) 今日を待ちつけて、この人をかく責めければ、

45) これも易の占する者にて、

46) 心を得て占ひ出して教へ、出でて去にけるなりけり。

47) 易のうらは、行く末を掌の中のやうに指して、知る事にてありけるなり。

9. 영험한 신요 승정[1]

이것도 지금은 옛날, 가야노인(高陽院)[2]이라는 저택을 지으실 때,[3] 우지(宇治)님[4]이 말을 타고 찾으시다가,[5] 넘어지셔서 병이 드셨다.[6] 이에 신요(心誉) 승정(僧正)[7]의 기도를 부탁하려 사자를 보냈는데,[8] 아직 도착하기도 전에,[9] 시녀[10]의 방[11]에 있는 여

---

1) 『日本古典文学全集』 [1巻9] 「宇治殿倒れさせ給ひて実相房僧正験者に召さるる事」(우지님이 넘어지시자 짓소보 승정을 수험자로 모신 일)

2) 〈원문〉의 「高陽院(かやのいん)」은 간무(桓武)덴노(天皇;781-806재위)의 아들인 가야(賀陽)친왕(親王;しんのう_황족 남성에 대한 칭호 가운데 하나)의 저택을 가리킨다.

3) これも今は昔、高陽院造らるる間、

4) 『全集』에 따르면 본문의 〈宇治殿〉는 후지와라노 요리미치(藤原頼通;992-1074)를 가리킨다. 이 인물은 헤이안(平安)시대 중기의 귀족으로 미치나가(道長)의 장남이다. 우지(宇治) 간빠쿠(関白_덴노[天皇]를 보좌하여 정무를 집행하는 중요 벼슬)라고 일컫는다. 고이치죠(後一条)덴노(天皇;1016-1036재위)에서 고스자쿠(後朱雀)덴노(天皇;1036-1045재위)를 거쳐 고레이제이(後冷泉)덴노(天皇;1045-1068재위)에 이르는 52년간 셋쇼(摂政_임금을 대신하여 정무를 집행하는 벼슬)와 간빠쿠(関白)를 맡았다.

5) 宇治殿御騎馬にて渡らせ給ふ間、

6) 倒れさせ給ひて、心地違はせ給ふ。

7) 〈원문〉의 「僧正(そうじょう) : 승관(僧官) 승강(僧綱)의 최상위. 또는 그 사람. 처음에는 한사람이었으나 대승정(大僧正;だいそうじょう)·승정(僧正;そうじょう)·권승정(権僧正;ごんそうじょう)과 같은 세 위계로 나뉘어 열 명 남짓으로 늘어났다. 대승정(大僧正)은 2위(二位) 다이나곤(大納言)에, 승정(僧正)은 2위(位) 추나곤(中納言)에, 권승정(権僧正)은 3위(位) 산기(参議)에 준해 대우했다. 후세에는 각 종파의 승계(僧階)로서 이 명칭을 사용하게 됐다.」(『日本国語大辞典』) 참고로 「승정(僧正) : 승단을 이끌어 가면서 승려의 행동을 바로잡는 승직」(표준국어대사전).

8) 心誉僧正に祈られんとて、召しに遣はす程に、

9) いまだ参らざる先に、

10) 〈원문〉의 「女房(にょうぼう)」는 궁궐에서 혼자 쓸 수 있는 방이 주어진 높은 신분을 가진 궁녀(내명부)나 지체 높은 사람을 섬기는 시녀를 가리킨다.

11) 〈원문〉의 「局(つぼね)」는 궁중이나 귀족의 저택에서 일하는 여성이 거주하는 칸막이가 둘러쳐진 사적인 방을 가리킨다.

자가 신들려 말하길,[12] "별일 아닙니다.[13] 슬쩍 악령이 엿보았기에 이렇게 되신 것입니다.[14] 승정이 오시기 전에 호법동자(護法童子)[15]가 먼저 와서 쫓아내시니 도망쳐버렸습니다."라고 아뢰었다.[16] 그러자 곧 쾌차하셨다.[17] 신요 승정은 대단했다나 뭐라나.[18]

---

12) 女房の局なる女に物憑きて申して曰く、

13) 「別の事にあらず。

14) きと目見入れ奉るによりて、かくおはしますなり。

15) 〈원문〉의 「護法(ごほう) : 불법(仏法)을 수호하기 위해 사역하는 귀신(鬼神). 호법동자(護法童子;ごほうどうし)·호법선신(護法善神;ごほうぜんじん).」(『広辞苑』). 참고로 「호법동자(護法童子) : 삼보(三寶)를 지키기 위하여 수행인을 옹호하거나 영지(靈地)를 지키는 동자 차림의 귀신.」(표준국어대사전)

16) 僧正参られざる先に、護法先だちて参りて、追ひ払ひ候へば、逃げをはりぬ」とこそ申しけれ。

17) 則ち、よくならせ給ひにけり。

18) 心誉僧正いみじかりけるとか。

10. 노래를 흠잡은 이야기[1]

지금은 옛날, 문화 제반 업무를 맡아 주관하던[2] 미치토시(通俊)경(卿)이,[3] 고슈이와카슈(後拾遺和歌集_1087년 완성된 네 번째 칙찬[勅撰]와카집)를 편찬하셨을 때,[4] 하타노 가네히사(秦兼久)가 찾아가서 자신이 지은 노래가 책에 들어갈 수 있는지 여쭈었다.[5] 이에 미치토시가 나와 맞아 말하길, "어떤 노래를 읊었는가?" 하시니,[6] "이렇다 할 노래는 아닙니다.[7] 고산죠인(後三条院)[8]께서 돌아가시고 나서, 엔슈지(円宗寺)[9]를 찾았더니,[10] 벚꽃의 아름다움이 예와 다름이 없어서 읊은 것입니다." 하며,[11] "<작년에 보았던 아름

---

1) 『日本古典文学全集』 [1巻10] 「秦兼久通俊卿の許に向ひて悪口の事」(하다노 가네히사가 미치도시경을 찾아가 헐뜯은 일)

2) 〈원문〉의 「治部(じぶ)」는 「治部省(じぶしょう)」를 줄여 부르는 이름이다. 「治部省(じぶしょう) : 율령제(律令制) 팔성(八省;はっしょう) 가운데 하나. 성씨(姓氏)를 바로잡고, 오위(五位;ごい) 이상의 계사(継嗣)·혼인(婚姻), 상서(祥瑞)·상장(喪葬)·외교(外交) 등을 맡았으며, 또한 관할 부서로는 雅楽寮(ががくりょう_궁정음악 관리 등)·玄蕃寮(げんばりょう_사찰과 승려 명부 관리 및 외국사절 접대 등)·諸陵司(しょりょうし_왕릉이나 호적 관리 등)·喪儀司(そうぎし_장례식 관리 등)가 속했다.」(『広辞苑』)

3) 今は昔、治部卿通俊卿、

4) 後拾遺を撰ばれける時、

5) 秦兼久行き向ひて、おのづから歌などや入ると思ひて、うかがひけるに、

6) 治部卿出で居て物語して、「いかなる歌か詠みたる」といはれければ、

7) 「はかばかしき候はず。

8) 「後三条天皇(ごさんじょうてんのう)」는 제71대 덴노(天皇)다. 고스자쿠(後朱雀)덴노(天皇;1036-1045재위)의 둘째 아들로 5년간(1068-1072) 재위. 1034-1073.

9) 〈원문〉의 「円宗寺(えんしゅうじ)」는 교토(京都)시(市) 우쿄(右京)구(区) 닌나지(仁和寺) 서남쪽에 있던 천태종(天台宗;てんだいしゅう)의 사찰로 1070년 창건.

10) 後三条院かくれさせ給ひて後、円宗寺に参りて候ひしに、

11) 花の匂は昔にも変らず侍りしかば、つかうまつりて候ひしなり」とて、

다움도 변함없이 피었구나. 벚꽃은 상념에 잠기지 않도다.>라고 읊은 것입니다." 하니,[12] 미치토시가 "잘 읊었다.[13] 다만 'けれ, けり, ける'(_과거·회상을 나타내는 조동사인 〈けり〉의 활용형) 따위는 딱히 쓸모도 없는 말이다.[14] 그건 그렇다 치고 '花こそ'라는 말이야말로 여자아이 이름에 어울리겠구나."라며,[15] 그다지 좋게 평하시지 않으니,[16] 별말 없이 자리에서 일어나 가신들이 있는 곳에 들러서,[17] "이분은 당최 노래를 모르시는군요.[18] 이런 사람이 찬집을 맡으신 건 정말 고약한 일이로군요.[19] 시죠(四条) 다이나곤(大納言_율령제[律令制] 하 고위관직명)이 읊은 노래에,[20] <봄이 와서야 사람들이 찾는 산촌은 벚꽃이야말로 주인이로군.>이라고 읊으신 것은,[21] 훌륭한 노래라 하여 세상 사람들의 입에 오르내리고 있지 않은가.[22] 그 노래에 '人も問ひける'라 하고 또 'やどのあるじなりけれ'라 하지 않는가.[23] '花こそ'라고 한 것은 똑같은데,[24] 어찌 시죠 다이나곤 것은 훌륭하고,[25] 내 노래는 하찮은 것일 수 있겠는가.[26] 이런 사람이 찬집을 맡아 노래를 고르신다고 하니 기가 막힐 따름이오." 하고 떠났다.[27]

---

12) 『去年見しに色もかはらず咲きにけり花こそものは思はざりけれ』とこそつかうまつりて候ひしか」といひければ、

13) 通俊の卿、「よろしく詠みたり。

14) ただし、けれ、けり、けるなどいふ事は、いとしもなきことばなり。

15) それはさることにて、花こそといふ文字こそ、女の童などの名にしつべけれ」とて、

16) いともほめられざりければ、

17) 言葉少なに立ちて、侍どもありける所に、

18) 「この殿は、大方歌の有様知り給はぬにこそ。

19) かかる人の撰集承りておはするは、あさましき事かな。

20) 四条大納言歌に、

21) 『春来てぞ人も訪ひける山里は花こそ宿のあるじなりけれ』と詠み給へるは、

22) めでたき歌とて、世の人口にのりて申すめるは。

23) その歌に、『人も訪ひける』とあり、また、『宿のあるじなりけれ』とあめるは。

24) 『花こそ』といひたるは、それには同じさまなるに、

25) いかなれば四条大納言のはめでたく、

26) 兼久がはわろかるべきぞ。

가신이 미치토시에게 가서,[28] "가네히사가 이러고저러고 말하고 떠났습니다."라고 이야기하니,[29] 미치토시가 깊이 끄덕이며,[30] "그렇구나, 그렇구나. 아무 말도 하지 말라." 하셨다.[31]

27) かかる人の撰集承りて撰び給ふ、あさましき事なり」といひて出でにけり。

28) 侍、通俊のもとへ行きて、

29) 「兼久こそかうかう申して出でぬれ」と語りければ、

30) 治部卿うち頷きて、

31) 「さりけり、さりけり。物ないひそ」といはれけり。

11. 숫총각 승려[1]

이것도 지금은 옛날, 겐(源) 다이나곤(大納言_율령제[律令制] 하 고위관직명) 마사토시(雅俊)라는 분이 계셨다.[2] 법요를 여시는데 불상 앞에서 승려에게 종을 치도록 하고,[3] 평생 남녀관계를 맺지 않은 사람을 골라 강설[4]을 하셨다.[5] 그때 한 승려가 단상에 올라,[6] 다소 안색이 편치 않아 보이는데,[7] 당목(撞木_절에서 종이나 징을 치는 나무막대)을 잡고 흔들면서도 치지는 않으며 시간이 흐르니,[8] 다이나곤이 어찌 된 일인가 생각하셨다.[9] 그런데 한동안 아무 말도 하지 않고 있으니,[10] 사람들이 걱정스레 여기고 있었는데,[11] 이 승려가 떨리는 목소리로,[12] "수음은 어찌해야 합니까?" 하니,[13] 모든 사람이

---

1) 『日本古典文学全集』 [1巻11] 「源大納言雅俊一生不犯の鐘打たせたる事」(겐 다이나곤 마사토시가 평생 남녀관계를 맺지 않은 사람에게 종을 치게 한 일)

2) これも今は昔、京極の源大納言といふ人おはしけり。

3) 仏事をせられけるに、仏前にて僧に鐘を打たせて、

4) 〈원문〉의 「講(こう) : ①불전(仏典)을 강의하는 법회(法会). ②부처·보살·조사(祖師)의 덕(德)을 찬탄하는 법회.」(『広辞苑』) 한편 불교 용어로서의 「강(講)」은 '불교에서, 사람들이 모여서 경전 따위를 외우고 논의함. 또는 부처의 공적을 찬양하는 모임.'(표준국어대사전)의 뜻이다.

5) 一生不犯なるを選びて、講を行はれけるに、

6) ある僧の礼盤に上りて、

7) 少し顔気色違ひたるやうになりて、

8) 撞木を取りて振りまはして、打ちもやらで、暫しばかりありければ、

9) 大納言、いかにと思はれける程に、

10) やや久しく物もいはでありければ、

11) 人どもおぼつかなく思ひける程に、

12) この僧わななきたる声にて、

턱이 빠지도록 자지러지게 웃었다.[14] 이때 한 양반이 “수음은 몇 살에 하셨는가요?” 하고 물었는데,[15] 그 승려가 고개를 갸웃하며,[16] “아마 어젯밤에도 했었지요.” 하니 모두가 웅성웅성했다.[17] 그 어지러운 틈에 재빨리 내뺐다고 한다.[18]

---

13) 「かはつるみはいかが候べき」といひたるに、

14) 諸人頤を放ちて笑ひたるに、

15) 一人の侍ありて、「かはつるみはいくつばかりにて候ひき」と問ひたるに、

16) この僧首をひねりて、

17) 「きと夜部もして候ひき」といふに、大方とよみあえり。

18) その紛れに早う逃げにけりぞと。

12. 잠든 시늉한 동자승[1]

이것도 지금은 옛날, 한 절[2]에 동자승이 있었다.[3] 승려들이 밤에 심심풀이로 “그럼 떡이라도 찧자.” 했는데,[4] 그 이야기를 이 동자승이 솔깃하게 들었다.[5] 하지만 다 만들어지기를 기다리며 잠자지 않는 것도 고약한 일이라고 생각하여,[6] 한쪽 구석에 붙어서 자는 척을 하며 기다리는데,[7] 마침내 다 만든 모양으로 왁자지껄했다.[8]

동자승은 틀림없이 깨울 거라고 기다리고 있는데,[9] 한 스님이 “여봐요, 일어나세요.” 하는 걸 기뻐하면서도,[10] 그냥 냉큼 대답하기도 기다리고 있던 걸로 여길까 하여,[11] 한 번 더 부르면 대답해야지 하며 누워있었다.[12] 그런데 “어이, 깨우지 마세요. 동자승은 깊이 잠들었어요.” 하는 소리가 들려서,[13] 아이고 처량하다 생각했다.[14] 다

1) 『日本古典文学全集』 [1巻12] 「児の掻餅するに空寝したる事」(아이가 떡을 찧는데 잠든 척한 일)
2) 〈원문〉의 히에노야마(比叡の山)는 교토(京都)시 북동부에 자리한 히에잔(比叡山)에 있는 엔랴쿠지(延暦寺)를 가리킨다.
3) これも今は昔、比叡の山に児ありけり。
4) 僧たち宵のつれづれに、「いざ掻餅せん」といひけるを、
5) この児心寄せに聞きけり。
6) さりとて、し出さんを待ちて、寝ざらんもわろかりなんと思ひて、
7) 片方に寄りて、寝たる由にて、出で来るを待ちけるに、
8) すでにし出したるさまにて、ひしめき合ひたり。
9) この児、定めて驚かさんずらんと待ち居たるに、
10) 僧の、「物申し候はん。驚かせ給へ」といふを、嬉しとは思へども、
11) ただ一度にいらへんも、待ちけるかともぞ思ふとて、
12) 今一声呼ばれていらへんと、念じて寝たる程に、

시 한번 깨워줬으면 하며 누운 채로 들으니,[15] 꾸역꾸역 연신 먹는 소리가 들리기에,[16] 어쩔 도리 없이 한참 지나고 나서 "네." 하고 대답하니,[17] 승려들의 웃음소리가 끊이지 않는다.[18]

---

13) 「や、な起し奉りそ。幼き人は寝入り給ひにけり」といふ声のしければ、

14) あな侘しと思ひて、

15) 今一度起せかしと、思ひ寝に聞けば、

16) ひしひしとただ食ひに食ふ音のしければ、

17) すべなくて、無期の後に、「ゑい」といらへたりければ、

18) 僧たち笑ふ事限なし。

13. 지는 벚꽃에 울컥한 시골아이[1]

이것도 지금은 옛날, 시골 사는 아이가 절[2]에 올랐다.[3] 벚꽃이 아름답게 피었는데,[4] 바람이 세차게 부는 것을 보고는,[5] 이 아이가 훌쩍훌쩍 울었다. 그걸 본 스님이 슬그머니 다가가서,[6] "어찌 이리 우십니까?[7] 꽃이 떨어지는 걸 아쉬워하는 건가요?[8] 벚꽃은 덧없는 것이라서 이렇게 금세 지고 맙니다.[9] 하지만 그뿐이에요." 하고 위로했다.[10] 그런데 "벚꽃이 지는 건 억지로 어쩌겠어요? 아무렇지 않아요.[11] 우리 아버지가 심은 보리에 달린 꽃이 떨어져서,[12] 열매를 맺지 못할 걸 생각하니 처량합니다." 하며,[13] 울컥하여 엉엉 울음을 터뜨렸다. 참으로 기가 막힌다.[14]

---

1) 『日本古典文学全集』 [1巻13] 「田舎の児桜の散るを見て泣く事」(시골아이가 벚꽃이 지는 것을 보고 운 일)

2) 〈원문〉의 히에노야마(比叡の山)는 교토(京都)시 북동부에 자리한 히에잔(比叡山)에 있는 엔랴쿠지(延暦寺)를 가리킨다.

3) これも今は昔、田舎の児の比叡の山へ登りたりけるが、

4) 桜のめでたく咲きたりけるに、

5) 風のはげしく吹きけるを見て、

6) この児さめざめと泣きけるを見て、僧のやはら寄りて、

7) 「などかうは泣かせ給ふぞ。

8) この花の散るを惜しう覚えさせ給ふか。

9) 桜ははかなきものにて、かく程なくうつろひ候なり。

10) されども、さのみぞ候ふ」と慰めければ、

11) 「桜の散らんは、あながちにいかがせん、苦しからず。

12) 我が父の作りたる麦の花の散りて、

13) 実の入らざらん思ふが侘しき」といひて、

14) さくりあげて、よよと泣きければ、うたてしやな。

14. 사위에게 기겁한 이야기[1]

이것도 지금은 옛날, 겐(源) 다이나곤(大納言_율령제[律令制] 하 고위관직명) 사다후사(定房)라는 사람의 집에,[2] 고토다(小藤太)라는 가신이 있었다.[3] 그는 머잖아 그 집 시녀와 만나 살림을 차렸고,[4] 딸도 시녀로 일했다.[5] 이 고토다는 주군의 일을 도맡아 해서,[6] 사방팔방으로 위세를 떨치고 있었다.[7] 그 딸은 괜찮은 집안의 젊은이와 통하고 있었다.[8] 그는 야음을 틈타 방[9]에 들어갔다.[10] 그런데 새벽부터 비가 내려서 돌아가지 못하고 방에 누워있었다.[11]

그 딸은 시중들러 주군에게 올라갔다.[12] 이 사위는 병풍을 둘러치고 자고 있었다.[13] 봄비가 쉼 없이 내려 돌아갈 수도 없는 노릇이라 그냥 누워있었는데,[14] 그 장인

---

1) 『日本古典文学全集』 [1巻14] 「小藤太聟におどされたる事」(고토다가 사위에게 위협당한 일)

2) これも今は昔、源大納言定房といひける人のもとに、

3) 小藤太といふ侍ありけり。

4) やがて女にあひ具してぞありける。

5) むすめも女にてつかはれけり。

6) この小藤太は殿の沙汰をしければ、

7) 三とほり四とほりに居広げてぞありける。

8) この女の女房に、なまりやうけしの通ひけるありけり。

9) 〈원문〉의 「局(つぼね)」는 궁중이나 귀족의 저택에서 일하는 여성이 거주하는 개인적인 방인데, 여기에는 칸막이를 친다.

10) 宵に忍びて局へ入りにけり。

11) 暁より雨降りて、え帰らで、臥したりけり。

12) この女の女房は上へのぼりにけり。

인 고토다가 사위가 심심해하고 계실 거라 여기곤,[15] 안줏거리를 쟁반에 얹어 들고, 다른 손에는 술주전자에 술을 담아,[16] 마루로 들어가면 남이 볼까 생각하여,[17] 안쪽을 통해 슬그머니 들어갔다.[18] 그런데 그 사위는 옷을 뒤집어쓰고 벌러덩 누워있었다.[19] 여자가 빨리 안 오려나 하고 심심해하며 누워있는데,[20] 안쪽에서 미닫이를 열기에,[21] 틀림없이 여자가 주군 방에서 내려오는 것으로 여겨,[22] 옷을 얼굴에 뒤집어쓰고선,[23] 그 물건을 끄집어내서 배를 뒤로 젖히고 불끈 일으키니,[24] 고토다가 기겁하여 뒷걸음치는데,[25] 안주도 떨어뜨리고 술도 물론 다 흘리고,[26] 커다란 술주전자를 든 채로 나동그라지고 말았다.[27] 머리를 세게 부대껴 정신을 잃고 나자빠져 있었다나 뭐라나.[28]

---

13) この聟の君、屏風を立てまはして寝たりける。

14) 春雨いつとなく降りて、帰るべきやうもなく臥したりけるに、

15) この舅の小藤太、この聟の君つれづれにておはすらんとて、

16) 肴折敷に据ゑて持ちて、今片手に提に酒を入れて、

17) 縁より入らんは人見つべしと思ひて、

18) 奥の方よりさりげなくて持て行くに、

19) この聟の君は衣を引き被きて、のけざまに臥したりけり。

20) この女房のとく下りよかしと、つれづれに思ひて臥したりける程に、

21) 奥の方より遣戸をあけければ、

22) 疑なく、この女房の上より下るるぞと思ひて、

23) 衣をば顔に被きながら、

24) あの物をかき出して腹をそらして、けしけしと起しければ、

25) 小藤太おびえてなけされかへりけるほどに、

26) 肴もうち散し、酒もさながらうちこぼして、

27) 大ひげをささげて、のけざまに臥して倒れたり。

28) 頭を荒う打ちて眩れ入りて臥せりけりとか。

15. 연어 훔친 이야기[1)]

이것도 지금은 옛날, 에치고(越後_니가타[新潟]현의 옛 이름) 지방에서 스무 필 남짓한 말에 연어를 싣고 출발하여 아와타구치(粟田口)[2)]를 지나 도읍으로 들어왔다.[3)] 그런데 거기 대장간이 늘어선 부근에서,[4)] 대머리에 눈도 벌겋고 지저분하고 정상으로 보이지 않는 한 사내가,[5)] 그 연어를 실은 말 사이로 뛰어 들어갔다.[6)] 길은 좁고 말들이 이래저래 소란스러운 틈에,[7)] 그 사내가 뛰어들어 연어를 두 마리 빼내어 품속에 집어넣었다.[8)] 그러곤 태연스레 앞서 달려가는 것을 말을 끌던 사내가 보았다.[9)] 말몰이꾼이 앞질러 뛰어가 그 사내의 목덜미를 붙들어 세우고 말하길,[10)] "어이 선생, 어찌 우리 연어를 훔치는고?" 하니,[11)] 그 사내가 "그런 일 없소. 무슨 증거로 이리 말씀하시오?[12)]

---

1) 『日本古典文学全集』 [1巻15] 「大童子鮭盗みたる事」(사내가 연어 훔친 일). 「大童子(だいどうじ)」는 나이가 찬 동자(童子)나 동자승을 가리키는 말이다.

2) 〈원문〉의 「아와타구치(粟田口)」는 교토(京都)시 히가시야마(東山)구(区)의 지명으로, 교토에서 에도(江戸) 즉 도쿄(東京)까지 이어지는 도카이도(東海道)의 교토 쪽 입구다.

3) これも今は昔、越後国より鮭を馬に負ほせて、廿駄ばかり粟田口より京へ追ひ入れけり。

4) それに粟田口の鍛冶が居たる程に、

5) 頂禿げたる大童子の、まみしぐれて、物むつかしう、重らかにも見えぬが、

6) この鮭の馬の中に走り入りにけり。

7) 道は狭くて、馬何かとひしめきける間、

8) この大童子走り添ひて、鮭を二つ引き抜きて、懐へ引き入れてんげり。

9) さてさりげなくて走り先だちけるを、この鮭に具したる男見てけり。

10) 走り先だちて、童の項を取りて、引きとどめていふやう、

11) 「わ先生はいかでこの鮭を盗むぞ」といひければ、

12) 大童子、「さる事なし。何を証拠にてかうはのたまふぞ。

자네가 훔치고선 내게 뒤집어씌우는군." 했다.[13] 이렇게 말씨름하고 있는데 오가는 사람들이 몰려들어 자리도 뜨지 않고 구경하고 있었다.[14] 그러는 사이 그 연어 운반 책임자[15]가,[16] "분명 선생이 훔쳐서 품속에 넣었구려." 했다.[17] 그 사내는 또다시 "너야말로 훔쳤구나." 하니,[18] 말몰이하는 사내가 "그렇다면 나도 당신도 품속을 까보자." 했다.[19] 사내는 "그렇게까지 해야 하나?" 하는데,[20] 웃옷을 벗고 옷섶을 벌려 "이걸 보시게." 하며 들이밀었다.[21]

그리고 그 사내를 붙잡고선,[22] "선생, 빨리 벗으시지." 하니,[23] 사내가 "볼썽사납잖소. 그렇게까지 해야겠소?" 하는데,[24] 웃옷을 죄다 벗기고선 옷섶을 열어젖히니,[25] 허리춤에 연어를 두 마리 배에 붙여서 차고 있었다.[26] "이것 봐라, 이것 봐라." 하며 끄집어내자,[27] 그 사내가 꼬나보곤 "어이구, 버르장머리 없는 분이로군.[28] 이렇게 알몸

---

13) わ主が取りて、この童に負ふするなり」といふ。

14) かくひしめく程に、上り下る者市をなして、行きもやらで見合ひたり。

15) 〈원문〉의 「綱丁(こうちょう)」는 나라(奈良)·헤이안(平安)시대에 조정에 바치는 각종 조세를 각지에서 도읍으로 옮긴 인부의 우두머리를 가리킨다.

16) さる程に、この鮭の綱丁、

17) 「まさしくわ先生取りて懐に引き入れつ」といふ。

18) 大童子はまた、「わ主こそ盗みつれ」といふ時に、

19) この鮭につきたる男、「詮ずる所、我も人も懐を見ん」といふ。

20) 大童子、「さまでやはあるべき」などいふ程に、

21) この男袴を脱ぎて、懐を広げて、「くは、見給へ」といひて、ひしひしとす。

22) さて、この男大童子につかみつきて、

23) 「わ先生、はや物脱ぎ給へ」といへば、

24) 童、「さま悪しとよ、さまであるべき事か」といふを、

25) この男、ただ脱がせに脱がせて、前を引きあけたるに、

26) 腰に鮭を二つ腹に添へてさしたり。

27) 男、「くはくは」といひて、引き出したる時に、

28) この大童子うち見て、「あはれ、もつたいなき主かな。

을 만들어놓고 뒤졌으니,[29] 어떤 지체 높은 여성[30]이라 하더라도 허리춤에 연어[31] 한둘 없는 사람이 있겠는가?" 하기에,[32] 거기에 모여들어 구경하던 사람들이,[33] 일제히 아하하 웃음을 터뜨렸다나 뭐라나.[34]

---

29) こがやうに裸になしてあさらんには、

30) 〈원문〉의 「女御(にょうご)」는 덴노(天皇)의 침소에서 시중드는 여성의 지위 가운데 하나다. 또한 「后(きさき)」는 덴노(天皇)의 정처(正妻) 즉 황후(皇后)를 가리킨다.

31) 연어는 일본어로 사케[さけ]인데 같은 발음의 사케[裂け]는 '갈라짐'의 뜻이다.

32) いかなる女御、后なりとも、腰に鮭の一二尺なきやうはありなんや」といひければ、

33) そこら立ち止りて見ける者ども、

34) 一度にはつと笑ひけるとか。

16. 지장보살을 알현한 비구니[1]

이것도 지금은 옛날, 단고(丹後_교토[京都]부[府] 북부 지역) 지방에 늙은 비구니가 있었다.[2] 지장보살(地蔵菩薩)[3]이 매일 새벽마다 돌아다니신다는 이야기를 얼핏 전해 듣고서,[4] 새벽마다 지장을 알현하겠다며 일대를 헤매다녔다.[5] 그걸 노름에 빠진 자가 보고선,[6] "비구니님께서는 추운데 무얼 하십니까?" 하니,[7] "지장보살이 새벽에 돌아다니신다고 하기에 뵙고자 하여 이렇게 다닙니다." 했다.[8] 그러자 "지장이 다니시는 길을 내가 알고 있습죠. 갑시다. 뵙게 합죠." 하니,[9] "아아, 기쁜 일이로세. 지장이 다니시는 곳에 나를 데려가 주세요." 했다.[10] 그러자 "나에게 무언가 주십시오. 바로 모시

---

1) 『日本古典文学全集』 [1巻16] 「尼地蔵を見奉る事」(비구니가 지장을 알현한 일)

2) 今は昔、丹後国に老尼ありけり。

3) 「地蔵菩薩(じぞうぼさつ) : 석존(釈尊) 입멸 이후 미륵불(弥勒仏;みろくぶつ) 출생까지 사이 무불(無仏) 세계에 살며 육도(六道)의 중생(衆生;しゅじょう)을 교화(教化)하고 구제(救済)한다고 하는 보살. 불상은, 태장계(胎蔵界;たいぞうかい)만다라(曼荼羅;まんだら)지장원(地蔵院)의 주존(主尊)은 보살 모양으로 표현되는데, 일반적으로는 왼손에 보주(宝珠;ほうしゅ), 오른손에 석장(錫杖;しゃくじょう)을 든 비구(比丘;びく) 모양으로 표현된다. 중국에서는 당나라 시절, 일본에서는 헤이안(平安)시대부터 왕성하게 신앙한다.」(『広辞苑』) 참고로 「지장보살(地蔵菩薩) : 『불교』 무불 세계에서 육도 중생(六道衆生)을 교화하는 대비보살. 천관(天冠)을 쓰고 가사(袈裟)를 입었으며, 왼손에는 연꽃을, 오른손에는 보주(寶珠)를 들고 있는 모습이다.」(표준국어대사전)

4) 地蔵菩薩は暁ごとに歩き給ふといふ事を、ほのかに聞きて、

5) 暁ごとに地蔵見奉らんとて、ひと世界惑ひ歩くに、

6) 博打の打ちほうけて居たるが見て、

7) 「尼君は、寒きに何わざし給ふぞ」といへば、

8) 「地蔵菩薩の暁に歩き給ふなるに、あひ参らせんとて、かく歩くなり」といへば、

9) 「地蔵の歩かせ給ふ道は、我こそ知りたれば、いざ給へ、あはせ参らせん」といへば、

10) 「あはれ、嬉しき事かな。地蔵の歩かせ給はん所へ、我を率ておはせよ」といへば、

고 갑죠." 하기에,[11] "내가 입고 있는 옷을 드리지요." 하자,[12] "그럼 가시죠." 하며 이웃 동네로 데리고 간다.[13]

비구니가 들떠서 서둘러 가는데,[14] 그 동네 아이 가운데 '지장'이라는 이름을 가진 아이가 있는데,[15] 그 부모를 알고 있기에 "지장은?" 하고 물으니,[16] 그 부모가 "놀러 갔소. 이제 곧 올 테지요." 했다.[17] 그러자 "여봐, 여기다. 지장이 계신 곳은." 하니,[18] 비구니가 기뻐하며 명주로 짠 옷을 벗어서 건네자,[19] 그 노름꾼은 서둘러 챙겨 내뺐다.[20]

비구니가 지장을 뵙고자 기다리니,[21] 부모들은 이해가 가지 않아 어째서 우리 아이를 보려는 건가 생각하고 있었는데,[22] 마침 열 살 남짓한 아이가 들어오는데 "어이 지장아."하고 부르니,[23] 비구니는 보자마자 앞뒤도 가리지 않고 땅바닥에 납작 엎드려 연신 조아렸다.[24] 아이는 나뭇가지를 가지고 놀다가 왔는데,[25] 그 나뭇가지로 손장난 치듯 이마를 긁으니,[26] 이마에서 얼굴까지 갈라졌다.[27] 갈라진 틈새로 말로 표현 못

---

11) 「我に物を得させ給へ。やがて率て奉らん」といひければ、

12) 「この着たる衣奉らん」といへば、

13) 「いざ給へ」とて、隣なる所へ率て行く。

14) 尼悦びて急ぎ行くに、

15) そこの子に、ぢざうといふ童ありけるを、

16) それが親を知りたりけるによりて、「ぢざうは」と問ひければ、

17) 親、「遊びに去ぬ。今来なん」といへば、

18) 「くは、ここなり。ぢざうのおはします所は」といへば、

19) 尼嬉しくて、紬の衣を脱ぎて取らすれば、

20) 博打は急ぎて取りて去ぬ。

21) 尼は地蔵見参らせんとて居たれば、

22) 親どもは心得ず、などこの童を見んと思ふらんと思ふ程に、

23) 十ばかりなる童の来たるを、「くは、ぢざう」といへば、

24) 尼、見るままに是非も知らず、臥し転びて拝み入りて、土にうつぶしたり。

25) 童、楉を持て遊びけるままに来たりけるが、

할 거룩한 지장이 존안을 드러내신다.[28] 비구니가 절을 하며 우러러보니,[29] 이처럼 서 계시니,[30] 눈물을 흘리며 알현하고, 이내 극락으로 갔다.[31]

이렇듯 마음으로부터 깊이 염원하기에,[32] 부처님도 모습을 드러내신다고 믿어야 할 것이다.[33]

26) その楉して、手すさびのやうに額をかけば、

27) 額より顔の上まで裂けぬ。

28) 裂けたる中より、えもいはずめでたき地蔵の御顔見え給ふ。

29) 尼拝み入りてうち見あげたれば、

30) かくて立ち給へれば、

31) 涙を流して拝み入り参らせて、やがて極楽へ参りけり。

32) されば心にだにも深く念じつれば、

33) 仏も見え給ふなりけりと信ずべし。

17. 수행자가 귀신 만난 이야기[1]

지금은 옛날, 한 수행자가 있었는데,[2] 쓰노쿠니(津国_현재의 오사카[大阪]부[府]와 효고[兵庫]현[県]에 걸친 옛 지역명)로 가다가 날이 저물었다.[3] 거기에 류센지(龍泉寺)라는 이름의 커다란 절이 있는데 허름하고 사람도 없었다.[4] 여기는 사람이 머물지 않는 곳이기는 하지만,[5] 가까이에 달리 머물만한 곳이 없어서,[6] 어쩔 도리 없이 여장을 풀고 안에 들어가 있었다.[7]

부동명왕(不動明王)[8]의 주문을 외고 있었는데,[9] 한밤중이 되었을까 싶은데,[10] 사람

---

1) 『日本古典文学全集』 [1巻17] 「修行者百鬼夜行にあふ事」(수행자가 백귀야행에 조우한 일). 「百鬼夜行(ひゃっきやぎょう) : ①온갖 요괴들이 줄지어 야밤에 돌아다니는 것. ②수많은 사람이 괴상하고 흉한 행동을 하는 것.」(『広辞苑』) 참고로 「백귀야행(百鬼夜行) : 온갖 잡귀가 밤에 나다닌다는 뜻으로, 괴상한 꼴을 하고 해괴한 짓을 하는 무리가 웅성거리며 돌아다님을 이르는 말.」(표준국어대사전)

2) 今は昔、修行者のありけるが、

3) 津国まで行きたりけるに、日暮れて、

4) 龍泉寺とて大なる寺の古りたるが、人もなきありけり。

5) これは人宿らぬ所といへども、

6) そのあたりにまた宿るべき所なかりければ、

7) いかがせんと思ひて、笈打ちおろして内に入りてけり。

8) 〈원문〉의 「不動(ふどう)」는 「不動明王(ふどうみょうおう)」를 줄여 부르는 말이다. 이에 대한 『広辞苑』의 풀이는 다음과 같다. 「오대명왕(五大明王;ごだいみょうおう)·팔대명왕(八大明王;はちだいみょうおう) 가운데 하나. 불전(仏典)에서는 처음 대일여래(大日如来;だいにちにょらい)의 사자(使者)로서 등장하는데, 마침내 대일여래가 교화(教化)하기 어려운 중생(衆生;しゅじょう)을 구하기 위해 분노(忿怒;ふんぬ)의 모습으로 모습을 빌어 나타난 것이라고 한다. 보통 하나의 얼굴에 팔이 둘인데, 오른손에 항마(降魔)의 검(剣)을 들고 왼손에 견삭(羂索;けんじゃく)을 들고 있다. 긍갈라(矜羯羅;こんがら)·제타가(制吒迦;せいたか) 두 동자를 거느린다.」 한편 「부동명왕(不動明王) : 팔대 명왕의 하나. 중앙을 지키며 일체의 악마를 굴복시키는 왕으로, 보리심이 흔들리지 않는다 하여 이렇게 이른다. 오른손에 칼, 왼손에 오라를 잡고 불꽃을 등진 채 돌로 된 대좌에 앉아 성난 모양을 하고 있다. 제개장보살의 화신으로 오대존명왕의 하나이기도 하다.」(표준국어대사전)

들의 목소리가 무수히 들리며 다가오는 소리가 났다고 한다.[11] 살펴보니 손마다 횃불을 밝히고,[12] 백 명 남짓 그 당 안으로 들어와서 모였다.[13] 가까이서 보니 눈이 하나 있는 자도 있고 가지각색이었다.[14] 사람도 아니고 기절초풍할 것들이었다.[15] 혹은 뿔이 나고, 머리도 말도 못 하게 무서운 것들이다.[16] 겁이 났지만 어찌할 도리도 없기에 가만히 있는데,[17] 각자 자리를 잡았다.[18] 그 가운데 하나가 달리 앉을 곳도 없어서 앉지 못하고,[19] 횃불을 휘두르며 나를 찬찬히 살피더니 말하길,[20] "내가 있어야 할 자리에 신참 부동존(不動尊)이 계시는군요.[21] 오늘 밤만은 다른 곳에 계세요." 하며,[22] 한 손으로 나를 끌어내 불당 처마 밑에 앉혔다.[23] 그러는 사이에 새벽이 되었다며 그들이 웅성웅성 돌아갔다.[24]

'참으로 기절초풍할 무서운 곳이로군.[25] 어서 날이 밝았으면 좋겠다. 여길 떠야지.'

---

9) 不動の咒を唱へて居たるに、

10) 夜中ばかりにやなりぬらんと思ふ程に、

11) 人々の声あまたして来る音すなり。

12) 見れば、手ごとに火をともして、

13) 百人ばかりこの堂の内に来集ひたり。

14) 近くて見れば、目一つつきたりなどさまざまなり。

15) 人にもあらず、あさましき者どもなりけり。

16) あるいは角生ひたり。頭もえもいはず恐ろしげなる者どもなり。

17) 恐ろしと思へども、すべきやうもなくて居たれば、

18) おのおのみな居ぬ。

19) 一人ぞまた所もなくて、え居ずして、

20) 火をうち振りて、我をつらつらと見ていふやう、

21) 「我が居るべき座に、新しき不動尊こそ居給ひたれ。

22) 今夜ばかりは外におはせ」とて、

23) 片手して我を引きさげて、堂の縁の下に据ゑつ。

24) さる程に、「暁になりぬ」とて、この人々ののしりて帰りぬ。

25) まことにあさましく恐ろしかりける所かな、

생각하는데 마침내 날이 밝았다.[26] 그런데 주변을 둘러보니 거기 있었던 절도 온데간데없다.[27] 아득히 펼쳐진 들판에 왔던 길도 보이지 않는다.[28] 사람들이 밟고 다닌 길도 보이지 않는다.[29] 어디로 가야 할지도 몰라 난감해하고 있는데,[30] 마침 말을 탄 사람들이 사람을 무수히 이끌고 나타났다.[31]

대단히 기뻐하며 "여기는 어디라고 합니까?" 물으니,[32] "어찌 이리 물으십니까? 히젠(肥前_현재의 사가[佐賀]현[県]과 나가사키[長崎]현에 걸친 옛 지역명) 아닙니까." 했다.[33] 기절초풍할 노릇이라 생각하여,[34] 무슨 일이 있었는지 자세히 이야기하니,[35] 말을 탄 사람들도 "너무나 희한한 일이로군.[36] 히젠 지방에서도 여기는 외진 동네요.[37] 우리는 관아에 가는 길이요."라고 했다.[38] 이를 들은 수행자는 기뻐하며,[39] "길도 모르는데, 그렇다면 큰길까지라도 가겠소." 하며 따라갔는데,[40] 거기서 도읍 가는 길을 가르쳐줘서,[41] 배를 타고 도읍으로 올라갔다.[42]

---

26) とく夜の明けよかし。去なんと思ふに、からうじて夜明けたり。

27) うち見まはしたれば、ありし寺もなし。

28) はるばるとある野の来し方も見えず。

29) 人の踏み分けたる道も見えず。

30) 行くべき方もなければ、あさましと思ひて居たる程に、

31) まれまれ馬に乗りたる人どもの、人あまた具して出で来たり。

32) いと嬉しくて、「ここはいづくとか申し候」と問へば、

33) 「などかくは問ひ給ふぞ。肥前国ぞかし」といへば、

34) あさましきわざかなと思ひて、

35) 事のさま詳しくいへば、

36) この馬なる人も、「いと希有の事かな。

37) 肥前国にとりても、これは奥の郡なり。

38) これは御館へ参るなり」といへば、

39) 修行者悦びて、

40) 「道も知り候はぬに、さらば道までも参らん」といひて行きければ、

41) これより京へ行くべき道など教へければ、

나중에 사람들에게 "이런 기절초풍할 일이 있었소.[43] 쓰노쿠니에 있는 류센지라는 절에 유숙했는데,[44] 귀신들이 나타나 '좁다.'라며,[45] '신참 부동존님, 잠시 처마 밑에 계세요.'라며 내몰기에,[46] 처마 밑에 있었다고 생각했는데,[47] 글쎄 히젠 지방 외진 동네에 있었던 게요.[48] 이런 기절초풍할 일을 당했소."라고,[49] 도읍에 올라와 이야기했다고 한다.[50]

---

42) 舟尋ねて京へ上りにけり。

43) さて人どもに、「かかるあさましき事こそありしか。

44) 津国の龍泉寺といふ寺に宿りたりしを、

45) 鬼どもの来て、所狭しとて、

46) 『新しき不動尊、しばし雨だりにおはしませ』といひて、かき抱きて、

47) 雨だりについ据ゆと思ひしに、

48) 肥前国の奥の郡にこそ居たりしか。

49) かかるあさましき事にこそあひたりしか」とぞ、

50) 京に来て語りけるとぞ。

18. 참마 죽에 물린 이야기[1]

지금은 옛날, 도시히토(利仁) 쇼군(将軍)이 젊었을 때,[2] 당대 최고 권력자[3] 밑에서 가신으로 있었는데,[4] 새해 들어 큰 잔치가 열렸다.[5] 그때는 대향연이 끝나고 남은 밥을 처리하는 천민[6]들을 물려 들이지 않고,[7] 대향연을 마치고 내린 밥이라 하여 시중을 드는 가신들이 먹었다.[8] 거기에서 오랫동안 섬겨온 사람들 가운데,[9] 잘난 체하는 고참[10]이 있었다.[11] 그 내린 밥을 드는 자리에서 참마 죽을 후루룩 마시고 혀를 차곤,[12] “아아, 어찌 참마 죽에 물리겠는가.” 하므로,[13] 도시히토가 이를 듣고서,[14] “선배님[15],

---

1) 『日本古典文学全集』 [1巻18] 「利仁芋粥の事」(도시히토의 참마 죽에 얽힌 일) 참고로 〈도시히토〉에 대해 『全集』에서는 10세기 초기 인물로 鎮守府(ちんじゅふ_옛날 북방 이민족을 진압하기 위해 무쓰[陸奥]지역에 설치한 관청) 쇼군(将軍)인 후지와라노 도키나가(藤原時長)의 아들로 주석하고 있다.

2) 今は昔、利仁の将軍の若かりける時、

3) 〈원문〉의 「一(いち)の人(ひと)」는 셋쇼(摂政_임금을 대신하여 정무를 집행하는 벼슬)·간빠쿠(関白_덴노[天皇]를 보좌하여 정무를 집행하는 중요 벼슬) 또는 다이죠다이진(太政大臣_태정관의 최고위 벼슬)을 달리 부르는 말이다.

4) その時の一の人の御許に恪勤して候ひけるに、

5) 正月に大饗せられけるに、

6) 〈원문〉의 「とりばみ」는 대향연 따위를 마친 이후에 마당에 던져진 남은 요리를 주워 먹는 미천한 사람의 뜻이다. 또는 그렇게 시키는 일을 가리키기도 한다.

7) そのかみは大饗果てて、とりばみといふ者を払ひて入れずして、

8) 大饗のおろし米とて、給仕したる恪勤の者どもの食ひけるなり。

9) その所に、年比になりて給仕したる者の中には、

10) 〈원문〉의 「五位(ごい)」는 궁중에서 벼슬의 위계를 나타내는 말이다. 옛날에는 ‘五位’ 이상이 특별대우 받았다. 이어지는 내용을 고려하여 ‘고참’으로 옮긴다.

11) 所得たる五位ありけり。

12) そのおろし米の座にて、芋粥すすりて、舌打をして、

아직 참마 죽에 물리시지 않습니까?”라고 물었다.[16] 그러자 고참이 “아직 물리지 않습니다.” 하매,[17] “물리시도록 하지요.” 하니,[18] “고맙겠습니다.” 하고 자리가 끝났다.[19]

이제 닷새 남짓 지나,[20] 고참의 거처에 도시히토가 찾아와서 말하길,[21] “자, 목욕하러 가시지요, 선배님.” 하자,[22] “대단히 고마운 일이로군.[23] 오늘 밤 몸이 근질근질했는데 말이지.[24] 그런데 탈 것이 없네요.” 했더니,[25] “여기에 보잘것없는 말을 준비해 두었습니다.” 했다.[26] 그러자 “아아 고맙소, 고맙소.” 하는데,[27] 고참은 얇은 솜을 넣은 옷 두 장 남짓에,[28] 옷자락이 해진 푸른빛이 감도는 회색 아랫도리옷을 입고,[29] 같은 색깔의 어깨가 조금 처진 웃옷을 걸치고,[30] 아랫도리에 겹쳐 입는 옷도 입지 않았다.[31] 그는 코는 높은데 끄트머리가 불그스레하고,[32] 콧구멍 언저리가 축축해 보였

---

13) 「あはれ、いかで芋粥に飽かん」といひければ、

14) 利仁これを聞きて、

15) 〈원문〉의 「大夫」는 「五位」의 통칭으로 쓰이는 말이다.

16) 「大夫殿、いまだ芋粥に飽かせ給はずや」と問ふ。

17) 五位、「いまだ飽き侍らず」といへば、

18) 「飽かせ奉りてんかし」といへば、

19) 「かしこく侍らん」とてやみぬ。

20) さて四五日ばかりありて、

21) 曹司住みにてありける所へ、利仁来ていふやう、

22) 「いざさせ給へ。湯浴みに。大夫殿」といへば、

23) 「いとかしこき事かな。

24) 今宵身の痒く侍りつるに。

25) 乗物こそは侍らね」といへば、

26) 「ここにあやしの馬具して侍り」といへば、

27) 「あな嬉し、嬉し」といひて、

28) 薄綿の衣二つばかりに、

29) 青鈍の指貫の裾破れたるに、

30) 同じ色の狩衣の肩少し落ちたるに、

는데,33) 그건 콧물을 훔치지 않은 탓인 듯했다.34) 웃옷 뒤쪽은 띠를 졸라매 쭈글쭈글 한 채로 펴지 않았기에 말 못 하게 꼴불견이다.35) 괴상망측했지만 고참을 앞세우고 모두 말을 타고,36) 가와라(河原_교토[京都] 동쪽을 흐르는 가모가와[鴨川]의 통칭) 방향으로 출발했다.37) 고참에게는 말단 몸종조차 따라붙지 않았다.38) 도시히토 일행에는 무구(武具)를 운반하는 하인과 마부, 그리고 몸종이 하나 있었다.39) 가와라를 지나 아와타구치(粟田口)40)에 다다르자41) "어느 쪽으로?"라고 물으니,42) 그저 "여기, 여기." 하며 야마시나(山科_아와타구치의 동남쪽)도 지나쳐갔다.43) "이건 어찌하여 '여기, 여기' 하며 야마시나도 지나치는가?" 물으니,44) "저기, 저기." 하며 세키야마(関山_오사카야마[逢坂山]. 교토[京都]와 시가[滋賀]현 경계)도 지나쳤다.45) "여기, 여기." 하며 아는 스님이 있는 미이데라(三井寺_시가[滋賀]현 오쓰[大津]시에 있는 온죠지[園城寺]의 별칭)에 당도했기에,46) 여기에서 목욕을

---

31) したの袴(はかま)も着(き)ず。

32) 鼻高(はなたか)なるものの、先(さき)は赤(あか)みて、

33) 穴(あな)のあたり濡(ぬ)ればみたるは、

34) 洟(すすな)をのごはぬなめりと見(み)ゆ。

35) 狩衣(かりぎぬ)の後(うしろ)は、帯(おび)に引(ひ)きゆがめられたるままに、ひきも繕(つくろ)はねば、いみじう見苦(みぐる)し。

36) をかしけれども、先(さき)に立(た)てて、我(われ)も人(ひと)も馬(うま)に乗(の)りて、

37) 河原(かはら)ざまにうち出(い)でぬ。

38) 五位(ごい)の供(とも)には、あやしの童(わらは)だになし。

39) 利仁(としひと)が供(とも)には、調度懸(てうどかけ)、舎人(とねり)、雑色(ざふしき)一人(ひとり)ぞありける。

40) 〈원문〉의 「아와타구치(粟田口)」는 교토(京都)시 히가시야마(東山)구(区)의 지명으로, 교토에서 에도(江戸) 즉 도쿄(東京)까지 이어지는 도카이도(東海道)의 교토 쪽 입구다.

41) 河原(かはら)うち過(す)ぎて、粟田口(あはたぐち)にかかるに、

42) 「いづくへぞ」と問(と)へば、

43) ただ、「ここぞ、ここぞ」とて、山科(やましな)も過(す)ぎぬ。

44) 「こはいかに。ここぞ、ここぞとて、山科(やましな)も過(すぐ)しつるは」といへば、

45) 「あしこ、あしこ」とて、関山(せきやま)も過(す)ぎぬ。

46) 「ここぞ、ここぞ」とて、三井寺(みゐでら)に知(し)りたる僧(そう)のもとに行(い)きたれば、

하나 하면서도,[47] 미친 듯이 멀리 왔다고 생각했는데,[48] 여기에도 더운물이 있을 법하지도 않다.[49] “더운물은 어디 있는가?” 물으니,[50] “실은 쓰루가(敦賀_후쿠이[福井]현[県] 소재. 미이데라에서 북쪽으로 약 85㎞ 거리)로 모시고 가는 겁니다.” 하기에,[51] “미치겠네요. 도읍에서 그렇게 말씀하셨더라면 하인들이라도 데리고 왔을 것을.” 했다.[52] 그러자 도시히토가 크게 웃으며 “도시히토 한 사람이면 천 명이 있다고 생각하십시오.” 했다.[53] 그리하여 음식을 먹고 서둘러 출발했다.[54] 거기에서 도시히토가 화살통을 들어 멨다(_이는 무장할 필요가 있는 위험지역에 들어섰다는 뜻).[55]

이렇게 가는데 미쓰(三津_오쓰[大津]시 북부, 비와코[琵琶湖] 부근) 호숫가에서 여우 한 마리가 뛰쳐나온 걸 보곤,[56] “쓸만한 심부름꾼이 왔다.” 하며 도시히토가 여우를 몰아치니,[57] 여우가 몸을 돌려 도망치지만 이내 몰려서 도망치지 못한다.[58] 말에 탄 채로 덮쳐서 여우 뒷다리를 붙잡아 들어 올렸다.[59] 타고 있는 말은 그다지 훌륭한 듯도 보이지 않았지만,[60] 실은 엄청난 명마였기에, 그리 오래 끌지 않고 붙잡았는데,[61] 고참

---

47) ここに湯沸すかと思ふだにも、

48) 物狂ほしう遠かりけりと思ふに、

49) ここにも湯ありげもなし。

50) 「いづら、湯は」といへば、

51) 「まことは敦賀へ率て奉るなり」といへば、

52) 「物狂ほしうおはしける。京にて、さとのたまはましかば、下人なども具すべかりけるを」といへば、

53) 利仁あざ笑ひて、「利仁一人侍らば、千人と思せ」といふ。

54) かくて、物など食ひて急ぎ出でぬ。

55) そこにて利仁胡簶取りて負ひける。

56) かくて行く程、三津の浜に狐の一つ走り出でたるを見て、

57) よき使出で来たりとて、利仁狐をおしかくれば、

58) 狐身を投げて逃ぐれども、追ひ責められて、え逃げず。

59) 落ちかかりて、狐の後足を取りて、引きあげつ。

60) 乗りたる馬、いとかしこしとも見えざりつれども、

61) いみじき逸物にてありければ、いくばくも延さずして捕へたる所に、

이 달려와 다다르니 도시히토가 여우를 들어 올리고 말하길,[62] “여우야, 오늘 저녁 안에 도시히토의 집이 있는 쓰루가(敦賀)로 가서 아뢰거라.[63] ‘갑작스레 손님을 모시고 내려간다.[64] 내일 오전 10시 무렵에 다카시마(高嶋_비와코[琵琶湖] 서쪽) 부근으로 마중하러,[65] 하인들과 안장을 얹은 말 두 필을 끌고 와라.’라고 해라.[66] 만일 전하지 않는다면 혼쭐날 줄 알아라. 여우야, 한번 해 보던가.[67] 여우는 신통력이 있으니 오늘 안에 도착하여 전하라.” 하며 놓아주었다.[68] 그러자 고참은 “신통치 않은 심부름꾼이군.” 했다.[69] “괜찮습니다. 보시지요. 안 가곤 못 배길 겁니다.” 하니,[70] 어느새 여우는 몇 번이고 뒤돌아보며 앞으로 내달려 나갔다.[71] “잘 가는 모양이군.” 하는 말에 맞춰,[72] 달려 나가 이내 보이지 않게 되었다.[73]

그리하여 그날 밤은 노숙하고,[74] 이른 새벽에 서둘러 나섰는데,[75] 정말로 오전 10시 무렵에 말 서른 필 남짓이 무리 지어 다가왔다.[76] 무슨 일인가 보다가 도시히토가 “하인들이 왔습니다.” 하니,[77] 고참은 “글쎄?” 했다.[78] 점점 가까워져 사내들이 말에

62) この五位走らせて行き着きたれば、狐を引きあげていふやうは、

63) 「わ狐、今宵のうちに、利仁が家の敦賀にまかりていはんやうは、

64) 『にはかに客人を具し奉りて下るなり。

65) 明日の巳の時に、高嶋辺にをのこども迎へに、

66) 馬に鞍置きて二疋具してまうで来』といへ。

67) もしいはぬものならば、わ狐、ただ試みよ。

68) 狐は変化あるものなれば、今日のうちに行き着きていへ」とて放てば、

69) 「荒涼の使かな」といふ。

70) 「よし御覧ぜよ。まからではよにあらじ」といふに、

71) 早く狐、見返し見返しして、前に走り行く。

72) 「よくまかるめり」といふにあはせて、

73) 走り先だちて失せぬ。

74) かくて、その夜は道にとまりて、

75) つとめてとく出で行く程に、

76) まことに巳の時ばかりに、三十騎ばかりこりて来るあり。

서 내려서,[79] “이것 봐. 정말로 오셨잖아.” 하니,[80] 도시히토가 미소 지으며 “무슨 일이냐?” 물었다.[81] 나이가 있는 하인이 앞으로 나와서,[82] “희한한 일이 있었습니다.” 했다.[83] 도시히토가 그나저나 “말은 있는가?” 하니 “두 필 있습니다.” 했다.[84] 음식을 비롯해 장만해 왔으므로,[85] 그 언저리에서 말을 내려 자리 잡고 앉아 먹을 때,[86] 나이 있는 하인이 말하길,[87] “어젯밤에 희한한 일이 있었습니다.[88] 술시(戌時_오후 7시에서 9시 사이) 무렵 사모님이 가슴 통증이 심해 몸져누우셨는데,[89] ‘어찌 된 일인가?’ 하여 서둘러 ‘스님을 모시자.’ 하며 야단법석이셨는데,[90] 제 발로 나서서 말씀하시길,[91] ‘어찌 법석이십니까? 나는 여우로소이다. 별난 일이 아닙니다.[92] 이번 5일, 미쓰(三津) 호숫가에서 주군께서 내려오시는 길에 마주쳤는데,[93] 내뺐지만 도망 못 가고 붙들렸습니다.[94] 그런데 「오늘 안에 우리 집에 모시고 내려갈테니,[95] 내일 10시쯤 말 두 필에

---

77) 何にかあらんと見るに、「をのこどもまうで来たり」といへば、

78) 「不定の事かな」といふ程に、

79) ただ近に近くなりて、はらはらとおるる程に、

80) これ見よ。まことにおはしたるは」といへば、

81) 「利仁うちほほゑみて、「何事ぞ」と問ふ。

82) おとなしき郎等進み来て、

83) 「希有の事の候ひつるなり」といふ。

84) まづ、「馬はありや」といへば、「二疋候」といふ。

85) 食物などして来ければ、

86) その程におり居て食ふついでに、

87) おとなしき郎等のいふやう、

88) 「夜部、希有の事の候ひしなり。

89) 戌の時ばかりに、台盤所の、胸をきりにきりて病ませ給ひしかば、

90) いかなる事にかとて、にはかに僧召さんなど、騒がせ給ひし程に、

91) 手づから仰せ候やう、

92) 『何か騒がせ給ふ。おのれは狐なり。別の事なし。

93) この五日、三津の浜にて、殿の下らせ給ひつるにあひ奉りたりつるに、

안장을 얹어 하인들이 다카시마로 와서 맞으라고 전하라.[96] 만일 오늘 중에 도착해서 전하지 않으면 혼쭐내겠다.」라고.[97] 하인들은 서둘러 출발하시오.[98] 만약 늦게 도착하면 혼쭐이 날 겁니다.'라고 겁에 질려 법석을 피시기에,[99] 하인들을 불러 모아 말씀하셨더니, 사모님이 평상시처럼 돌아오셨습니다.[100] 그러고 나서 닭이 울 때 출발하였습니다." 하니,[101] 도시히토가 미소 지으며 고참과 눈을 맞추니,[102] 고참이 괴이하게 여겼다.[103] 음식을 다 먹고 서둘러 자리를 떠서 저녁녘에 집에 당도했다.[104] 그러자 가신들이 "이것 봐. 진짜였어."라며 서로 신기해했다.[105]

고참이 말에서 내려, 집의 모양새를 살펴보니,[106] 웅장하고 훌륭한 것이 비할 데가 없다.[107] 출발할 때 입고 온 옷 두 장 위에 도시히토의 자리옷[108]을 입혀줬지만,[109] 옷 안쪽에 틈새가 있을 터라 몹시 추워 보여서,[110] 네모난 화로에 불을 많이 지폈

94) 逃げつれど、え逃げで、捕へられ奉りたりつるに、

95) 「今日のうちに我が家に行き着きて、客人具し奉りてなん下る。

96) 明日巳の時に、馬二つに鞍置きて具して、をのこども高嶋の津に参りあへといへ。

97) もし今日のうちに行き着きていはずば、からき目見せんずるぞ」と仰せられつるなり。

98) をのこども、とくとく出で立ちて参れ。

99) 遅く参らば、我は勘当蒙りなん』と、怖ぢ騒がせ給ひつれば、

100) をのこどもに召し仰せ候ひつれば、例ざまにならせ給ひにき。

101) その後鳥とともに参り候ひつるなり」といへば、

102) 利仁うち笑みて、五位に見合すれば、

103) 五位あさましと思ひたり。

104) 物など食ひ果てて、急ぎ立ちて暗々に行き着きぬ。

105) 「これを見よ。まことなりけり」とあさみ合ひたり。

106) 五位は馬よりおりて、家のさまを見るに、

107) 賑はしくめでたき事物にも似ず。

108) 〈원문〉의 「宿衣」는 일반적으로 〈しゅくえ〉로 읽으며 궁궐에서 숙직할 때 입는 약식 옷의 뜻이다.

109) もと着たる衣二つが上に、利仁が宿衣を着せたれども、

110) 身の中しすきたるべければ、いみじう寒げに思ひたるに、

다.[111] 바닥을 두껍게 깔고 안주와 먹거리를 차려내 기분 좋게 보였는데,[112] "여행길에 추우셨지요?"라며,[113] 솜을 가득 넣은 옅은 노란색 옷을 세 겹 가지고 와서 덮어주니,[114] 기쁘다는 말로는 부족했다.[115] 음식을 다 먹고 나서 조용해지자,[116] 도시히토의 장인인 아리히토(有仁)가 찾아와서 말하길,[117] "이번엔 어찌 이렇게 오셨습니까?[118] 그에 맞춰 전갈하러 온 심부름꾼도 괴이했고,[119] 사모님은 갑자기 몸져누우셨습니다.[120] 희한한 일입니다."라고 하니,[121] 도시히토가 크게 웃으며 "여우의 마음을 시험해보려 한 것인데,[122] 정말로 찾아와서 고했던 것입니다." 했다.[123] 그러자 장인도 웃으며 "희한한 일입니다." 했다.[124] "함께 오신다는 분은 이분을 말씀하는 겁니까?" 하니,[125] "그렇습니다. '참마 죽이 아직 물리지 않는다.' 하시기에,[126] 물리시도록 해드리겠다 하여 모시고 온 겁니다" 했다.[127] 그러자 장인이 "손쉬운 것에도 물리시지

---

111) 長炭櫃に火を多うおこしたり。

112) 畳厚らかに敷きて、くだ物、食物し設けて、楽しく覚ゆるに、

113) 「道の程寒くおはしつらん」とて、

114) 練色の衣の綿厚らかなる、三つ引き重ねて持て来て、うち被ひたるに、

115) 楽しとはおろかなり。

116) 物食ひなどして、事しづまりたるに、

117) 舅の有仁出で来ていふやう、

118) 「こはいかでかくは渡らせ給へるに。

119) これにあはせて、御使のさま物狂ほしうて、

120) 上にはかに病ませ奉り給ふ。

121) 希有の事なり」といへば、

122) 利仁うち笑ひて、「物の心みんと思ひてしたりつる事を、

123) まことにまうで来て告げて侍るにこそあなれ」といへば、

124) 舅も笑ひて、「希有の事なり」といふ。

125) 「具し奉らせ給ひつらん人は、このおはします殿の御事か」といへば、

126) 「さに侍り。『芋粥にいまだ飽かず』と仰せらるれば、

127) 飽かせ奉らんとて、率て奉りにたる」といへば、

않은 거네요."라며 농을 던지니,[128] 고참이 말하길 "히가시야마(東山_교토[京都] 소재 지역명)에 더운물을 준비했다 하여 사람을 꼬드겨내서는 이렇게 말씀하는 겁니다." 하며 농을 주고받다가,[129] 밤이 조금 깊어져서 장인도 들어갔다.[130]

침소로 보이는 곳에 고참이 들어서 잠을 청하려는데,[131] 솜이 한 뼘쯤 들어간 자리옷이 놓여있다.[132] 자신이 입고 왔던 얇은 솜옷은 지저분하고,[133] 뭐가 있는지 가렵기도 한 듯싶어 벗어던지고,[134] 옅은 노란색 옷 세 장 위에 그 자리옷을 겹쳐 입고 누운 기분이란,[135] 이제껏 경험해본 적이 없는 것이어서 정신이 아득해질 지경이었다.[136] 땀을 비 오듯 흘리며 누워있는데,[137] 다시 곁에 인기척이 나서 "누구냐?" 물으니,[138] "'다리를 주물러 드려라.' 하기에 왔사옵니다." 했다.[139] 모습이 밉지 않아 품고 바람이 잘 통하는 곳에 누웠다.[140]

그런데 밖에서 커다란 목소리가 들렸다.[141] 무슨 일인가 들으니 하인이 소리쳐 말하길,[142] "여기 부근의 하인들은 명을 받거라.[143] 내일 묘시(卯時_오전 5시에서 7시 사이)

128) 「やすき物にもえ飽かせ給はざりけるかな」とて戯るれば、

129) 五位、「東山に湯沸したりとて、人をはかり出でて、かくのたまふなり」など言ひ戯れて、

130) 夜少し更けぬれば舅も入りぬ。

131) 寝所と思しき所に、五位入りて寝んとするに、

132) 綿四五寸ばかりある宿衣あり。

133) 我がもとの薄綿はむつかしう、

134) 何のあるにか、痒き所も出で来る衣なれば、脱ぎ置きて、

135) 練色の衣三つが上に、この宿衣引き着ては、臥したる心、

136) いまだ習はぬに気もあげつべし。

137) 汗水にて臥したるに、

138) また傍に人のはたらけば、「誰そ」と問へば、

139) 「『御足給へ』と候へば、参りつるなり」といふ。

140) けはひ憎からねば、かきふせて、風の透く所に臥せたり。

141) かかる程に、物高くいふ声す。

142) 何事ぞと聞けば、をのこの叫びていふやう、

까지 두께 9센티 길이 1.5미터짜리 참마를 각자 하나씩 가지고 오라." 하는 것이었다.[144] 고약하게 요란을 떠는구나, 하다가 그대로 잠이 들었다.[145]

새벽녘에 들으니 마당에 거적을 까는 소리가 나는데,[146] 무슨 일을 꾸미는 것인지 들어보니,[147] 당번 집사를 비롯해서 모두 일어나있는데,[148] 덧문을 올리고 내다보니, 긴 거적을 네댓 장 깔았다.[149] 무슨 요량일까 보고 있는데,[150] 사내종이 나무처럼 보이는 것을 어깨에 짊어지고 와서 한 그루 내려놓고 갔다.[151] 그러고 나서 연달아 가지고 와서 내려놓는 것을 보니,[152] 정말로 두께가 9센티 남짓, 길이가 1.5미터쯤 하는 것을 하나씩 가지고 와서 내려놓는데,[153] 사시(巳時_오전 9시에서 11시 사이)까지 쌓으니, 집 높이만큼 되었다.[154] 어젯밤에 소리쳤던 것은 실은 그 부근에 사는 하인들만 들으라고,[155] 사람 부르는 언덕이라는 나지막한 둔덕에서 외쳤던 것이었다.[156] 그런데 그 목소리가 닿는 곳에서만 가져온 것조차도 이렇게 많았다.[157] 그러니 멀리 떨어진 곳에 있는 하인들이 얼마나 많을지 헤아려봄 직하다.[158] 기가 막혀 보고 있는데,[159] 다

---

143) 「この辺の下人承れ。

144) 明日の卯の時に、切口三寸、長さ五尺の芋おのおの一筋づつ持て参れ」といふなりけり。

145) あさましうおほのかにもいふものかなと聞きて、寝入りぬ。

146) 暁方に聞けば、庭に筵敷く音のするを、

147) 何わざするにかあらんと聞くに、

148) 小屋当番より始めて、起き立ちて居たる程に、

149) 蔀あけたるに、見れば、長筵をぞ四五枚敷きたる。

150) 何の料にかあらんと見る程に、

151) 下種男の、木のやうなる物を肩にうち掛けて来て、一筋置きて去ぬ。

152) その後うち続き持て来つつ置くを見れば、

153) まことに口三寸ばかりなるを、一筋づつ持て来て置くとすれど、

154) 巳の時まで置きければ、居たる屋と等しく置きなしつ。

155) 夜部叫びしは、早うその辺にある下人の限に物いひ聞かすとて、

156) 人呼の岡とてある塚の上にていふなりけり。

157) ただその声の及ぶ限のめぐりの下人の限持て来るにだに、さばかり多かり。

섯 섬은 족히 들어갈 가마솥을 대여섯 개 내어 와서,160) 마당에 말뚝을 박고 자리를 잡았다.161) 무슨 심산일까 지켜보고 있는데,162) 흰옷을 입고 허리띠를 맨 젊고 정결한 여인네들이,163) 흰 새 통에 물을 담아 그 가마솥들에 조르륵조르륵 부었다.164) 뭐 끓이는 건가 보니,165) 그 물로 보이는 것은 하늘타리를 다린 국물이었다.166) 젊은 사내들은 옷소매를 걷어붙이고,167) 얇고 긴 칼을 든 여남은 명이 와서,168) 그 참마 껍질을 연신 벗기고 저미는데,169) 분명 참마 죽을 끓이는 것으로 보였지만,170) 당최 먹을 생각이 들지 않았다.171) 오히려 역겨워졌다.172)

한소끔 끓이고선 "참마 죽이 다 되었습니다." 한다.173) "들이라." 하여, 먼저 한 말이나 들어갈 법한 큰 대접 서너 개에 담아서,174) "일단 드시죠." 하며 가지고 오는데,175)

---

158)まして立ち退きたる従者どもの多さを思ひやるべし。

159) あさましと見たる程に、

160) 五石なはの釜を五つ六つ舁き持て来て、

161) 庭に杭ども打ちて、据ゑ渡したり。

162) 何の料ぞと見る程に、

163) しほぎぬの襖といふもの着て、帯して、若やかにきたなげなき女どもの、

164) 白く新しき桶の水を入れて、この釜どもにさくさくと入る。

165) 何ぞ、湯沸すかと見れば、

166) この水と見るはみせんなりれり。

167) 若きをのこどもの袂より手出したる、

168) 薄らかなる刀の、長やかなる持たるが、十余人ばかり出で来て、

169) この芋をむきつつ、透切に切れば、

170) 早く芋粥煮るなりけりと見るに、

171) 食ふべき心地もせず。

172) かへりてはうとましくなりにけり。

173) さらさらとかへらかして、「芋粥出でまうで来にたり」といふ。

174) 「参らせよ」とて、まづ大なる土器具して、金の提の一斗ばかり入りぬべきに、三つ四つに入れて、

175) 「かつ」とて持て来たるに、

물려서 한 대접도 다 먹지 못한다.[176] 그리고 "물려버렸다." 하니,[177] 박장대소하며 모여들어 앉아서,[178] "손님 덕분에 참마 죽을 먹겠다."라고 수군댔다.[179] 이러고 있는데 저쪽 긴 처마 밑에서,[180] 여우가 엿보고 있는 것을 도시히토가 알아차리고는,[181] "저기 보십시오. 보냈던 그 여우가 구경하는 것을." 하며,[182] "여우에게 먹이게." 하여 먹도록 하니 남김없이 다 먹었다.[183]

이처럼 만사가 만족스럽다는 말로는 부족하다.[184] 한 달 남짓 지나 도읍으로 돌아오는데,[185] 평상복과 관복들을 수도 없이 갖추고, 또한 보통 견포(絹布)며 솜이며 비단이며 행장에 담아 선물로 주고,[186] 첫날밤에 입었던 자리옷도 물론 주었다.[187] 그리고 말에 안장을 얹은 채로 주어서 보냈다.[188]

비록 더부살이하는 사람이지만,[189] 한곳에 정착한 지 오래되어 세력을 얻은 사람은,[190] 그런 일이 본디 있다는 것이었다.[191]

---

176) 飽きて一盛をだにえ食はず。

177) 「飽きにたり」といへば、

178) いみじう笑ひて、集りて居て、

179) 「客人殿の御徳に芋粥食ひつ」と言ひ合へり。

180) かやうにする程に、向ひの長屋の軒に、

181) 狐のさし覗きて居たるを、利仁見つけて、

182) 「かれ御覧ぜよ。候ひし狐の見参するを」とて、

183) 「かれに物食はせよ」といひければ、食はするに、うち食ひてけり。

184) かくて万の事たのもしといへばおろかなり。

185) 一月ばかりありて上りけるに、

186) けをさめの装束どもあまたくだり、またただの八丈、綿、絹など、皮籠どもに入れて取らせ、

187) 初の夜の宿衣はた更なり。

188) 馬に鞍置きながら取らせてこそ送りけれ。

189) きう者なれども、

190) 所につけて、年比になりて許されたる者は、

191) さる者のおのづからあるなりけり。

19. 걸신을 매달고 다니는 스님[1]

지금은 옛날, 세이토쿠히지리(清徳聖)라는 고승이 있었는데,[2] 어머니가 돌아가시자 관에 담아,[3] 오로지 혼자서 아타고산(愛宕山_교토[京都] 북서부 소재 산)으로 옮기곤,[4] 커다란 돌을 네 귀퉁이에 놓고, 그 위에 관을 올려놓고,[5] 천수다라니를, 한시도 멈추지 아니하고,[6] 잠도 자지 않고, 음식도 먹지 않고, 더운물도 마시지 않고,[7] 목소리도 끊어짐 없이 다라니를 외며, 그 관 둘레를 도는 일이 3년이 되었다.[8]

그해 봄에 꿈인지 생시인지,[9] 어렴풋이 어머니 목소리가 들리는데,[10] "이 다라니를 이처럼 밤낮으로 외시니,[11] 나는 이미 남자가 되어 하늘나라에서 태어났지만,[12] 기왕이면 성불하여 고하고자 여태껏 고하지 않았습니다.[13] 이제 성불하여 고합니다."라고

---

1) 『日本古典文学全集』 [2巻1] 「清徳聖奇特の事」(세이토쿠 스님의 영험한 일)

2) 今は昔、清徳聖といふ聖のありけるが、

3) 母の死したりければ、棺にうち入れて、

4) ただ一人愛宕の山に持て行きて、

5) 大なる石を四つの隅に置きて、その上にこの棺をうち置きて、

6) 千手陀羅尼を、片時休む時もなく、

7) うち寝る事もせず、物も食はず、湯水も飲まで、

8) こ声絶もせず誦し奉りて、の棺をめぐる事三年になりぬ。

9) その年の春、夢ともなく現ともなく、

10) ほのかに母の声にて、

11) 「この陀羅尼をかく夜昼よみ給へば、

12) 我は早く男子となりて、天に生れにしかども、

13) 同じくは仏になりて告げ申さんとて、今までは告げ申さざりつるぞ。

했다.[14] 그 말을 듣고서 "그럴 줄 알았습니다. 이제는 성불하셨겠지요."라며,[15] 관에서 꺼내 거기에서 화장하고 뼈를 수습하여 묻고,[16] 그 위에 돌로 만든 스투파[17]를 세우는 등 관례대로 장례를 마쳤다.[18] 그러고 나서 도읍으로 나오는 길인데,[19] 니시노쿄(西京_헤이안쿄[平安京]의 서쪽 절반 지역) 부근에 물옥잠이 아주 많이 자란 곳이 있었다.[20]

이 스님이 곤하여 음식을 너무 먹고 싶어 길가에서 꺾어 먹는데,[21] 주인장이 나와서 보니 너무나도 존귀해 보이는 스님이 이처럼 마구 꺾어 먹으니 정말 기절초풍할 노릇이라고 생각하여,[22] "어찌하여 이리 드십니까?" 했다.[23] 그러자 스님이 "곤하고 괴로워서 먹는 겁니다." 하니,[24] "그러면, 드실 거면 조금 더 드시고 싶은 만큼 드십시오." 하니,[25] 서른 뿌리쯤 우걱우걱 꺾어 먹는다.[26] 그 물옥잠은 대략 350평 남짓 심었는데,[27] 이렇게 먹으니 몹시 기이하고, 또한 먹는 모습도 더 보고 싶어서,[28] "드실

14) 今は仏になりて告げ申すなり」といふと聞ゆる時、

15) 「さ思ひつる事なり。今は早うなり給ひぬらん」とて、

16) 取り出でて、そこも焼きて、骨取り集めて埋みて、

17) 〈원문〉의 「卒都婆(そとば)」는 일본에서 「卒塔婆」나 「率塔婆·率都婆」와 같이 표기되기도 한다. 이에 대해 『日本国語大辞典』에서는 '불사리(佛舍利)를 안치하거나 공양·보은을 하기 위해, 토석(土石)이나 벽돌을 쌓거나, 또는 목재를 짜 맞춰 만들어진 축조물'로 풀이하고 있다. 참고로 「스투파(stūpa)」는 〈표준국어대사전〉에 '석가모니의 사리나 유골을 모시거나 특별한 영지(靈地)를 나타내기 위하여, 또는 그 덕을 기리기 위하여 세운 건축물. 본디는 석가모니의 사리를 묻고 그 위에 돌이나 흙을 높이 쌓은 무덤이나 묘(廟)였다. 깎은 돌이나 벽돌 따위로 층을 지어 쌓으며, 3층 이상 홀수로 층을 올린다.'와 같이 풀이되어 있다.

18) 上に石の卒都婆など立てて、例のやうにして、

19) 京へ出づる道々、

20) 西の京に水葱いと多く生ひたる所あり。

21) この聖困じて、物いと欲しかりければ、道すがら折りて食ふ程に、

22) 主の男出で来て見れば、いと貴げなる聖の、かくすずろに折り食へば、あさましと思ひて、

23) 「いかにかくは召すぞ」といふ。

24) 聖、「困じて苦しきままに食ふなり」といふ時に、

25) 「さらば参りぬべくは、今少しも召さまほしからん程召せ」といへば、

26) 三十筋ばかりむずむずと折り食ふ。

27) この水葱は三町ばかりぞ植ゑたりけるに、

것 같으면 얼마든지 드십시오." 하니,[29] "아아, 값지도다." 하며 이리저리 기어 다니며 연신 꺾어 그 넓은 곳을 싹쓸이해 다 먹었다.[30] 주인장이 '기막히게 대식가인 스님이로군.' 생각하여,[31] "잠시 계십시오. 음식을 장만하여 드시게 하겠습니다." 하며,[32] 흰쌀 한 섬을 내와서 밥을 지어 먹도록 하니,[33] "한동안 아무것도 먹지 않아서 곤했기에."라며 모두 먹고 떠났다.[34]

이 사내가 너무나 괴이하다고 여겨,[35] 이를 다른 이들에게 말한 것을 전해 듣고서, 당대 우다이진(右大臣_고위관직명)[36]에게 누군가 이야기를 전하니,[37] '어찌 그렇겠는가. 이해가 가지 않는군. 불러서 먹여봐야겠다.' 생각하셨다.[38] '불도(佛道)와 연을 맺기 위해 음식을 드려봐야겠다.' 하여 불러들이시니,[39] 너무나도 성스러운 스님이 걸어 들어오신다.[40] 그 뒤편에 아귀, 축생, 호랑이, 늑대, 개, 까마귀, 수만 가지 새와 짐승들이 줄지어 걸어 들어오는데,[41] 그것은 다른 사람 눈으로는 볼 수 없다.[42] 오로지 스님

28) かく食へばいとあさましく、食食はんやうも見まほしくて、

29) 「召しつべくは、いくらも召せ」といへば、

30) 「あな貴」とて、うちゐざり、うちゐざり、折りつつ、三町をさながら食ひつ。

31) 主の男、あさましう物食ひつべき聖かなと思ひて、

32) 「暫し居させ給へ。物して召させん」とて、

33) 白米一石取り出でて、飯にして食はせたれば、

34) 「年比物も食はで、困じたるに」とてみな食ひて出でて去ぬ。

35) この男いとあさましと思ひて、

36) 『全集』에 이 인물이 후지와라노 모로스케(藤原師輔)를 가리킨다는 주석이 있는데, 이는 셋쇼(摂政)와 간빠쿠(関白)를 역임한 후지와라노 타다히라(藤原忠平;880-949)의 둘째 아들로 우다이진(右大臣)에 올랐다. 908-960.

37) これを人に語りけるを聞きつつ、坊城の右の大殿に人の語り参らせければ、

38) いかでかさはあらん。心得ぬ事かな。呼びて物食はせてみんと思して、

39) 結縁のために物参らせてみんとて、呼ばせ給ひければ、

40) いみじげなる聖歩み参る。

41) その尻に餓鬼、畜生、虎、狼、犬、烏、数万の鳥獣など、千万と歩み続きて来けるを、

42) 異人の目に大方え見ず。

혼자인 줄로만 보였는데, 이 대신이 그걸 알아차리시고,43) '그렇기에 너무나도 성스러운 스님이었구나. 대단하도다.' 생각하여,44) 흰쌀 열 섬으로 밥을 지어,45) 새로 짠 자리 위에 밥상이며 통이며 상자며 놓고 거기에 담아서,46) 여기저기 두고 잡숫게 하시니,47) 뒤편에 늘어선 것들에게 먹이니,48) 모여들어서 손을 뻗쳐 모두 먹었다.49) 스님은 한 톨도 잡숫지 않고 기뻐하며 자리를 떴다.50) '그러니 과연 보통 사람이 아니었던 게다.51) 부처님의 화신으로 돌아다니시는 게 아닐까?'라고 생각하셨다.52) 다른 사람의 눈에는 그저 스님 혼자서 먹는 줄로만 보였기에,53) 너무나도 괴이한 일로 여겼다.54)

그런데 스님이 나아가다가 시죠(四条_헤이안쿄[平安京] 내 지명) 북쪽에 있는 골목길에 변을 봤다.55) 스님 꽁무니에 붙어있던 무리가 싸지른 것인데,56) 먹물처럼 시커먼 똥을 빽빽하게 저 멀리까지 싸질러 놓았으니,57) 상놈들도 역시 더럽게 여겨, 그 골목길 이름을 똥 골목이라 지었다.58) 그걸 덴노(天皇)가 들으시고 "그 시죠 남쪽을 뭐라 부르느

43) ただ聖一人とのみ見けるに、この大臣見つけ給ひて、

44) さればこそいみじき聖にこそありけれ。めでたしと覚えて、

45) 白米十石をおものにして、

46) 新しき筵菰に折敷、桶、櫃などに入れて、

47) いくいくと置きて食はせさせ給ひければ、

48) 尻に立ちたる者どもに食はすれば、

49) 集りて手をささげみな食ひつ。

50) 聖は露食はで、悦びて出でぬ。

51) さればこそただ人にはあらざりけり。

52) 仏などの変じて歩き給ふにやと思しけり。

53) 異人の目には、ただ聖一人して食ふとのみ見えければ、

54) いとどあさましき事に思ひけり。

55) さて出でて行く程に、四条の北なる小路に穢土をまる。

56) この尻に具したる者、し散したれば、

57) ただ墨のやうに黒き穢土を、隙もなく遥々とし散したれば、

58) 下種などもきたながりて、その小路を糞の小路とつけたりけるを、

냐?" 물으시기에,[59] "아야노고미치(綾小路_아야[綾]는 '비단'의 뜻도 있지만 '더러움'의 뜻도 있다. 고미치는 '골목길'의 뜻)라 합니다."라고 아뢰었다.[60] 그러자 "그렇다면 이를 니시키노고미치(錦小路_니시키[錦]는 '비단'의 뜻)라고 하면 좋겠구나.[61] 너무 지저분한 이름이구나." 말씀하신 이래로 '니시키노고미치'라고 불렀다더라.[62]

59) 帝聞かせ給ひて、「その四条の南をば何といふ」といはせ給ひければ、

60) 「綾の小路となん申す」と申しければ、

61) 「さらばこれをば錦の小路といへかし。

62) あまりきたなきなり」など仰せられけるよりしてぞ、錦の小路とはいひける。

20. 스님의 기우제[1]

지금은 옛날, 엔기(延喜_일본의 연호. 다이고[醍醐]덴노[天皇] 재위 시기로 901~923년) 연간에 가뭄이 들었다.[2] 60명의 고승을 모셔서 대반야경을 외게 하셨는데,[3] 스님들이 검은 연기를 피우고 효험이 나타나기를 기도했지만,[4] 날씨는 더더욱 맑아지고 땡볕이 세차게 내리쬐니,[5] 덴노(天皇)를 위시하여 대소신료들과 백성들에게 이 일 이외에 달리 근심하는 일이 없었다.[6] 이에 궁중 대소사를 관장하는 벼슬아치[7]를 불러들여,[8] 죠칸(静観) 승정[9]에게 전하여 말씀하시기를,[10] "각별하게 걱정하시는 바가 있도다.[11] 이처럼

---

1) 『日本古典文学全集』 [2巻2] 「静観僧正雨を祈る法験の事」(죠칸[静観] 승정이 비 오기를 기원하여 효험이 있었던 일)

2) 今は昔、延喜の御時旱魃したりけり。

3) 六十人の貴僧を召して、大般若経読ましめ給ひけるに、

4) 僧ども黒煙を立てて、験現さんと祈りけれども、

5) いたくのみ晴れまさりて、日強く照りければ、

6) 御門を始めて、大臣公卿、百姓人民、この一事より外の歎きなかりけり。

7) 〈원문〉의 「蔵人頭(くろうどのとう)」는 덴노(天皇) 가까이에서 각종 의식 등 궁중의 대소사를 관장하던 관청인 〈蔵人所(くろうどどころ)〉의 수장을 가리킨다.

8) 蔵人頭を召し寄せて、

9) 〈원문〉의 「僧正(そうじょう)」에 대해 『日本国語大辞典』에는 '승관(僧官) 승강(僧綱)의 최상위. 또는 그 사람. 처음에는 한사람이었으나 대승정(大僧正;だいそうじょう)·승정(僧正;そうじょう)·권승정(権僧正;ごんそうじょう)와 같은 세 계급으로 나뉘어 열 명 남짓으로 늘어났다. 大僧正는 2위(二位) 다이나곤(大納言)에, 僧正는 2위(位) 추나곤(中納言)에, 権僧正는 3위(位) 산기(参議)에 준해 대우했다. 후세에는 각 종파의 승계(僧階)로서 이 명칭을 사용하게 됐다.' 라는 같은 풀이가 있다. 참고로 「승정(僧正)」은 〈표준국어대사전〉에 '승단을 이끌어 가면서 승려의 행동을 바로잡는 승직'으로 풀이되어 있다.

10) 静観僧正に仰せ下さるるやう、

11) 「ことさら思し召さるるやうあり。

사방팔방으로 기도를 올리게 한 효험이 없구나.[12] 자리에서 일어나 따로 벽 아래에 서서 기도하라.[13] 걱정하시는 바가 있으니 특별히 명하는 것이다."라고 하명하셨다.[14] 그러자 죠칸(静観) 승정이, 그때는 아직 릿시(律師_승정 다음다음 지위)로서,[15] 위로 소즈(僧都_승정 다음 지위. 이하 승도)와 승정과 여러 고승이 있었는데,[16] 명망이 높았기에 난덴(南殿_궁의 정전[正殿]) 앞 계단을 내려가서,[17] 담장 밑에서 북쪽을 향해 서서,[18] 향로를 꽉 붙들고, 이마에 향로를 대고 기도하시니,[19] 그 모습을 지켜보는 사람조차 고통스럽게 느꼈다.[20]

뜨거운 땡볕에 잠시라도 나가 설 수 없는데,[21] 눈물을 흘리며 검은 연기를 피우고 기도하시니,[22] 향로의 연기가 하늘로 올라가 쥘부채 남짓한 크기의 먹구름이 생겼다.[23] 신료들은 정전(正殿)에 늘어서 있고,[24] 덴노(天皇)는 활터가 있는 궁전에 서서 보시고,[25] 신료들의 말몰이들은 대문[26] 밖에서 들여다보고 있다.[27] 이처럼 지켜보고 있

12) かくのごと方々に御祈どもさせる験なし。

13) 座を立ちて、別の壁のもとに立ちて祈れ。

14) 思し召すやうあれば、とりわけ仰せつくるなり」と仰せ下されければ、

15) 静観僧正その時は律師にて、

16) 上に僧都、僧正、上臈どもおはしけれども、

17) 面目限なくて、南殿の御階より下りて、

18) 塀のもとに、北向に立ちて、

19) 香炉取りくびりて、額に香炉を当てて祈請し給ふ事、

20) 見る人さへ苦しく思ひけり。

21) 熱日の暫しもえさし出ぬに、

22) 涙を流し、黒煙を立てて祈請し給ひければ、

23) 香炉の煙空へ上りて、扇ばかりの黒雲になる。

24) 上達部は南殿に並び居、

25) 殿上人は弓場殿に立ちて見るに、

26) 〈원문〉의 「美福門(びふくもん)」은 옛 도읍이던 헤이안쿄(平安京)의 궁궐 외곽에 있는 대문 가운데 하나다.

27) 上達部の御前は美福門より覗く。

는데,[28] 그 구름이 온 하늘을 뒤덮고,[29] 용신(龍神)이 진동하여 천둥 번개가 온 천지에 가득하고,[30] 차축 같은 비가 억수로 내려, 천하를 순식간에 적시니,[31] 오곡이 풍요로워지고 온갖 나무들이 과실을 맺었다.[32] 이를 보고 들은 사람들 가운데 감복하지 않는 이가 없었다.[33] 이에 덴노(天皇)와 대소신료들이 매우 기뻐하여 그를 승도(僧都)로 삼으셨다.[34] 불가사의한 일이기에, 후세의 이야기에 이렇게 기록한 것이다.[35]

---

28) かくのごとく見る程に、

29) その雲むらなく大空に引き塞ぎて、

30) 龍神振動し、電光大千界に満ち、

31) 車軸のごとくなる雨降りて、天下たちまちにうるほひ、

32) 五穀豊饒にして万木果を結ぶ。

33) 見聞の人帰服せずといふなし。

34) 帝、大臣、公卿等随喜して、僧都になし給へり。

35) 不思議の事なれば、末の世の物語にかく記せるなり。

21. 산봉우리 바위를 날려버린 스님[1]

지금은 옛날, 죠칸(静観) 승정(僧正)은 서탑(西塔_교토[京都]시 북동쪽 히에이잔[比叡山]에 위치한 세 개의 탑 가운데 하나) 센주인(千手院)이라는 곳에 머물고 계셨다.[2] 그곳은 남쪽으로 커다란 산봉우리(_히에이잔[比叡山]-)에서 가장 높은 봉우리인 오히에[大比叡])를 바라보는 자리에 있었다.[3] 그 산봉우리의 북서쪽 경사면에 커다란 바위가 있다.[4] 그 바위의 생김새는 용이 입을 벌리고 있는 것과 비슷했다.[5] 그 바위와 마주한 곳에서 살던 승려들이,[6] 속절없이 수두룩이 목숨을 잃었다.[7] 한동안은 '어찌 죽어 나가는가?' 하며 짐작도 하지 못했는데,[8] '그 바위가 있는 탓.'이라는 소문이 돌았다.[9] 그 바위를 독살스러운 용바위라고 이름 붙였다.[10] 이렇다 보니 서탑은 나날이 황폐해져 갈 뿐이었다.[11] 그 센주인(千手院)에서도 사람들이 수두룩하게 죽어 나가 살기 어려워졌다.[12] 그 바위

---

1) 『日本古典文学全集』 [2巻3] 「同僧正大嶽の岩祈り失ふ事」(같은 승정이 큰 산봉우리 바위를 기도로 없앤 일)

2) 今は昔、静観僧正は西塔の千手院といふ所に住み給へり。

3) その所は南に向ひて、大嶽をまもる所にてありけり。

4) 大嶽の乾の方のそひに、大なる巌あり。

5) その岩の有様、龍の口をあきたるに似たりけり。

6) その岩の筋に向ひて住みける僧ども、

7) 命もろくして、多く死にけり。

8) 暫くは、いかにして死ぬるやらんと心も得ざりける程に、

9) この岩ある故ぞと言ひ立ちにけり。

10) この岩を毒龍の巌とぞ名づけたりける。

11) これによりて、西搭の有様、ただ荒れにのみ荒れまさりける。

12) この千手院にも人多く死にければ、住み煩ひけり。

를 보니 정말로 용이 커다란 입을 벌린 것과 닮았다.[13] '사람들의 이야기가 정말로 그랬던 거구나.'라고 승정이 생각하시고서,[14] 그 바위 쪽을 향해 이레 밤낮으로 기도를 올리시니,[15] 이레째 한밤중 무렵에 하늘에 구름이 끼더니 땅이 크게 진동했다.[16] 큰 산봉우리에 먹구름이 드리워서 보이지 않는다.[17] 한참 지나 하늘이 맑아졌다.[18] 날이 새고 나서 산봉우리를 보니 독살스러운 용바위가 산산이 깨져서 사라져버렸다.[19] 그날 이후로 서탑에 사람들이 살았지만, 뒤탈이 없었다.[20] 서탑에 머무는 승려들은 그 승정[21]을 지금까지도 귀히 모신다고 전해 내려오고 있다.[22] 신비스러운 일이다.[23]

---

13) この巌を見るに、まことに龍の大口をあきたるに似たり。

14) 人のいふ事は、げにもさありけりと、僧正思ひ給ひて、

15) この岩の方に向ひて、七日七夜加持し給ひければ、

16) 七日といふ夜半ばかりに、空曇り、震動する事おびたたし。

17) 大嶽に黒雲かかりて見えず。

18) 暫くありて空晴れぬ。

19) 夜明け、大嶽を見れば、毒龍巌砕けて散り失せにけり。

20) それより後、西搭に人住みけれども、祟なかりけり。

21) 〈원문〉의 「座主(ざす)」는 학문과 덕행 모두 훌륭한 승려로 그 자리에서 으뜸을 가리킨다. 참고로 〈표준국어대사전〉에 불교 용어로서 「좌주(座主)」는 '선원에서, '강사'를 달리 이르는 말'로 풀이되어 있다.

22) 西搭の僧どもは、件の座主をぞ、今にいたるまで貴み拝みけるとぞ語り伝へたる。

23) 不思議の事なり。

22. 금박장이 이야기[1]

지금은 옛날, 시치죠(七条_교토[京都] 소재 지명)에 금박장이가 있었다.[2] 그가 긴부산(金峰山_나라[奈良]현[県] 요시노군[吉野郡] 소재 산)에 참배하러 갔다.[3] 그 길에 무너져 내린 광산(_또는 지명으로서의 가나구즈레)을 가서 봤더니,[4] 진짜 금처럼 보이는 것이 있었다.[5] 기쁘게 생각하여 그 금을 집어 들어,[6] 옷소매에 꾸려서 집으로 돌아왔다.[7] 그걸 빻아서 보니 번쩍번쩍한 진짜 금인데,[8] '신기한 일이로세.[9] 이 금을 취하면 천둥이 치고 지진이 나고 비가 와서,[10] 조금도 취할 수 없다던데,[11] 이번에는 그런 일도 없다.[12] 앞으로도 이 금을 가져다가 생계를 꾸려야겠군.' 하며 기뻐했다.[13] 그리고 그 금을 저울에 달아 보니 18냥이나 나갔다.[14] 그걸 얇게 펴니 칠팔천 장이 됐다.[15] '이걸 한꺼번에 모두

---

1) 『日本古典文学全集』 [2巻4] 「金峯山薄打の事」(긴부산 금박 사건)

2) 今は昔、七条に薄打あり。

3) 御嶽詣しけり。

4) 参りて、金崩を行きて見れば、

5) 誠の金の様にてありけり。

6) 嬉しく思ひて、件の金を取りて、

7) 袖に包みて家に帰りぬ。

8) おろして見ければ、きらきらとして誠の金なりければ、

9) 「不思議の事なり。

10) この金取れば、神鳴、地震、雨降などして、

11) 少しもえ取らざんなるに、

12) これはさる事もなし。

13) この後もこの金を取りて、世中を過ぐべし」と嬉しくて、

살 사람이 없으려나.' 생각하여 한동안 가지고 있었는데,[16] 치안 담당관[17]을 맡은 사람이 도지(東寺_교토[京都] 소재 사찰)에 놓을 불상을 만들고자 하여,[18] 금박을 대량으로 사려 한다." 알려준 사람이 있었다.[19] 기쁨에 차서 품속에 잘 넣어 가지고 갔다.[20]

"금박이 필요하십니까?" 하니,[21] "얼마나 가지고 있느냐?" 물었다.[22] 그러자 "칠팔천 장 남짓 있습니다." 하니,[23] "가지고 왔느냐?" 하기에,[24] "있습죠." 하며 품속에서 종이로 꾸린 것을 꺼냈다.[25] 그걸 보니 깨짐 없이 넓고 색깔도 말 못 하게 곱기에, 펼쳐서 헤아려보려 했다.[26] 그런데 거기에 작은 글씨로 '**金御嶽 金御嶽**(_미타케[御嶽]는 긴부산[金峰山]의 다른 이름)'이라고 죄다 적혀있었다.[27] 도무지 이해가 가지 않아서 "이건 무엇을 위해 적어놓은 것인가?" 물으니,[28] 금박장이가 "적어놓은 건 없습니다. 무슨 심산으로 적어 넣은 것이 있겠습니까?" 했다.[29] 그러자 "여기 있잖나. 이걸 보아라."

---

14) 秤にかけて見れば、十八両ぞありける。

15) これを薄に打つに、七八千枚に打ちつ。

16) これをまろげて、みな買はん人もがなと思ひて、暫く持ちたる程に、

17) 〈원문〉의 「検非違使(けびいし)」는 도읍에서 발생하는 불법과 비위를 검찰하고, 추포, 소송, 행형을 관장한 벼슬이다. 오늘날 판사와 경찰을 겸하며 강력한 권한을 가졌다.

18) 「検非違使なる人の、東寺の仏造らんとて、

19) 薄を多く買はんと言ふ」と告ぐる者ありけり。

20) 悦びて懐にさし入れて行きぬ。

21) 「薄や召す」といひければ、

22) 「いくらばかり持ちたるぞ」と問ひければ、

23) 「七八千枚ばかり候」といひければ、

24) 「持ちて参りたるか」といへば、

25) 「候」とて、懐より紙に包みたるを取り出したり。

26) 見れば、破れず、広く、色いみじかりければ、広げて数へんとて見れば、

27) 小さき文字にて、金の御嶽金の御嶽とことごとく書かれたり。

28) 心も得で、「この書きつけは、何の料の書きつけぞ」と問へば、

29) 薄打、「書きつけも候はず。何の料の書きつけかは候はん」といへば、

하며 보여주니,[30] 금박장이가 보니 정말로 있다.[31] '기절초풍할 노릇이로세.' 생각하여 입도 뻥긋 못한다.[32] 치안 담당관이 "이는 보통 일이 아니다. 연유가 있을 터."라며 동료를 불러들여서,[33] 금을 수하에게 들려 금박장이와 함께 상관에게로 갔다.[34] 저간의 사정을 아뢰니 상관[35]이 놀라워하며,[36] "어서 신문하는 곳인 가와라(川原)[37]로 끌고 가서 캐묻거라." 하시니,[38] 그들이 그곳으로 가서 말뚝을 박고,[39] 몸뚱이를 꼼짝 못하게 붙잡아 매곤,[40] 일흔 번이나 고신했다.[41] 그러자 등짝이 붉은 얇은 옷을 물에 적셔 입혀놓은 것처럼 피범벅이 되었는데,[42] 그러고 다시 옥에 가두니 불과 열흘 남짓 만에 죽고 말았다.[43] 그리고 금박을 원래 있었던 긴부산에 되돌려놓았다고 전해진다.[44] 그 이후로 사람들이 무서워해서 더더욱 그 금을 가져가려 생각하는 사람이 없다.[45] 아, 두렵도다.[46]

---

30) 「現にあり。これを見よ」とて見するに、

31) 薄打見れば、まことにあり。

32) あさましき事かなと思ひて、口もえあかず。

33) 検非違使、「これはただ事にあらず。様あるべき」とて、友を呼び具して、

34) 金をば看督長に持たせて、薄打具して、大理のもとへ参りぬ。

35) 〈원문〉의 「別当(べっとう)」에는 여러 가지 뜻이 있는데 여기에서는 앞서 등장한 도읍의 치안을 담당하던 벼슬인 게비이시(検非違使)를 가리키는 것으로 봐야겠다.

36) 件の事どもを語り奉れば、別当驚きて、

37) 〈원문〉의 「川原(かわら)」는 교토(京都) 가모가와(賀茂川) 부근을 가리키며, 옛날 여기에서 처형이 집행됐다.

38) 「早く川原に出で行きて問へ」といはれければ、

39) 検非違使ども川原に行いて、よせばし掘り立てて、

40) 身をはたらかさぬやうにはりつけて、

41) 七十度の勘じをへければ、

42) 背中は紅の練単衣を水に濡らして着せたるやうに、みさみさとなりてありけるを、

43) 重ねて獄に入れたりければ、わづかに十日ばかりありて死にけり。

44) 薄をば金峯山に返して、もとの所に置きけると語り伝へたり。

45) それよりして人怖ぢて、いよいよ件の金取らんと思ふ人なし。

46) あな恐ろし。

23. 도미 꾸러미 이야기[1]

지금은 옛날, 도읍의 절반을 관장하는 벼슬을 하다가 이제는 영락한 고관대작이 있었다.[2] 나이 들어 폭삭 늙어버렸다.[3] 교토(京都) 남쪽에 있는 집에서 나다니지도 못하고 틀어박혀 지내고 있었다.[4] 그 지역 관아에서 벼슬하는 기노 모치쓰네(紀用経)라는 사람이 있었다.[5] 교토 서남쪽 외곽인 나가오카(長岡)에서 살았다.[6] 벼슬아치다 보니 그 고관의 집에 찾아와서는 알랑거렸다.[7]

그 모치쓰네가 상관인 대신(大臣)의 집에 가서 식자재 창고[8]에 있었을 때,[9] 아와지(淡路_효고[兵庫]현[縣] 소재 옛 지명) 태수인 요리치카(頼親)가 도미 꾸러미를 꽤 많이 진상했는데,[10] 그걸 창고에 가져왔다.[11] 모치쓰네는 식자재 창고지기인 요시즈미(義澄)에게 두 꾸러미를 부탁해 얻어서,[12] 가로질러 놓은 선반에 걸어놓겠다고 하며,[13] 요시즈미

---

1) 『日本古典文学全集』 [2巻5] 「用経荒巻の事」(모치쓰네의 생선꾸러미 사건)

2) 今は昔、左京の大夫なりける古上達部ありけり。

3) 年老いていみじう古めかしかりけり。

4) 下わたりなる家に、歩きもせで籠り居たりけり。

5) その司の属にて、紀用経といふ者ありけり。

6) 長岡になん住みける。

7) 司の属なれば、この大夫のもとにも来てなんをとづりける。

8) 〈원문〉의 「贄殿(にえどの)」는 신분이 높은 사람의 집에서 생선이며 닭이며 저장해두거나 음식을 조리하는 곳이다.

9) この用経大殿に参りて、贄殿に居たる程に、

10) 淡路守頼親が鯛の荒巻を多く奉りたりけるを、

11) 贄殿に持て参りたり。

12) 贄殿の預義澄に、二巻用経乞ひ取りて、

에게 말하길 "이걸 사람을 보낼 때 넘겨주십시오." 하고 일러두었다.[14] 마음속으로 생각하길 '이걸 우리 관아 윗사람에게 바쳐서 환심을 사야지.' 하곤,[15] 그걸 선반에 걸어 놓고, 그 고관대작 집으로 가서 보니,[16] 그 집 사랑채에 손님이 두세 명쯤 와 있는데,[17] 대접한답시고 화로에 불을 지펴 자기 집에서 뭔가를 먹으려는데,[18] 변변한 생선도 없다.[19] 잉어나 꿩고기가 필요할 듯 보였다.[20]

이에 모치쓰네가 자랑스레 아뢰길,[21] "바닷가인 쓰노쿠니(津国_오사카[大阪]부[府]와 효고[兵庫]현[県]에 걸친 옛 지역명)에 있는 아랫사람이 바로 제게 도미 꾸러미 세 개를 가져왔는데,[22] 한 꾸러미를 먹어보니 말로 다 할 수 없게 맛이 좋았습니다.[23] 이에 나머지 두 개는 손을 대지 않고 그대로 두었습니다.[24] 서둘러 오느라 아랫사람도 거느리지 않아 가지고 오지 못했던 겁니다.[25] 지금 가지러 보내고자 하는데 어떻습니까?" 하고,[26] 큰 소리로 으스대는 얼굴로 옷소매를 가다듬고,[27] 입가를 매만지는 등 들썩들썩 곁눈질하며 아뢰니,[28] 고관이 "마땅한 음식이 없던 참에 참으로 고마운 일이로구나.[29] 어

13) 間木にささげて置くとて、

14) 義澄にいふやう、「これ、人して取りに奉らん折に、おこせ給へ」と言ひ置く。

15) 心の中に思ひけるやう、これ我が司の大夫に奉りて、をとづり奉らんと思ひて、

16) これを間木にささげて、左京の大夫のもとに行きて見れば、

17) かんの君、出居に客人二三人ばかり来て、

18) あるじせんとて、地下炉に火おこしなどして、我がもとにて物食はんとするに、

19) はかばかしき魚もなし。

20) 鯉、鳥などようありげなり。

21) それに用経が申すやう、

22) 「用経がもとにこそ、津国なる下人の、鯛の荒巻三つ持てまうで来たりつるを、

23) 一巻食べ試み侍りつるが、えもいはずめでたく候ひつれば、

24) 今二巻はけがさで置きて候。

25) 急ぎてまうでつるに、下人の候はで持て参り候はざりつるなり。

26) 只今取りに遣はさんはいかに」と、

27) 声高く、したり顔に袖をつくろひて、

서 가져오게 하라." 하셨다.[30] 손님들도 "먹음직한 음식이 없는 모양인데,[31] 9월이다 보니 꿩고기도 맛이 너무 못쓰겠고,[32] 잉어는 아직 나지 않는다.[33] 그런데 좋은 도미라니 기이한 일이로세." 하며 수군거렸다.[34]

모치쓰네는 말몰이꾼을 불러들여,[35] "말을 대문 옆에 매어두고,[36] 바로 대신 집으로 달려가 식자재 창고지기에게,[37] '일전에 맡겨두었던 꾸러미를 지금 주십시오.'라고 은밀히 전하고,[38] 냉큼 가지고 와라.[39] 다른 데 들르지 말고. 얼른 뛰어라." 하며 보냈다.[40] 그러곤 "도마를 씻어서 가지고 와라." 큰 소리로 이르고,[41] 이어서 "모치쓰네가 오늘 요리사를 맡겠다." 하며,[42] 생선 집는 젓가락을 깎고, 칼집에 들어 있는 칼을 뽑아 준비하다가,[43] "아, 오래 걸리는구나. 어디냐? 왔느냐?" 애타게 기다렸다.[44] "늦도다. 늦도다." 하는데,[45] 보냈던 심부름꾼이 나뭇가지에 꾸러미를 2개 매달아서 가지고

28) 口脇かいのごひなどして、はやかり覗きて申せば、

29) 大夫、「さるべき物のなきに、いとよき事かな。

30) とく取りにやれ」とのたまふ。

31) 客人どもも、「食ふべき物の候はざめるに、

32) 九月ばかりの比なれば、この比鳥の味はひいとわろし。

33) 鯉はまだ出で来ず。

34) よき鯛は奇異の物なり」など言ひ合へり。

35) 用経馬控へたる童を呼び取りて、

36) 「馬をば御門の脇につなぎて、

37) 只今走り、大殿に贄殿の預の主に、

38) 『その置きつる荒巻只今おこせ給へ』とささめきて、

39) 時かはさず持て来。

40) 外に寄るな。とく走れ」とてやりつ。

41) さて、「まな板洗ひて持て参れ」と、声高くいひて、

42) やがて、「用経、今日の庖丁は仕らん」といひて、

43) 真魚箸削り、鞘なる刀抜いて設けつつ、

44) 「あな久し。いづら来ぬや」など、心もとながり居たり。

왔다.[46] "참으로 기특하도다. 장하다. 하늘 날듯이 내달려 가져왔구나." 칭찬하며,[47] 받아서 도마 위에 올려놓고는,[48] 마치 큰 잉어라도 잡을 기세로,[49] 양쪽 옷소매를 걷어붙여 끈으로 동여매고,[50] 한쪽 무릎을 세우고 다른 쪽 무릎은 땅에 대고,[51] 그럴싸하게 자세를 취하곤 꾸러미의 끈을 툭툭 끊고 칼로 지푸라기를 열어젖혔다.[52] 그러자 후드득 물건들이 떨어졌는데,[53] 그건 굽이 닳은 나막신에, 너덜너덜한 짚신에, 다 낡아빠진 신발들이었기에,[54] 모치쓰네가 당황해서 칼이며 젓가락이며 죄다 내팽개치고 맨발로 줄행랑쳤다.[55]

그 고관은 물론이고 손님들도 어처구니없어서 눈이고 입이고 다물지 못했다.[56] 곁에 있는 가신들도 기가 막혀서,[57] 서로 눈치를 살피며 늘어섰는데 그 얼굴들은 몹시 기묘한 표정을 짓고 있었다.[58] 음식을 먹고 술을 드는 잔치도 모두 흥이 깨져버려서,[59] 하나둘 일어나 마침내 모두 자리를 떴다.[60] 그 고관대작이 말하길,[61] "이 사내

45) 「遅し遅し」と言ひ居たる程に、

46) やりつる童、木の枝に荒巻二つ結ひつけて持て来たり。

47) 「いとかしこく、あはれ、飛ぶがごと走りてまうで来たる童かな」とほめて、

48) 取りてまな板の上にうち置きて、

49) ことごとしく大鯉作らんやうに、

50) 左右の袖つくろひ、くくりひき結ひ、

51) 片膝立て、今片膝伏せて、

52) いみじくつきづきしく居なして、荒巻の縄を押し切りて、刀して藁を押し開くに、

53) ほろほろと物どもこぼれて落つるものは、

54) 平足駄、古尻切、古草鞋、古沓、かやうの物の限あるに、

55) 用経あきれて、刀も真魚箸もうち捨てて、沓もはきあへず逃げて去ぬ。

56) 左京の大夫も客人もあきれて、目も口もあきて居たり。

57) 前なる侍どももあさましくて、

58) 目を見かはして居なみゐたる顔ども、いと怪しげなり。

59) 物食ひ、酒飲みつる遊も、みなすさまじくなりて、

60) 一人立ち、二人立ち、みな立ちて去ぬ。

가 이리 말도 못 할 미친놈이라곤 알고 있었지만,[62] 나를 윗사람이라며 찾아와서는 잘 따르기에,[63] 좋게는 여기지 않았지만 내칠 일도 아니니 그냥 내버려 두었는데,[64] 이런 짓거리를 벌여 속이니 어찌할꼬.[65] 재수 없는 사람은 사소한 일에도 이렇게 되는 법이다.[66] 얼마나 세상 사람들이 듣고 전해 세상의 비웃음거리가 될지."라며,[67] 하늘을 우러러보며 한없이 탄식하셨다.[68]

모치쓰네는 말에 올라타 마구 내달려,[69] 대신의 집에 가서 식자재 창고지기인 요시즈미를 만나,[70] "도미 꾸러미가 아깝다고 생각했다면, 차라리 솔직하게 그냥 가지시면 될 것을,[71] 이런 일을 꾸미시다니요."라며,[72] 금세라도 울음을 터뜨릴 듯한 얼굴로 끝없이 원망하며 소란을 피웠다.[73] 요시즈미가 말하길 "이건 어찌 그리 말씀하시오?[74] 꾸러미는 당신에게 드리고 나서 잠시 숙소로 간다며 내 아랫사람에게 이르길,[75] '그 고관대작 집에서 꾸러미를 가지러 오면 꺼내서 건네라.' 해두고 나갔다가,[76] 방금 돌

61) 左京の大夫の曰く、

62) 「このをのこをば、かくえもいはぬ痴者狂とは知りたりつれども、

63) 司の大夫とて、来睦びつれば、

64) よしとは思はねど、追ふべき事もあらねば、さと見てあるに、

65) かかるわざをして謀らんをばいかがすべき。

66) 物悪しき人は、はかなき事につけてもかかるなり。

67) いかに世の人聞き伝へて、世の笑ひぐさにせんずらん」と、

68) 空を仰ぎて歎き給ふ事限なし。

69) 用経は馬に乗りて馳せ散して、

70) 殿に参りて、贄殿の預義澄にあひて、

71) 「この荒巻をば惜しと思さば、おいらかに取り給ひてはあらで、

72) かかる事し出で給へる」と、

73) 泣きぬばかりに恨みののしる事限なし。

74) 義澄が曰く、「こはいかにのたまふことぞ。

75) 荒巻は奉りて後、あからさまに宿にまかりとつて、おのがをのこにいふやう、

76) 『左京の大夫の主のもとから、荒巻取りにおこせたらば、取りてそれに取らせよ』と、言ひ置きてまかでて、

아와 보니 꾸러미가 없기에,77) '어디 갔느냐?' 물으니,78) '이러저러한 심부름꾼이 왔기에 말씀하신 대로 꺼내 드렸습니다.' 하기에,79) '그랬구나.' 했던 겁니다.80) 사정을 모릅니다." 했다.81) 이에 "그렇다면 이젠 소용이 없더라도 맡겨두셨다는 장본인을 불러서 하문하십시오." 하니,82) 사내를 불러 물으려 했지만 출타하고 없었다.83) 식기(食器)를 관리하는 사내가 말하길,84) "내가 방에 들어가 들었더니,85) 그 젊은이들이 '선반에 매달아둔 꾸러미가 있다.86) 이건 누가 둔 거냐? 뭣에 쓰려고?' 묻기에,87) 거기 있던 누군가가 '그 고관대작 것이다.' 했더니,88) '그렇다면 별일 아니다. 좋은 생각이 있다.' 하며,89) 끄집어 내려서 도미를 모두 잘라 먹고,90) 대신에 낡은 짚신이며 닳아빠진 나막신 따위를 집어넣어,91) 선반에 올려둔다는 이야기를 들었습니다." 했다.92) 이를 모치쓰네가 듣고는 끝없이 화를 내고 소란을 피워댔다.93) 이 이야기를 듣고서 사람들이

---

77) 只今帰り参りて見るに、荒巻なければ、

78) 『いづち去ぬるぞ』と問ふに、

79) 『しかじかの御使ありつれば、のたまはせつるやうに取りて奉りつる』といひつれば、

80) 『さにこそはあなれ』と、聞きてなん侍る。

81) 事のやうを知らず」といへば、

82) 「さらばかひなくとも、言ひ預けつらん主を呼びて問ひ給へ」といへば、

83) 男を呼びて問はんとするに、出でて去にけり。

84) 膳部なる男がいふやう、

85) 「おのれが部屋に入り居て聞きつれば、

86) この若主たちの、『間木にささげられたる荒巻こそあれ。

87) こは誰が置きたるぞ。何の料ぞ』と問ひつれば、

88) 誰にかありつらん、『左京の属の主のなり』といひつれば、

89) 『さては事にもあらず、すべきやうあり』とて、

90) 取りおろして、鯛をばみな切り参りて、

91) かはりに古尻切、平足駄などをこそ入れて、

92) 間木に置かると聞き侍りつれ」と語れば、

93) 用経聞きて、叱りののしる事限なし。

불쌍하다고는 하지 않고 박장대소했다.[94] 모치쓰네는 어쩔 도리 없이 '이렇게 웃음거리가 된 마당에 나돌아다닐 수 없겠다.' 생각하여,[95] 나가오카에 있는 집에 틀어박혀 있었다.[96] 그날 이후로 그 고관대작의 집에도 얼씬할 수 없게 되었다나 뭐라나.[97]

94) この声を聞きて、人々いとほしとはいはで、笑ひののしる。

95) 用経しわびて、かく笑ひののしられん程は歩かじと思ひて、

96) 長岡の家に籠り居たり。

97) その後、左京の大夫の家にも、え行かずなりにけるとかや。

24. 제 집 담을 허물어 남의 집 관을 내보낸 이야기[1]

옛날, 황실경비대 벼슬아치인 시모쓰케노 아쓰유키(下野厚行)라는 사람이 있었다.[2] 그는 말타기 경주에 능했다.[3] 덴노(天皇)를 제일로 섬겨 신임이 각별히 두터웠다.[4] 61대와 62대 덴노(天皇)[5] 연간에 위세를 떨친 벼슬아치로,[6] 주변 사람들도 모두 인정하는 사람이었다.[7] 나이 들어서는 도읍 서쪽에 거처했다.[8]

이웃에 살던 사람이 갑자기 숨졌기에,[9] 아쓰유키가 조문하러 가서 그 아들을 만나 돌아가신 저간의 일들에 대해 조의를 표했다.[10] 그랬더니 그 집 아들이 "여기 돌아가신 아버지를 밖으로 내려는데 집 대문이 고약한 방향으로 나 있습니다.[11] 그렇다고 해서 이대로 둘 수도 없는 노릇이고요.[12] 대문으로 낼 수밖에 없겠지요." 하는 걸 듣고서,[13] 아쓰유키가 이르길 "불길한 방향으로 내는 건 정말로 그래서는 아니 되오.[14]

---

1) 『日本古典文学全集』 [2巻6] 「厚行死人を家より出す事」(아쓰유키가 시체를 제집으로 내보낸 일)

2) 昔、右近将監下野厚行といふ者ありけり。

3) 競馬によく乗りけり。

4) 帝王より始め奉りて、おぼえ殊にすぐれたりけり。

5) 〈원문〉의 「朱雀院」과 「村上帝」는 각각 제61대인 「스자쿠(朱雀)天皇」(930-946재위)와 제62대인 「무라카미(村上)天皇」(946-967재위)를 가리킨다.

6) 朱雀院御時より、村上帝の御時などは、盛にいみじき舎人にて、

7) 人も許し思ひけり。

8) 年高くなりて、西京に住みけり。

9) 隣なりける人、にはかに死にけるに、

10) この厚行弔ひに行きて、その子にあひて、別の間の事ども弔ひけるに、

11) 「この死にたる親を出さんに、門悪しき方に向へり。

12) さればとて、さてあるべきにあらず。

게다가 수많은 자손을 위해 정말로 불길한 일이니 피해야 하오.[15] 우리 집 담장을 허물어서 그리로 내시도록 하겠소.[16] 그리고 아버님이 살아계실 때 매사에 정이 많았던 분이셨소.[17] 이런 때에라도 그 은혜를 갚지 못한다면 무엇으로 보답하겠소?"라고 했다.[18] 그러자 그 아들이 말하길 "관계가 없는 사람의 집으로 내보내는 건 있을 수 없는 일입니다.[19] 불길한 방향이라 해도 우리 집 대문으로 내겠습니다."라고 했지만,[20] "그릇된 일을 저질러서는 아니 되오.[21] 그냥 아쓰유키 집 문으로 내시지요." 하고 돌아왔다.[22]

아쓰유키가 자기 자식에게 말하길,[23] "옆집 어른이 돌아가신 게 애처로워서 조문하러 갔었는데,[24] 그 자제가 말하길 '불길한 방향이지만 문이 하나니 그리로 내려 한다.' 하기에,[25] 애처로운 마음에 '가운데 담장을 허물어서 우리 집 대문으로 내십시오.' 했다."라고 하니,[26] 아내와 자식들이 듣고서 "괴이한 일을 하시는 아버님이군요.[27] 곡식을 끊은 훌륭한 성자라고 하더라도 그런 일을 하는 사람이 어디 있겠습니까?[28] 자기

---

13) 門よりこそ出すべき事にてあれ」といふを聞きて、

14) 厚行がいふやう、「悪しき方より出さん事、殊に然るべからず。

15) かつはあまたの御子たちのため、殊に忌まはしかるべし。

16) 厚行が隔ての垣を破りて、それより出し奉らん。

17) かつは生き給ひたりし時、事にふれて情のみありし人なり。

18) かかる折だにも、その恩を報じ申さずば、何をもてか報ひ申さん」といへば、

19) 子どものいふやう、「無為なる人の家より出さん事あるべきにあらず。

20) 忌の方なりとも、我が門よりこそ出さめ」といへども、

21) 「僻事なし給ひそ。

22) ただ厚行が門より出し奉らん」といひて帰りぬ。

23) 吾が子どもにいふやう、

24) 「隣の主の死にたる、いとほしければ、弔ひに行きたりつるに、

25) あの子どものいふやう、『忌の方なれども、門は一つなれば、これよりこそ出さめ』といひつれば、

26) いとほしく思ひて、『中の垣を破りて、我が門より出し給へ』といひつる」といふに、

27) 妻子ども聞きて、「不思議の事し給ふ親かな。

처지를 돌보지 않는다고 해도,29) 자기 집 대문으로 이웃집 시신을 내는 사람이 어디 있겠습니까?30) 아무리 생각해도 가당치 않은 일입니다." 수군댔다.31) 아쓰유키는 "그릇된 말을 해선 아니 되오.32) 그냥 내가 하려는 대로 맡겨두고 보시게.33) 불길함을 따지고 맹신하는 사람은 명도 짧고 이렇다 할 좋은 일도 없소.34) 다만 불길함을 신경 쓰지 않는 사람은 명도 길고 자손도 번성하오.35) 심히 불길하다고 여기고 맹신해서는 제대로 된 사람이라 할 수 없소.36) 은혜를 알고 자기 처지를 돌아보지 않는 것이야말로 진정한 사람이라 할 것이오.37) 하느님도 이를 돌보실 게요.38) 쓸데없는 일에 참견하지 마시오."라며,39) 아랫사람들을 불러서 가운데 담장을 죄다 허물고 그리로 관을 나가도록 했다.40)

그런데 그 일이 세상에 알려져 윗분도 경탄하셨다.41) 그리고 연후에 90세 남짓까지 살다가 죽었다.42) 그 자손들에 이르기까지 모두 명이 길고,43) 시모쓰케(下野) 집안의

---

28) いみじき穀断の聖なりとも、かかる事する人やはあるべき。

29) 身思はぬといひながら、

30) 我が門より、隣の死人出す人やある。

31) 返す返すもあるまじき事なり」とみな言ひ合へり。

32) 厚行、「僻事な言ひ合ひそ。

33) ただ厚行がせんやうに任せてみ給へ。

34) 物忌し、くすしく忌むやつは、命も短く、はかばかしき事なし。

35) ただ物忌まぬは命も長く、子孫も栄ゆ。

36) いたく物忌み、くすしきは人といはず。

37) 恩を思ひ知り、身を忘るるをこそは人とはいへ。

38) 天道もこれをぞ恵み給ふらん。

39) よしなき事な侘びしそ」とて、

40) 下人ども呼びて、中の檜垣をただこぼちにこぼちて、それよりぞ出させける。

41) さてその事世に聞えて、殿ばらもあさみほめ給ひけり。

42) さてその後、九十ばかりまで保ちてぞ死にける。

43) それが子どもにいたるまで、みな命長くて、

자손들이 벼슬아치 가운데 많았다고 한다.[44]

44) 下野氏の子孫は、舎人の中にもおほくあるとぞ。

25. 기다란 코를 가진 스님[1]

옛날, 이케노오(池の尾_교토[京都]부[府] 우지[宇治]시[市] 소재 지명)에 젠친(善珍)[2]이라는 스님이 살고 있었다.[3] 진언(眞言)[4]을 비롯해서 제대로 익히고, 오랫동안 수행한 고승(高僧)이므로,[5] 세상 사람들이 여러모로 기도를 의뢰하였기에,[6] 수입도 풍족하여 불당이나 승방 모두 조금도 누추한 구석이 없다.[7] 부처 앞에 쓰는 불구(佛具)며 등불 같은 것도 끊이지 않고,[8] 때에 맞춘 공양과 법회를 잇달아 올렸기에,[9] 사찰 내 모든 승방에 빽빽하게 승려들이 머물렀다.[10] 목욕장에는 물을 데우지 않는 날이 없어 목욕하는 소리로 왁자했고,[11] 그 부근에 작은 집들이 즐비하게 들어서서 동네도 북적였다.[12]

---

1) 『日本古典文学全集』 [2巻7] 「鼻長僧の事」(코가 긴 스님에 관한 일)

2) 〈원문〉의 「内供(ないぐ)」는 「内供奉(ないぐぶ)」의 준말로 궁중에 설치된 불당인 「内道場(ないどうじょう)」에 소속된 승려를 가리킨다. 매년 정월 8일에서 14일까지 이레 동안 국가의 안녕과 오곡의 풍년을 기원하는 법회인 「御斎会(ごさいえ)」에서 경문을 읽고 철야 기도하는 역할을 맡는다.

3) 昔、池の尾に善珍内供といふ僧住みける。

4) 〈원문〉의 「真言(しんごん) : ①진실한 말. ②밀교에서 진리를 나타내는 비밀스러운 말. 주술. 다라니(陀羅尼;だらに). ③진언종(真言宗;しんごんしゅ)의 준말.」(『広辞苑』) 참고로 「진언(眞言) : ①진실하여 거짓이 없는 말이라는 뜻으로, 비밀스러운 어구를 이르는 말 ②어리석음의 어둠을 깨고 진리를 깨닫는 성스러운 지혜 ③범문을 번역하지 아니하고 음(音) 그대로 외는 일. 자체에 무궁한 뜻이 있어 이를 외는 사람은 한없는 기억력을 얻고, 모든 재액에서 벗어나는 등 많은 공덕을 받는다고 한다. 선법(善法)을 갖추어 악법을 막는다는 뜻을 번역하여, 총지(總持)·능지(能持)·능차(能遮)라고도 이른다. =다라니」(표준국어대사전)

5) 真言などよく習ひて、年久しく行ひ貴かりければ、

6) 世の人々、さまざまの祈をせさせければ、

7) 身の徳ゆたかにて、堂も僧坊も少しも荒れたる所なし。

8) 仏供、御灯なども絶えず、

9) 折節の僧膳、寺の講演しげく行はせければ、

10) 寺中の僧房に、隙なく僧も住み賑ひけり。

그런데 이 스님은 코가 길었다.[13] 대여섯 치 남짓이나 되다 보니 아래턱보다 밑으로 늘어져 보였다.[14] 색깔은 불그레한 자줏빛으로 큼지막한 귤껍질처럼 오돌토돌 부풀어있었다.[15] 끊임없이 간지러워한다.[16] 주전자로 물을 끓이고,[17] 네모난 널빤지를 코가 들어갈 정도로 파내서,[18] 불길이 바로 얼굴에 닿지 않을 정도로 그 널빤지 구멍으로 코를 내밀어,[19] 주전자의 끓인 물에 담가 조심조심 삶아 꺼냈더니,[20] 색깔이 짙은 자줏빛이다.[21] 그 코를 옆으로 눕혀 놓고,[22] 아래에 깔개를 깔고 사람에게 밟도록 하니,[23] 오돌토돌한 구멍들에서 연기 같은 게 피어오른다.[24] 그 코를 더 세게 밟으니 하얀 벌레가 구멍들에서 삐져나오는데,[25] 그걸 족집게로 뽑으니, 구멍들에서 1센티 남짓한 하얀 벌레들을 꺼낸다.[26] 그러고 나면 구멍 안쪽까지 비어 보인다.[27] 그 코를 다시 더운물에 담가서 슬슬 끓여 삶았더니,[28] 코가 작게 오그라들어서 보통 사람 코

---

11) 湯屋には湯沸さぬ日なく、浴みののしりけり。

12) またそのあたりには、小家ども多く出で来て、里も賑ひけり。

13) さてこの内供は鼻長かりけり。

14) 五六寸ばかりなりければ、頤より下りてぞ見えける。

15) 色は赤紫にて、大柑子の膚のやうに、粒立ちてふくれたり。

16) 痒がる事限なし。

17) 提に湯をかへらかして、

18) 折敷を鼻さし入るばかりゑり通して、

19) 火の炎の顔に当らぬやうにして、その折敷の穴より、鼻をさし出でて、

20) 提の湯にさし入れて、よくよく茹でて引きあげたれば、

21) 色は濃き紫色なり。

22) それを側ざまに臥せて、

23) 下に物をあてて、人に踏ますれば、

24) 粒立ちたる孔ごとに、煙のやうなる物出づ。

25) それをいたく踏めば、白き虫の、孔ごとにさし出づるを、

26) 毛抜にて抜けば、四分ばかりなる白き虫を孔ごとに取り出す。

27) その跡は孔だにあきて見ゆ。

모양으로 되돌아왔다.29) 하지만 다시 이삼일 지나면 먼저처럼 부풀어 커졌다.30)

이런 식으로 거듭하며 부어있는 날들이 많았으므로,31) 음식을 먹을 때는, 문하에 있는 스님에게,32) 길이는 한 척 남짓하고 넓이는 한 치쯤 하는 편평한 판자를 코 아래에 끼워 넣게 하고,33) 둘이 마주 보고 앉아서 위로 들어 올리도록 하곤,34) 다 먹을 때까지 그대로 있었다.35) 다른 사람이 들어 올릴라치면 서툴게 들어 올리므로,36) 버럭 화를 내며 아무것도 먹지 않는다.37) 그러니 그 스님 하나를 정해놓고,38) 음식을 먹을 때마다 들어 올리도록 했다.39) 그런데 몸이 불편하여 그 스님이 오지 않았을 때,40) 아침 죽을 먹으려 하는데,41) 코를 들어 올릴 사람이 없어서 '어찌할까.' 하고 있던 참에,42) 일을 보는 동자가 "내가 잘 들어 올릴 수 있을 겁니다.43) 절대로 그 스님보다 못하진 않을 겁니다." 했다.44) 그걸 문하의 스님이 듣고서 "이 아이가 이렇게 말

---

28) それをまた同じ湯に入れて、さらめかし沸すに、茹づれば、

29) 鼻小さくしぼみあがりて、ただの人の鼻のやうになりぬ。

30) また二三日になれば、先のごとくに大きになりぬ。

31) かくのごとくしつつ、腫れたる日数は多くありければ、

32) 物食ひける時は、弟子の法師に、

33) 平なる板の一尺ばかりなるが、広さ一寸ばかりなるを、鼻の下にさし入れて、

34) 向ひ居て、上ざまへ持て上げさせて、

35) 物食ひ果つるまではありけり。

36) 異人して持て上げさする折は、あらく持て上げければ、

37) 腹を立てて、物も食はず。

38) さればこの法師一人を定めて、

39) 物食ふ度ごとに持て上げさす。

40) それに心地悪しくて、この法師出でざりける折に、

41) 朝粥食はんとするに、

42) 鼻を持て上ぐる人なかりければ、「いかにせん」などいふ程に、

43) 使ひける童の、「吾はよく持て上げ参らせてん。

44) 更にその御房にはよも劣らじ」といふを、

합니다."라고 전하니,45) 나이도 있고, 용모도 깔끔하기에 안으로 들였다.46) 그 동자가 코를 들어 올리는 나무를 쥐고,47) 바른 자세로 마주 앉아서,48) 알맞을 정도로 높지도 않고 낮지도 않게 들어 올리곤 죽을 자시게 하니,49) 젠친(善珍) 스님이 "참으로 능숙하구나.50) 늘 들어 주는 제자보다 낫구나." 하며 죽을 먹었다.51) 그런데 그때 동자가 재채기가 나오려 해서 옆으로 돌려 재채기를 하는데,52) 손이 떨려서 코를 들어 올린 판자가 뒤집혀 코가 미끄러져 죽 안에 철퍼덕 빠졌다.53) 스님 얼굴이며 동자 얼굴에도 죽이 튀어 온통 뒤덮였다.54) 젠친 스님이 크게 노하여 머리와 얼굴에 묻은 죽을 종이로 닦아내며,55) "네놈은 고약한 마음을 가진 자로다.56) 분별없는 빌어먹을 놈이란 너 같은 놈을 일컫는 말일 게다.57) 내가 아니라 지체 높은 분의 코를 들어 올리러 갔다가 이렇게 하겠는가?58) 한심스러운 분별없는 등신이로세.59) 이놈, 썩 꺼지거라." 하며 내쫓았다.60) 그러자 자리를 뜨며 "세상에 이런 코를 가진 분이 계시면 들어 드리러 가련

45) 弟子の法師聞きて、「この童のかくは申す」といへば、

46) 中大童子にて、みめもきたなげなくありければ、うへに召し上げてありけるに、

47) この童鼻持て上げの木を取りて、

48) うるはしく向ひ居て、

49) よき程に、高からず低からずもたげて、粥をすすらすれば、

50) この内供、「いみじき上手にてありけり。

51) 例の法師にはまさりたり」とて、粥をすする程に、

52) この童鼻をひんとて、側ざまに向きて、鼻をひる程に、

53) 手震ひて鼻もたげの木揺ぎて、鼻外れて、粥の中へふたりとうち入れつ。

54) 内供が顔にも、童の顔にも粥とばしりて、一物かかりぬ。

55) 内供大に腹立ちて、頭、顔にかかりたる粥を紙にてのごひつつ、

56) 「おのれはまがまがしかりける心持ちたる者かな。

57) 心なしの乞児とはおのれがやうなる者をいふぞかし。

58) 我ならぬやごとなき人の御鼻にもこそ参れ、それには、かくやはせんずる。

59) うたてなりける心なしの痴者かな。

60) おのれ立て立て」とて、追ひたてければ、

만.[61] 물정 모르는 말씀을 하시는군." 하기에,[62] 제자들이 이를 듣고 뒤편으로 내빼 숨어서 웃음을 터뜨렸다.[63]

61) 立つままに、「世の人のかかる鼻持ちたるがおはしまさばこそ、鼻もたげにも参らめ。

62) をこの事のたまへる御房かな」といひければ、

63) 弟子どもは物の後に逃げ退きてぞ笑ひける。

26. 흑주술을 물리친 이야기[1]

옛날에 세이메이(晴明_헤이안[平安]시대를 대표하는 음양가[陰陽家])가 궁궐에 가 있을 때,[2] 기세등등하게 경호를 앞세우고 들어오는 장수를 보았는데,[3] 여전히 젊고 힘찬 사람으로 생김새도 참으로 훤칠했다.[4] 탈것에서 내려서 안으로 들어갈 때,[5] 그 장수 위로 까마귀가 날아 지나갔는데 새똥을 떨구었다.[6] 그 모습을 세이메이가 언뜻 보곤 '아, 시대를 만난 젊고 훤칠한 사람인데,[7] 무슨 조화인지[8], 이건 귀신 들린 까마귀였던 것이군.' 생각했다.[9] 이도 인연일 터, 이 장수가 살아남아야 할 전생의 업보가 있던 건지,[10] 세이메이가 애처롭게 여겨 그 장수의 곁에 다가가서,[11] "궁에 드시는 것입니까?[12] 주제넘은 말인듯하지만, 무슨 연유로 드십니까?[13] 당신은 오늘 밤을 넘기지 못

---

1) 『日本古典文学全集』 [2巻2] 「晴明蔵人少将封ずる事」(세이메이가 젊은 장수의 액을 막은 일)

2) 昔、晴明陣に参りたりけるに、

3) 前花やかにおはせて、殿上人の参りけるを見れば、蔵人少将とて、

4) まだ若く花やかなる人の、みめまことに清げにて、

5) 車より降りて、内に参りたりける程に、

6) この少将の上に、烏の飛びて通りけるが、穢士をおしかけけるを、

7) 晴明きと見て、あはれ、世にもあひ、年なども若くて、みめもよき人にこそあんめれ。

8) 〈원문〉의 「式(しき)」는 「式神(しきがみ)」의 준말로 봐야겠는데 이는 음양도(陰陽道;おんようどう)에서 음양사(陰陽師;おんようじ)의 명령에 따라 신출귀몰하며 신비한 재주를 부린다고 하는 정령(精霊)을 가리킨다.

9) 式にうてけるにか、この烏は式神にこそありけれと思ふに、

10) 然るべくて、この少将の生くべき報やありけん、

11) いとほしう晴明が覚えて、少将の側へ歩み寄りて、

12) 「御前へ参らせ給ふか。

할 것으로 보입니다.[14] 인연이 있어서 나에게는 그게 보이는 겁니다.[15] 자, 이리로 오십시오. 살펴봅시다." 하며 먼저 탈것에 올라타니,[16] 그 장수가 몸을 떨며 "고약한 일이로군요. 그렇다면 살려주십시오."라며,[17] 같은 탈것에 타고 장수의 집으로 향했다.[18] 이는 오후 4시 무렵 벌어진 일인데,[19] 그러던 차에 날도 저물었다.[20] 세이메이가 장수를 꽉 껴안아서 호신[21]하고,[22] 또 무슨 영문인지 중얼중얼 밤새 한숨도 자지 않고,[23] 끊임없이 주문을 외고 가지기도(加持祈禱)를 했다.[24] 기나긴 가을밤에 극진히 기도했는데,[25] 새벽녘에 문을 쿵쿵 두드리기에,[26] "뭐지, 누가 나가서 물어보시게."라고 하여 물으시니,[27] 그 장수의 동서로서, 궁궐[28] 벼슬아치인데,[29] 같은 집 여기저기에 사위를 두었는데,[30] 이 장수를 제대로 된 사위라며 편들고,[31] 나머지 한 사람을

13) さかしく申すやうなれど、何か参らせ給ふ。

14) 殿は今夜え過ぐさせ給はじと見奉るぞ。

15) 然るべくて、おのれには見えさせ給へるなり。

16) いざさせ給へ、物試みん」とて、この一つ車に乗りければ、

17) 少将わななきて、「あさましき事かな。さらば助け給へ」とて、

18) 一つ車に乗りて、少将の里へ出でぬ。

19) 申の時ばかりの事にてありければ、

20) かく出でなどしつる程に、日も暮れぬ。

21) 〈원문〉의 「身固(みがた)め」는 '①몸단장을 하는 것 ②신체가 강건하게끔 가지기도를 하는 것 ③자기 몸의 안전을 수호하기 위해 호신술을 익히는 것'의 뜻이다. 참고로 「가지기도(加持祈禱)」는 '부처의 힘을 빌려서 병, 재난, 부정 따위를 면하기 위하여 기도를 올리는 일. 또는 그 기도'(표준국어대사전)의 뜻이다.

22) 晴明、少将をつと抱きて、身固めをし、

23) また何事にか、つぶつぶと夜一夜いもねず、

24) 声絶もせず、読み聞かせ加持しけり。

25) 秋の夜の長きに、よくよくしたりければ、

26) 暁方に戸をはたはたと叩けるに、

27) 「あれ、人出して聞かせ給へ」とて聞かせければ、

28) 〈원문〉의 「蔵人(くろうど)」는 덴노(天皇) 가까이에서 각종 의식 등 궁중의 대소사를 관장하던 관청인 〈蔵人所(くろうどどころ)〉의 직원이다.

29) この少将のあひ聟にて、蔵人の五位のありけるも、

너무나도 낮잡아보니,[32] 이를 시기하여 음양사를 꼬드겨서 올가미를 씌운 것이었다.[33] 그렇게 이 장수가 죽을 뻔했는데,[34] 세이메이가 알아차려서 하룻밤 기도했더니,[35] 그 올가미를 친 음양사로부터 사람이 와서,[36] 큰 목소리로 "마음이 혼란하여, 옳지 않게도, 돌봐주셨던 사람을 위해 말씀을 거스를 수 없겠다며 올가미를 쳤는데,[37] 이미 귀신은 돌아가고 내가 이제 귀신 들려서 죽게 생겼습니다.[38] 해서는 아니 될 일을 하였기에."라고 했는데,[39] 세이메이가 "이것 보십시오.[40] 어젯밤 알아차려서 오지 않았더라면 이렇게 살아계실 수 없었을 겁니다."라며,[41] 그 심부름꾼에게 사람을 달려 보내 물으니,[42] "음양사는 결국 숨졌다." 했다.[43] 올가미를 친 사위를 장인이 곧이어 내쫓았다고 한다.[44] 세이메이에게 울며불며 기뻐하며,[45] 억만금 사례를 하더라도 도무지 족하지 않는다며 기뻐했다.[46] 그 장수가 누군지는 모르겠으나 다이나곤(大納言_율

30) 同じ家にあなたこなたに据ゑたりけるが、

31) この少将をばよき聟とてかしづき、

32) 今一人をば殊の外に思ひ落したりければ、

33) 妬がりて、陰陽師を語らひて、式をふせたりけるなり。

34) さてその少将は死なんとしけるを、

35) 晴明が見つけて、夜一夜祈りたりければ、

36) そのふせける陰陽師のもとより、人の来て、

37) 高やかに、「心の惑ひけるままに、よしなく、まもり強かりける人の御ために、仰をそむかじとて、式ふせて、

38) すでに式神かへりて、おのれ只今式にうてて死に侍りぬ。

39) すまじかりける事をして」といひけるを、

40) 晴明、「これ聞かせ給へ。

41) 夜部見つけ参らせざらましかば、かやうにこそは候はまし」といひて、

42) その使に人を添へてやりて、聞きければ、

43) 「陰陽師はやがて死にけり」とぞいひける。

44) 式ふせさせける聟をば、舅、やがて追ひ捨てけるとぞ。

45) 晴明には泣く泣く悦びて、

46) 多くの事どもしても飽かずぞ悦びける。

령제[律令制] 하 고위관직명)에까지 올랐다고 한다.[47]

47) 誰とは覚えず、大納言までなり給ひけるとぞ。

27. 동자의 기지[1]

옛날에 스루가(駿河_현재 시즈오카[静岡]현[県] 중앙부에 자리한 옛 지역명) 지방의 전임 태수[2] 다치바나노 스에미치(橘季通)라는 사람이 있었다.[3] 그가 젊었을 때, 상당히 지체 높은 사람을 모시던 시녀와 남몰래 통하고 있었는데,[4] 그 집에 있던 가신들이 "초짜[5] 하급 벼슬아치로 집안 가신도 아닌 자가,[6] 밤이고 새벽이고 여기에 드나드는 건 못마땅하다.[7] 이를 가두어서 따끔한 맛을 보여줘야겠다.[8]" 하는 이야기를 작당하여 수군대고 있었다.[9]

이런 사정도 모르는 채 늘 하던 일이다 보니 몸종[10] 하나를 데리고 여인의 방[11]에 들어갔다.[12] 그리고 몸종에게 "새벽녘에 마중하러 오거라." 이르고 돌려보냈다.[13] 이

---

1) 『日本古典文学全集』 [2巻9] 「季通殃にあはんとする事」(스에미치가 화를 입을 뻔한 이야기)
2) 〈원문〉의 「前司(ぜんじ)」는 전임(前任) 「国司(こくし)」의 뜻이다. 「国司(こくし)」는 옛날 조정의 명을 받아 지방에 부임한 지방관이다.
3) 昔、駿河前司橘季通といふ者ありき。
4) それが若かりける時、さるべき所なりける女房を、忍びて行き通ひける程に、
5) 〈원문〉의 「生(なま)」는 '아직 충분하지 않은 모양'이나 '아직 무르익지 않은 모습'을 나타내는 말이다.
6) そこにありける侍ども、「生六位の、家人にてあらぬが、
7) 宵暁にこの殿へ出で入る事わびし。〈원문〉의 형용사 「わびし(侘し)[シク]」는 '①힘이 빠지는 느낌이다. ②불안하다. 쓸쓸하다. ③괴롭다. ④볼품없다. 가난하다. ⑤곤란하다. 질색이다. ⑥하찮다. 시시하다. ⑦고요하다. 허전하다.'의 뜻이다.
8) 〈원문〉의 「かうず→こうず(勘ず・拷す)」는 '죄상(罪状)을 호되게 조사하다' 또는 '고문(拷問)하다'의 뜻이다.
9) これたて籠めて勘ぜん」といふ事を、集りて言ひ合せけり。
10) 〈원문〉의 「小舎人童(こどねりわらわ)」는 고위 벼슬아치를 모시던 동자(童子)를 가리킨다. 탈것을 선도하거나 한다.
11) 〈원문〉의 「局(つぼね)」는 궁중이나 귀족의 저택에서 일하는 여성이 거주하는 칸막이를 친 사적인 방을 가리킨다.
12) かかる事をも知らで、例の事なれば、小舎人童一人具して、局に入りぬ。

를 덮치려고 하는 사내들이 살펴 지키고 있었는데,[14] “그 사내가 와서 방에 들어갔다.” 전갈하여,[15] 사방팔방의 문들을 닫아걸고, 열쇠를 챙겨두었다.[16] 그리고 가신들은 몽둥이를 끌며 돌아다니고,[17] 담벼락[18]이 무너지거나 한 곳을 가로막고서 지켜보고 있었다.[19] 그런데 그 시녀의 몸종이 낌새를 맡고는,[20] 여인에게 “이런 상황입니다만 무슨 일일까요?”라고 고하니,[21] 시녀 역시 듣고 놀라 둘이 누워있다가 일어나고,[22] 스에미치도 채비하고 가만히 있었다.[23] 여인이 안으로 올라가서 물으니,[24] “가신들이 뜻을 모아서 한다지만,[25] 이 집의 주인도 전혀 모르는 얼굴로 계셔서 말이죠.”라는 이야기를 듣고서,[26] 어쩔 도리가 없어서 방으로 돌아와 울고 있었다.[27]

스에미치는, ‘이거 큰일이로구나.[28] 망신을 당할 거로 보이지만 어쩔 도리가 없다.[29] 시녀의 몸종을 밖으로 내보내서 빠져나갈 작은 구멍이라도 있을까?’ 살펴보게

---

13) 童をば、「暁迎へに来よ」とて返しやりつ。

14) この打たんとするをのこども窺ひまもりければ、

15) 「例のぬし来たつて、局に入りぬるは」と告げまはして、

16) かなたこなたの門どもをさしまはして、鍵取り置きて、

17) 侍ども引杖して、

18) 〈원문〉의 「築地(ついじ)」는 ‘흙으로 만든 담장 위에 지붕을 올린 것’을 가리킨다.

19) 築地の崩などのある所に、立ち塞りてまもりけるを、

20) その局の女の童けしきどりて、

21) 主の女に、「かかる事の候は、いかなる事にか候らん」と告げければ、

22) 主の女も聞き驚き、二人臥したりけるが起きて、

23) 季通も装束して居たり。

24) 女上にのぼりて尋ぬれば、

25) 「侍どもの心合せてするとはいひながら、

26) 主の男も空しらずしておはする事」と聞き得て、

27) すべきやうなくて、局に帰りて泣き居たり。

28) 季通、いみじきわざかな。

29) 恥を見てんずと思へども、すべきやうなし。

하였지만,[30] "그런 빈틈이 있는 곳에는 네댓 명씩 올가미[31]를 치고 버티고 서서,[32] 큰 칼을 차고 몽둥이를 끼고 모두가 지켜서고 있기에,[33] 빠져나갈 수 있을 법하지 않다."라고 했다.[34] 이 스루가(駿河) 지방의 전임 태수는 말도 못 하게 힘이 셌다.[35] '어찌 할꼬. 날이 새더라도 이 방에 틀어박혀서 나를 끌어내려 들어오는 놈들과 겨루다가 죽어야겠다.[36] 그나저나 날이 밝아지고 나서 서로 얼굴을 구별할 수 있게 되고 나서는 어쩔 도리도 없겠지.[37] 가신들을 부르게 보내서 어떻게든 나가야겠다.'라고 생각한 것이었다.[38] 하지만 동틀 무렵 이 아이가 와서 앞뒤 사정도 모르고 문을 두드렸다가,[39] 자신의 몸종인 걸 들켜서 붙잡혀 포박이라도 당할까,[40] 바로 그것이 가엾게 생각되어,[41] 시녀의 몸종을 밖으로 내보내 혹시라도 오는 소리라도 들리는지 상황을 살피게 하였는데,[42] 그마저도 지키던 가신들이 야박하게 대했기에,[43] 울며 돌아와서 웅크리고 있었다.[44]

그러고 있는데 동틀녘이 됐나 보일 즈음에,[45] 그 몸종이 어찌 들어온 것인지 들어

---

30) 女の童を出して、出でて去ぬべき少しの隙やあると見せけれども、

31) 〈원문〉의 「くくり(括り)」는 '새나 짐승 따위를 포획하는 장치'를 가리킨다.

32) 「さやうの隙ある所には、四五人づつくくりをあげ、稜を挟みて、

33) 太刀をはき、杖を脇挟みつつ、みな立てりければ、

34) 出づべきやうもなし」といひけり。

35) この駿河前司はいみじう力ぞ強かりける。

36) いかがせん。明けぬとも、この局に籠り居てこそは、引出に入り来ん者と取り合ひて死なめ。

37) さりとも、夜明けて後、吾ぞ人ぞと知りなん後には、ともかくもえせじ。

38) 従者ども呼びにやりてこそ、出でても行かめと思ひたりけり。

39) 暁この童の来て、心も得ず門叩きなどして、

40) 我が小舎人童と心得られて、捕え縛られやせんずらんと、

41) それぞ不便に覚えければ、

42) 女の童を出して、もしや聞きつくると窺ひけるをも、

43) 侍どもは、はしたなくいひければ、

44) 泣きつつ帰りて、屈まり居たり。

오는 소리가 난다.[46] 그걸 가신이 "누구냐, 그 아이는?"하고 알아차려 물으니,[47] 잘못 대답하지나 않을지 스에미치는 조마조마하고 있었는데,[48] "독경하는 스님의 동자입니다."라고 이름을 댔다.[49] 그렇게 이름을 대자 "어서 가시오." 한다.[50] '이건 정말 재치있게 대답한 게로군,[51] 하지만 이 방에 가까이 와서 이번에는 언제나 부르던 시녀의 몸종 이름을 부르려 할 테지.'[52] 또 그걸 걱정하고 있는데, 이쪽으로 다가오지도 않고 지나쳐간다.[53] '이 아이도 확실히 꿰뚫어 보고 있구나.[54] 원래 영리한[55] 녀석이다.[56] 그렇게 상황 파악이 된 거라면 뭔가 마음에 꾸미는 바가 있겠지.'라고,[57] 이 아이의 생각을 잘 알고 있기에 든든하게 여기고 있었는데,[58] 큰길에서 여자 목소리로 "강도야, 사람 죽네." 하며 목청을 높인다.[59] 그것을 듣고서 거기에 지키고 섰던 가신들이,[60] "잡아라, 자리를 떠도 되겠지." 하며 모두 뛰쳐나가는데,[61] 문마저도 제대로 열

---

45) かかる程に、暁方になりぬらんと思ふ程に、

46) この童いかにしてか入りけん、入り来る音するを、

47) 侍、「誰そ、その童は」と、けしきどりて問へば、

48) あしくいらへなんずと思ひ居たる程に、

49) 「御読経の僧の童子に侍り」と名のる。

50) さ名のられて、「とく過ぎよ」といふ。

51) かしこくいらへつる者かな、

52) 寄り来て、例呼ぶ女の童の名や呼ばんずらんと、

53) またそれを思ひ居たる程に、寄りも来で過ぎて去ぬ。

54) この童も心得てけり。

55) 〈원문〉의 형용사 「うるせし」는 '①기능이 빼어나다. 솜씨가 좋다. ②지적(知的)으로 뛰어나다. 명민하다. 영리하다. ③우아하고 훌륭하다.'의 뜻이다.

56) うるせきやつぞかし。

57) さ心得てば、さりともたばかる事あらんずらんと、

58) 童の心を知りたれば、頼もしく思ひたる程に、

59) 大路に女声して、「引剝ありて人殺すや」とをめく。

60) それを聞きて、この立てる侍ども、

61) 「あれからめよや。けしうはあらじ」といひて、みな走りかかりて、

지 못하고 담벼락이 무너진 쪽으로 달려 나가서,[62] “어디로 갔어?” “이쪽이다.” “저쪽이다.” 하며 웅성대는 차에,[63] 스에미치는 자기 몸종의 계략인 줄로 알기에 뛰쳐나가 보니,[64] 문에는 자물쇠가 걸려 있으니 아무도 문은 신경 쓰지 않고,[65] 담벼락이 무너진 곳에 일부 가신들이 머무르며 이러쿵저러쿵하고 있다.[66] 그런 사이에 스에미치가 문 쪽으로 달려가서 자물쇠를 비틀어 잡아빼고,[67] 문이 열리기가 무섭게 내달려,[68] 담장을 지날 즈음에 그 몸종이 뒤쫓아왔다.[69]

몸종을 이끌고 한참을 도망치고 나서,[70] 언제나처럼 느긋하게 걸으며 “도대체 어찌 된 영문인 게냐?” 묻자,[71] “문들이 평소와는 달리 닫혀있는 데다가,[72] 담벼락이 무너진 부근에 가신들이 가로막고 서서 너무나도 엄중하게 묻기에,[73] 일단 ‘독경하는 스님의 동자’라고 이름을 댔더니 들여보내 주었습니다.[74] 그러고선 일단 물러서서 어떻게든 해야지 생각했는데,[75] 제가 마중하러 왔다고 주인님이 아시지 못한다면 아무래도 소용없다고 생각해서,[76] 제 목소리를 들으시게 만든 연후에,[77] 돌아가는 길에 여기

---

62) 門をもえあけあへず、崩より走り出でて、

63) 「何方へ去ぬるぞ」「こなた」「かなた」と尋ね騒ぐ程に、

64) この童の謀る事よと思ひければ、走り出でて見るに、

65) 門をばさしたれば、門をば疑はず、

66) 崩のもとにかたへはとまりて、とかくいふ程に、

67) 門のもとに走り寄りて、錠をねぢて引き抜きて、

68) あくるままに走り退きて、

69) 築地走り過ぐる程にぞ、この童は走りあひたる。

70) 具して三町ばかり走りのびて、

71) 例のやうにのどかに歩みて、「いかにしたりつる事ぞ」といひければ、

72) 「門どもの例ならずさされたるに合せて、

73) 崩に侍どもの立ち塞りて、きびしげに尋ね問ひ候ひつれば、

74) そこにては、『御読経の僧の童子』と名のり侍りつれば、出で侍りつるを、

75) それよりまかり帰つて、とかくやせましと、思ひ給へつれども、

76) 参りたりと知られ奉らでは、悪しかりぬべく覚え侍りつれば、

이웃의 여자가 웅크리고 있는 것을,[78] 목덜미를 붙잡아 때려눕히고 옷을 찢었더니,[79] 그 울부짖는 목소리에 가신들이 뛰쳐나왔기에,[80] 이젠 나오셨으려니 생각하여,[81] 이 쪽으로 와서 만나 뵌 겁니다." 했다.[82] 비록 동자이기는 하나 똑똑하고 영리한 자는 이런 일을 하는 것이었다.[83]

77) 声を聞かれ奉りて、

78) 帰り出でて、この隣なる女童のくぼまり居て侍るを、

79) しや頭を取りてうち伏せて、衣を剝ぎ侍りつれば、

80) をめき候ひつる声につきて、人々出でまうで来つれば、

81) 今はさりとも出でさせ給ひぬらんと思ひて、

82) こなたざまに参りあひつるなり」とぞいひける。

83) 童子なれども、かしこくうるせき者はかかる事をぞしける。

28. 혼비백산한 도둑[1]

옛날에 하카마다레(袴垂)라고 해서 내로라하는 도둑의 수괴가 있었다.[2] 10월 무렵에 입을 것이 필요해져서,[3] 그걸 좀 마련하고자 하여 마땅한 곳이 없나 여기저기 기웃거리며 돌아다니고 있었다.[4] 한밤중 모든 사람이 잠들어 조용해지고 나서 달빛이 흐릿한데,[5] 옷을 여러 겹 겹쳐 입은 사람이 바짓단을[6] 지르고,[7] 비단으로 지은 웃옷[8] 비슷한 것을 입고서,[9] 단지 혼자서 피리를 불며, 가는 둥 마는 둥 조금씩 느릿느릿 걸어간다.[10] 그것을 보곤 아하, 바로 이 녀석이 내게 옷을 얻게 하려고 나타난 자일 거라 여겨,[11] 달려들어 옷을 벗겨내려 했는데,[12] 이상하게 으스스하게 느껴져서,[13] 그대로

---

1) 『日本古典文学全集』 [2巻10] 「袴垂保昌に会ふ事」(하카마다레가 야스마사를 만난 일)

2) 昔、袴垂とていみじき盗人の大将軍ありけり。

3) 十月ばかりに衣の用なりければ、

4) 衣少しまうけんとて、さるべき所々窺ひ歩きけるに、

5) 夜中ばかりに、人皆しづまり果てて後、月の朧なるに、

6) 〈원문〉의 「指貫(さしぬき)」는 남성이 입는 전통 바지인 하카마(袴)의 일종이다. 길이가 매우 긴데 밑단에 끈을 넣어 입을 때 발목을 졸라매는 것이다.

7) 衣あまた着たりけるぬしの、指貫の稜挟みて、

8) 〈원문〉의 「狩衣(かりぎぬ)」는 본래 사냥하거나 할 때 입었기 때문에 붙은 이름으로, 옛날 벼슬아치들이 평상시에 입던 옷이다.

9) 絹の狩衣めきたる着て、

10) ただ一人笛吹きて、行きもやらず練り行けば、

11) あはれ、これこそ、我に衣得させんとて、出でたる人なめりと思ひて、

12) 走りかかりて衣を剝がんと思ふに、

13) 怪しく物の恐ろしく覚えければ、

뒤를 밟아 두어 블록 남짓 가는데,[14] 자신에게 누군가가 따라붙었다고 알아차린 낌새도 보이지 않는다.[15] 더더욱 피리를 불며 가기에 해치우자 마음먹고 쿵쿵거리며 내달려 다가갔지만,[16] 피리를 불며 이쪽을 뒤돌아본 모습은,[17] 도저히 당해낼 수 있을 것 같지 않았기에 꽁무니 빼고 말았다.[18]

이렇게 몇 번이고 이리저리 여러모로 꾀하지만,[19] 눈곱만큼도 허둥대는 기색이 없다.[20] 희한한 사람이라 생각하며 열 블록쯤 뒤따라간다.[21] 그렇다고 해서 가만히 있을 수는 없는 노릇이라 생각하여 칼을 뽑아 달려들었을 때,[22] 이번에는 피리 불기를 멈추고 뒤돌아서서 "누구인가?" 하고 물었는데,[23] 정신이 아득해져서 저도 모르게 무릎을 꿇고 말았다.[24] 다시 "뭐 하는 자인가?" 묻기에,[25] 이제는 내빼려 해도 아마 내버려 두지 않을 거라고 여겨,[26] "강도입니다."라고 하니,[27] "누구인가?" 하고 묻기에,[28] "남들이 하카마다레라고 부릅니다."라고 대답했다.[29] 그러자 "그런 자가 있다는

14) 添ひて二三町ばかり行けども、

15) 我に人こそ付きたれと思ひたる気色もなし。

16) いよいよ笛を吹きて行けば、試みんと思ひて、足を高くして走り寄りたるに、

17) 笛を吹きながら見かへりたる気色、

18) 取りかかるべくも覚えざりければ、走り退きぬ。

19) かやうにあまたたび、とざまかうざまにするに、

20) 露ばかりも騒ぎたる気色なし。

21) 希有の人かなと思ひて、十余町ばかり具して行く。

22) さりとてあらんやはと思ひて、刀を抜きて走りかかりたる時に、

23) その度笛を吹きやみて、立ち返りて、「こは何者ぞ」と問ふに、

24) 心も失せて、吾にもあらで、つい居られぬ。

25) また、「いかなる者ぞ」と問へば、

26) 今は逃ぐとも、よも逃さじと覚えければ、

27) 「引剝に候」といへば、

28) 「何者ぞ」と問へば、

29) 「字袴垂となんいはれ候」と答ふれば、

이야기는 들었다.30) 걱정스럽게 어처구니없는 녀석이로구나."라며,31) "함께 가자."라고만 하곤 다시 마찬가지로 피리를 불며 간다.32)

이 사람의 분위기를 보건대 이제는 내빼려 해도 아마 내버려 두지 않을 거라고 여겨,33) 마치 귀신에게 혼을 빼앗긴 듯이 함께 가는데, 어떤 집에 다다랐다.34) 도대체 어딘가 생각하는데, 셋츠(摂津_현재의 오사카[大阪]부[府]로 일부는 효고[兵庫]현에 속하는 옛 지역명) 지방의 전임 태수35)인 야스마사(保昌)라는 사람 집이었다.36) 하카마다레를 집안으로 불러들여서 솜이 든 두꺼운 옷을 한 벌 내리시고,37) "옷이 필요할 때는 찾아와서 이야기하게.38) 뜻 모를 사람에게 덤비다가, 네가 망하지 말고."라고 했는데,39) 기절초풍할 노릇으로 으스스하고 두려웠다.40) 말로 못 할 사람의 형상이다.41) 하카마다레가 붙잡히고 나서 이야기했단다.42)

---

30) 「さいふ者ありと聞くぞ。

31) 危げに希有のやつかな」といひて、

32) 「ともにまうで来」とばかりいひかけて、また同じやうに笛吹きて行く。

33) この人の気色、今は逃ぐとも、よも逃さじと覚えければ、

34) 鬼に神取られたるやうにて、共に行く程に、家に行き着きぬ。

35) 〈원문〉의 「前司(ぜんじ)」는 전임(前任) 「国司(こくし)」의 뜻이다. 「国司(こくし)」는 옛날에 조정의 명을 받아 해당 지역에 부임한 지방관이다.

36) いづこぞと思へば、摂津前司保昌といふ人なりけり。

37) 家の内に呼び入れて、綿厚き衣一つ賜りて、

38) 「衣の用あらん時は参りて申せ。

39) 心も知らざらん人に取りかかりて、汝過すな」とありしこそ、

40) あさましくむくつけく恐ろしかりしか。

41) いみじかりし人の有様なり。

42) 捕へられて後語りける。

29. 남의 눈을 피해 집을 빌렸다가 큰일 날뻔한 이야기[1]

옛날에 박사[2]인데다 관리양성기관의 수장[3]인 아키히라(明衡)라는 사람이 있었다.[4] 젊었을 때 상당히 지체 높은 곳에 출사하고 있던 시녀와 정을 통했는데,[5] 어느 날 그 여인이 있는 곳에 들어 머물기가 여의찮았기에,[6] 그 이웃에 있던 상놈의 집을 빌려,[7] "시녀를 불러내서 자야겠다."라고 했다.[8] 그런데 때마침 바깥주인은 집에 없고 아내만이 있었는데,[9] "아주 손쉬운 일이군요." 하며 자신이 자는 곳 외에 달리 침소가 없었기에,[10] 자신이 평소 쓰던 침소를 떠나, 시녀 방에서 쓰던 돗자리를 가져오게 해서 다른 곳에서 잤다.[11] 그 집의 바깥주인은 자기 아내가 밀통하는 사내가 있다고 듣고서,[12]

---

1) 『日本古典文学全集』 [2巻11] 「明衡殃にあはんと欲る事」(아키히라가 화를 입을 뻔한 일)

2) 〈원문〉의 「博士(はかせ) : ①학문 또는 그 방면에 널리 정통한 사람. ②율령(律令)시대의 벼슬 이름. 大学寮(だいがくりょう)에 紀伝(きでん)·明経(みょうぎょう)·明法(みょうぼう)·算(さん) 등 다양한 博士가 있어서 각각 학업을 교수하고 학생에 대한 시험 따위를 관장했다.」(『広辞苑』) 참고로 「박사(博士) : ③『역사』 교수(敎授)의 임무를 맡거나 전문 기술에 종사하는 사람에게 주던 벼슬. 고구려의 태학, 신라의 국학, 고려의 국자감, 조선의 성균관·홍문관·규장각·승문원 따위에 두었다.」(표준국어대사전)

3) 〈원문〉의 「大学頭(だいがくのかみ)」는 옛날 귀족의 자제나 학생에게 교수하여 관리를 양성했던 기관인 大学寮(だいがくりょう)의 장관을 가리킨다.

4) 昔、博士にて大学頭明衡といふ人ありき。

5) 若かりける時、さるべき所に宮仕へける女房をかたらひて、

6) その所に入り臥さん事便なかりければ、

7) その傍にありける下種の家を借りて、

8) 「女房かたらひ出して臥さん」といひければ、

9) 男あるじはなくて、妻ばかりありけるが、

10) 「いとやすき事」とて、おのれが臥す所より外に臥すべき所のなかりければ、

11) 我が臥所を去りて、女房の局の畳を取り寄せて、寝にけり。

심지어 “그 밀통하는 사내가 오늘 밤 만나려고 꾀하고 있다.”라고 알리는 자가 있었기에,[13] 오는 곳을 매복하다가 때려죽이고 말겠다고 생각하여,[14] 아내에게는 “멀리 나갔다가 사오일은 돌아오지 않을게요.”라고 이르고,[15] 떠난 시늉을 하고서 상황을 엿보고 있던 그런 밤이었다.[16]

그 바깥주인이 깊은 밤에 엿듣고 있는데,[17] 남녀가 목소리를 죽이고 속닥이는 기척이 있었다.[18] ‘역시 그렇군. 숨겨둔 사내가 온 게로군.’ 생각하여,[19] 슬그머니 들어가 모습을 살피는데,[20] 자신의 침소에서 사내가 여자와 누워있다.[21] 어두워서 또렷이 모습은 보이지 않는다.[22] 사내의 코 고는 소리가 나는 쪽으로 슬금슬금 기어가서,[23] 칼을 거꾸로 빼 들고서,[24] 배 위라고 여겨지는 언저리를 찾아 찌르고자 하여,[25] 팔을 들어 올려 이제 찌르려 하는 찰나에,[26] 달빛이 벽틈으로 흘러들어왔는데,[27] 지체 높은 사람이나 입는 바지의 끈이 기다란 것이 언뜻 보였다.[28] 이에 깜짝 놀라 ‘내 아내에

---

12) 家あるじの男、我が妻の密男すると聞きて、

13) 「その密男、今宵なん逢はんと構ふる」と告ぐる人ありければ、

14) 来んを構へて殺さんと思ひて、

15) 妻には、「遠く物へ行きて、今四五日帰るまじき」といひて、

16) そら行きをして窺ふ夜にてぞありける。

17) 家あるじの男、夜更けて立ち聞くに、

18) 男女の忍びて物いふ気色しけり。

19) さればよ、隠男来にけりと思ひて、

20) みそかに入りて窺ひ見るに、

21) 我が寝所に、男、女と臥したり。

22) 暗ければ、たしかに気色見えず。

23) 男の鼾する方へ、やをらのぼりて、

24) 刀を逆手に抜き持ちて、

25) 腹の上とおぼしき程を探りて、突かんと思ひて、

26) 腕を持ち上げて、突き立てんとする程に、

27) 月影の板間より漏りたりけるに、

게 이런 옷을 입은 그런 고귀한 분이 설마 올 턱이 없을 텐데,[29] 혹시라도 사람을 잘못 본 거라면 가엾고 민망한 사건.'이라고 생각하여,[30] 손을 거두고 입고 있는 옷가지 따위를 찾는데,[31] 자고 있던 시녀가 언뜻 눈을 뜨곤,[32] "여기에 사람 소리가 나는데 누구냐?" 하고 조용히 묻는 느낌은,[33] 분명 자기 아내가 아니다.[34] '역시 그랬구나.' 생각하여 자리를 뜨는데,[35] 거기 자고 있던 사내도 깨서 "누구냐, 누구냐?" 하는 소리를 들었다.[36] 사실은 바깥주인의 아내는 아랫자리에서 자고 있었는데,[37] '남편의 좀전 모습은 아무래도 수상쩍었다.[38] 어쩌면 남편이 몰래 돌아와서 사람을 잘못 보지는 않을까.' 느끼고 있었기에,[39] 놀라 소동하며 "저건 누구냐? 도둑이냐?" 하며 고함치는 목소리가 분명 자기 아내였기에,[40] '그렇다면 다른 사람들이 자고 있었던 것이로군.' 생각하여,[41] 달려 나와 아내가 있는 곳으로 가서 머리채를 부여잡아 그 자리에 자빠뜨리곤,[42] "이건 도대체 어찌 된 일이냐?" 물었다.[43] 이에 아내는 '역시 그랬군.' 하고

---

28) 指貫のくくり長やかにて、ふと見えければ、

29) それにきと思ふやう、我が妻のもとには、かやうに指貫着たる人はよも来じものを、

30) もし、人違したらんは、いとほしく不便なるべき事と思ひて、

31) 手を引き返して、着たる衣などを探りける程に、

32) 女房ふと驚きて、

33) 「ここに人の音するは誰ぞ」と、忍びやかにいふけはひ、

34) 我が妻にあらざりければ、

35) さればよと思ひて、居退きける程に、

36) この臥したる男も、驚きて、「誰ぞ誰ぞ」と問ふ声を聞きて、

37) 我が妻の下なる所に臥して、

38) 我が男の気色の怪しかりつる。

39) それがみそかに来て、人違などするにやと覚えける程に、

40) 驚き騒ぎて、「あれは誰ぞ。盗人か」などののしる声の、我が妻にてありければ、

41) 異人々の臥したるにこそと思ひて、

42) 走り出でて、妻がもとに行きて、髪を取りて引き伏せて、

43) 「いかなる事ぞ」と問ひければ、

생각하여,[44] “당신은 황공한 당치도 않은 잘못을 저지를 뻔했어요.[45] 저기에는 지체가 높은 분이 오늘 밤만이라며 빌리시기에 빌려드리고,[46] 나는 여기에서 자고 있었던 겁니다.[47] 정말로 황당한 일을 하는 사내로군요.”라며 고함칠 때,[48] 아키히라도 잠에서 깨서 “어찌 된 일인가?” 하고 물었다.[49] 그러자 사내가 나와서 말하길,[50] “저는 가이(甲斐)님 하인인 아무개라고 하는 자입니다.[51] 가문의 지체 높으신 분이 계시는 줄 모르고서,[52] 하마터면 잘못을 저지를 뻔했습니다만,[53] 우연히 옷의 끈을 발견하곤 이래저래 생각해서,[54] 뻗었던 팔을 거두어들였던 겁니다.”라며 연신 조아렸다.[55]

가이 님이라는 사람은 이 아키히라의 여동생의 남편이었다.[56] 뜻하지 않게 옷에 달린 끈 덕분에,[57] 간신히 위험한 목숨을 구할 수 있었다.[58] 그러니까 사람은 남의 눈을 피한다고 하더라도,[59] 미천한 자가 사는 곳에는 발을 들여서는 아니 되는 법인 것이다.[60]

---

44) 妻さればよと思ひて、

45) 「かしこういみじき過すらん。

46) かしこには、上臈の今夜ばかりとて、借らせ給ひつれば、貸し奉りて、

47) 我は宿にこそ臥したれ。

48) 希有のわざする男かな」とののしる時にぞ、

49) 明衡も驚きて、「いかなる事ぞ」と問ひければ、

50) その時に男出で来ていふやう、

51) 「おのれは甲斐殿の雑色なにがしと申す者にて候。

52) 一家の君おはしけるを知り奉らで、

53) ほとほと過をなん仕るべく候ひつるに、

54) 希有に御指貫のくくりを見つけて、しかじか思ひ給へてなん、

55) 腕を引きしじめて候ひつる」といひて、いみじう侘びける。

56) 甲斐殿といふ人は、この明衡の妹の男なりけり。

57) 思ひかけぬ指貫のくくりの徳に、

58) 希有の命をこそ生きたりければ、

59) かかれば人は忍ぶといひながら、

60) あやしの所には、立ち寄るまじきなり。

30. 피 묻은 돌탑[1)]

옛날 중국에 커다란 산이 있었다.[2)] 그 산꼭대기에 커다란 돌탑[3)]이 하나 세워져 있었다.[4)] 그 산의 기슭에 자리한 마을에 나이가 여든 남짓한 여인이 살고 있었는데,[5)] 하루에 한 차례 그 산봉우리에 있는 돌탑을 꼭 둘러보고 있었다.[6)] 높고 커다란 산인 만큼 기슭에서 봉우리로 오를수록 험하고 급하고 먼 길이었지만,[7)] 비가 오건, 눈이 내리건, 바람이 불건, 천둥이 치건,[8)] 꽁꽁 얼어붙은 날이건, 또는 무더위에 고통스러운 여름에도,[9)] 하루도 거르는 일 없이 꼭 올라가서 이 돌탑을 둘러봤다.[10)]

이렇게 하는 것을 남들은 전혀 몰랐는데,[11)] 어느 날 젊은 사내들과 어린아이들이 여름 무더울 때 산에 올라,[12)] 돌탑 언저리에서 더위를 식히고 있었다.[13)] 거기에 이

---

1) 『日本古典文学全集』 [2巻12] 「唐に卒都婆血つく事」(중국에 있는 스투파에 피가 묻은 일)

2) 昔、唐に大なる山ありけり。

3) 〈원문〉의 「卒都婆(そとば) : 불사리(佛舍利)를 안치하거나 공양·보은을 하기 위해, 토석(土石)이나 벽돌을 쌓거나, 또는 목재를 짜 맞춰 만들어진 축조물」(『日本国語大辞典』) 참고로 「스투파(stūpa) : 석가모니의 사리나 유골을 모시거나 특별한 영지(靈地)를 나타내기 위하여, 또는 그 덕을 기리기 위하여 세운 건축물. 본디는 석가모니의 사리를 묻고 그 위에 돌이나 흙을 높이 쌓은 무덤이나 묘(廟)였다. 깎은 돌이나 벽돌 따위로 층을 지어 쌓으며, 3층 이상 홀수로 층을 올린다.」(표준국어대사전)

4) 其山の頂に、大なる卒都婆一つ立てりけり。

5) その山の麓の里に、年八十ばかりなる女の住みけるが、

6) 日に一度、その山の峰にある卒都婆を必ず見けり。

7) 高く大なる山なれば、麓より峯へ登るほど、険しく、はげしく、道遠かりけるを、

8) 雨降り、雪降り、風吹き、雷鳴り、

9) しみ氷りたるにも、また暑く苦しき夏も、

10) 一日も欠かず、必ず登りて、この卒都婆を見けり。

11) かくするを、人え知らざりけるに、

여인이 땀을 훔치며 올랐는데,[14] 허리는 반으로 접히게 굽었는데, 지팡이에 의지하여 석탑 가까이에 와서, 석탑 둘레를 돌았기에,[15] 참배하나 하고 보는데 석탑 둘레를 돌고서는 이내 돌아가고 또 돌아가는 일이 한두 번이 아니다.[16] 수도 없이 그렇게 하는 모습을 거기에서 더위를 식히던 사내들이 맞닥뜨린 것이다.[17] '이 여자는 무슨 속셈으로 이런 고통을 견디며 계속하는 걸까?' 하고 괴이하게 여겨서,[18] "오늘 오면 그걸 물어보자." 하고 말을 맞춰 두었는데,[19] 평소와 다름없이 이 여인이 바닥을 기고 또 기어서 올라왔다.[20] 이에 사내들이 여인에게 말하길 "당신은 무슨 속셈으로,[21] 우리가 더위를 식히러 올라오는 것조차 무덥고 괴롭고 힘든 길인데,[22] 더위를 식히기 위해 올라오는 거라면 또 모르겠지만,[23] 전혀 납량하는 기색도 없고,[24] 그렇다고 해서 달리 하는 일도 없이,[25] 그저 돌탑을 빙글빙글 도는 걸 일로 삼아서 매일 오르내리는 건 아무래도 수상쩍은 일입니다.[26] 그 이유를 알려주세요." 했다. [27] 그러자 이 여인

12) 若き男どもも、童部の、夏暑かりける比峯に登りて、

13) 卒都婆のもとに居つつ涼みけるに、

14) この女汗をのごひて、

15) 腰二重なる者の、杖にすがりて、卒都婆のもとに来て、卒都婆をめぐりければ、

16) 拝み奉るかと見れば、卒都婆をうちめぐりては、則ち帰り帰りする事一度にもあらず。

17) あまたたびこの涼む男どもに見えにけり。

18) この女は何の心ありて、かくは苦しきにするにかと怪しがりて、

19) 「今日見えば、この事問はん」と言ひ合せける程に、

20) 常の事なれば、この女這ふ這ふ登りけり。

21) 男ども女にいふやう、「わ女は、何の心によりて、

22) 我らが涼みに来るだに、暑く苦しく大事なる道を、

23) 涼まんと思ふによりて、登り来るだにこそあれ、

24) 涼む事もなし、

25) 別にする事もなくて、

26) 卒都婆を見めぐるを事にて、日々に登り下るるこそ、怪しき女のわざなれ。

27) この故知らせ給へ」といひければ、

이 “젊은 당신들은 너무나도 이상하다고 여기시겠지요.[28] 하지만 이렇게 찾아와서 이 돌탑을 돌아보는 일이 뭐 요즘 들어 하는 일은 아닙니다.[29] 철이 들고 나서 지금까지 칠십여 년, 날마다 이렇게 올라와서 석탑을 찾아뵙는 겁니다.”라고 하자,[30] “바로 그게 이상한 겁니다. 그 까닭을 말씀하시지요.”하고 물으니,[31] “내 부모는 백이십 살로 돌아가셨습니다.[32] 할아버지는 백삼십 정도로 돌아가셨습니다.[33] 또 그 아버지와 할아버지는 이백 살 남짓까지 살았습니다.[34] ‘그 사람들이 말하여 남겨둔 것이다’라고 해서,[35] ‘이 돌탑에 피가 묻을 즈음에 이 산이 무너져서 깊은 바다가 될 게다.’라고 아버지가 말씀해 두셨기에,[36] 나는 산기슭에 사는 몸이다 보니 산이 무너지면 그 아래에 깔려서 죽지나 않을까 싶어서,[37] 혹시라도 피가 묻으면 바로 내빼서 목숨을 부지하고자 날마다 돌아보는 겁니다.”라고 했다.[38] 이 이야기를 들은 사내들은 어처구니없게 여기며,[39] “참으로 무서운 일이군요. 무너질라치면 알려주세요.” 하며 비웃는 것조차도,[40] 자신을 조롱하는 말이라고도 알아차리지 못하고,[41] “두말하면 잔소리죠. 어찌 자기 혼자 도망치려고 알리지 않기야 하겠습니까?” 하며 산에서 내려갔다.[42]

28) この女、「若き主たちはげに怪しと思ひ給ふらん。

29) かくまうで来てこの卒都婆見る事は、この頃の事にしも侍らず。

30) 物の心知り始めてより後、この七十余年、日ごとにかく登りて、卒都婆を見奉るなり」といへば、

31) 「その事の、怪しく侍るなり。その故をのたまへ」と候へば、

32) 「おのれが親は百二十にてなん失せ侍りにし。

33) 祖父は百三十ばかりにてぞ失せ給へりし。

34) それにまた父祖父などは、二百余年までぞ生きて侍りける。

35) 『その人人の言ひ置かれたりける』とて、

36) 『この卒都婆に血のつかん折になん、この山は崩れて、深き海となるべき』となん、父の申し置かれしかば、

37) 麓に侍る身なれば、山崩れなばうち掩はれて、死にもぞすると思へば、

38) もし血つかば逃げて退かんとて、かく日ごとに見るなり」といへば、

39) この聞く男ども、をこがり嘲りて、

40) 「恐ろしき事かな。崩れん時は告げ給へ」など笑ひけるをも、

41) 我を嘲りていふとも心得ずして、

이 사내들은 “이 여자는 오늘은 설마 또 오지 않겠지.[43] 내일 다시 와서 돌아볼 때 놀래 꽁무니 빼게 만들어서 놀려 먹자.”라며 말을 맞춰놓고,[44] 피를 들이부어 돌탑을 범벅 만들어 두고,[45] 이 사내들이 산에서 내려가서 마을 사람들에게,[46] “여기 기슭에 사는 여자가 날마다 산봉우리에 올라 석탑을 돌아보는 것을 이상히 여겨 물었더니,[47] 이러쿵저러쿵 이야기하기에,[48] 내일 놀래 꽁무니 빼게 만들려고 석탑에 피를 떡칠해 놓았다.[49] 필시 산이 무너지겠지요.” 하며 웃는다.[50] 이를 마을 사람들도 전해 듣곤 웃음거리로 삼아 웃어넘겼다.[51]

이리하여 이튿날 여인이 올라가서 돌아봤는데, 석탑에 피가 범벅으로 묻어 있었기에,[52] 여인은 이를 보기가 무섭게 혼비백산 굴러떨어지듯 내달려 돌아와서 고함치기를,[53] “여기 마을 사람들이여, 어서 도망쳐서 목숨을 구하세요.[54] 이 산이 이제 곧 무너져 내려서 깊은 바다가 되려 합니다.”라며,[55] 온 마을 구석구석까지 알리고 나서 자기 집으로 가서,[56] 아이와 손자들에게 가재도구를 짊어지게 하곤,[57] 자기 역시도 들

---

42) 「更なり。いかでかは我一人逃げんと思ひて、告げ申さざるべき」といひて、帰り下りにけり。

43) この男ども、「この女は今日はよも来じ。

44) 明日また来て見んに、おどして走らせて笑はん」と言ひ合せて、

45) 血をあやして、卒都婆によく塗りつけて、

46) この男ども帰りおりて、里の者どもに、

47) 「この麓なる女の、日ごとに峯に登りて卒都婆見るを、怪しさに問へば、

48) しかじかなんいへば、

49) 明日おどして走らせんとて、卒都婆に血を塗りつるなり。

50) さぞ崩るらんものや」など言ひ笑ふを、

51) 里の者ども聞き伝へて、をこなる事の例に引き笑ひけり。

52) かくてまたの日、女登りて見るに、卒都婆に血の大らかにつきたりければ、

53) 女うち見るままに、色を違へて、倒れ転び、走り帰りて、叫び言ふやう、

54) 「この里の人々、とく逃げ退きて命生きよ。

55) この山は只今崩れて、深き海になりなんとす」と、

56) あまねく告げまはして、家に行きて、

고서 허둥지둥 다른 마을로 이사해갔다.[58]

이를 보고 피를 묻혀놓은 사내들은 손바닥을 치며 비웃고 있었는데,[59] 이렇다 할 조짐도 없이 술렁이며 소란이 일었다.[60] 바람이 불어오는 건지, 천둥이 치는 건지 분간하기 어려운 사이에,[61] 하늘도 시커멓게 변하여 고약하게 두려운 형상이 되어, 이 산이 흔들리기 시작한 것이다.[62] "어떻게 된 노릇인가, 도대체 이건." 하며 웅성거리고 있는 찰나에,[63] 순식간에 죄다 무너져내리니,[64] "여자가 말한 건 정말이었던가?" 하며 도망쳤는데,[65] 그 가운데는 대피에 성공한 사람도 있지만,[66] 대부분은 부모의 행방도 모르고, 자식도 잃고, 가재도구도 모르는 형국이라, 여기저기에서 울부짖고 있었다.[67] 이 여인 혼자만 아이와 손자를 데리고,[68] 가재도구 하나도 잃지 아니하고, 미리 피해 차분하게 머문 것이다.[69] 이렇게 해서 그 산은 모두 무너져서 깊은 바다가 되고 말았기에,[70] 이를 조롱하던 사람들은 모두 죽고 말았다.[71] 너무나 기절초풍할 일이로세.[72]

---

57) 子孫どもに家の具足ども負ほせ持たせて、

58) おのれも持ちて、手惑ひして、里移しぬ。

59) これを見て、血つけし男ども、手打ちて笑ひなどする程に、

60) その事ともなく、さざめきののしりあひたり。

61) 風の吹き来るか、雷の鳴るかと思ひ怪しむ程に、

62) 空もつつ闇になりて、あさましく恐ろしげにて、この山揺ぎ立ちにけり。

63) 「こはいかに、こはいかに」とののしりあひたる程に、

64) ただ崩れに崩れもてゆけば、

65) 「女は誠しけるものを」などいひて逃げ、

66) 逃げ得たる者もあれども、

67) 親の行方も知らず、子をも失ひ、家の物の具も知らずなどして、をめき叫び合ひたり。

68) この女一人ぞ、子孫も引き具して、

69) 家の物の具一つも失はずして、かねて逃げ退きて、静かに居たりける。

70) かくてこの山みな崩れて、深き海となりにければ、

71) これを嘲り笑ひし者どもはみな死にけり。

72) あさましき事なりかし。

31. 숨은 고수[1]

옛날에 나리무라(成村)라고 하는 씨름꾼이 있었다.[2] 어느 날 여러 지방의 씨름꾼들이 도읍으로 모여들어 씨름대회[3]가 시작되기를 기다리고 있었다.[4] 이들이 궁궐 정문[5]에 모여 더위를 시키고 있었는데,[6] 그 주변을 어슬렁대다가 관리양성소[7] 동쪽 문을 지나 남쪽으로 가려고 했다.[8] 하지만 거기 학생들도 수없이 동쪽 문에 몰려나와 더위를 식히며 서 있었는데,[9] 이 씨름꾼들이 지나가는 것을 용납하지 않겠다고 하여,[10] "조용히 해라. 시끄럽구나." 하며 가로막고 지나가지 못하게 했다.[11] 아무리 그래도 역시 지체 높은 집안의 자제들이 하는 일이다 보니 막무가내로 통과할 도리는 없다.[12] 그

---

1) 『日本古典文学全集』 [2巻13] 「成村強力の学士にあふ事」(나리무라가 힘센 학사를 만난 일)

2) 昔、成村といふ相撲ありけり。

3) 〈원문〉의 「相撲(すまい)の節(せち)」는 나라(奈良)·헤이안(平安)시대, 매년 7월 덴노(天皇)가 궁중에서 스모(相撲)를 관람하는 행사다. 2, 3월 무렵 지방으로 관리를 파견하여 씨름꾼을 모으고, 7월 26일에 예행 연습, 28일에 본대회를 개최했다.

4) 時に、国々の相撲ども、上り集りて、相撲節待ける程、

5) 〈원문〉의 「朱雀門(すざくもん)」은 궁궐 외곽에 설치된 문 가운데 하나다. 궁성 남쪽 중앙에 있는 정문이다. 당나라 도읍인 장안(長安)의 황성문(皇城門)의 이름을 답습한 것이다.

6) 朱雀門に集りて涼みけるが、

7) 〈원문〉의 「大学(だいがく)」는 옛날 귀족의 자제나 학생에게 교수하여 관리를 양성했던 기관인 「大学寮(だいがくりょう)」를 가리킨다.

8) その辺遊び行くに、大学の東門を過ぎて、南ざまに行かんとしけるを、

9) 大学の衆どもも、あまた東の門に出でて、涼み立てりけるに、

10) この相撲どもの過ぐるを通さじとて、

11) 「鳴り制せん。鳴り高し」といひて、立ち塞りて、通さざりければ、

12) さすがにやごつなき所の衆どものすることなれば、破りてもえ通らぬに、

런데 그 가운데 키가 자그마한 학생인데, 관이며 웃옷이며 다른 학생보다는 조금은 좋은 것을 걸친 사람이,[13] 그 가운데 두드러지게 나서서 과하게 가로막아 선 사람이 있는 것을, 나리무라가 가만히 지켜보고 있었다.[14] 그리고 "자, 자, 돌아가자." 하며 원래 왔던 궁궐 정문으로 돌아갔다.[15]

거기에서 나리무라가 말하길 "이 양성소 학생들은 고약한 사람들이로세.[16] 무슨 심산으로 우리를 지나가지 못하도록 하는가.[17] 그냥 지나가려 했는데, 아무튼 오늘은 지나가지 않고 내일 지나가고자 한다.[18] 키는 자그마한데 두드러지게 '조용히 해라.' 떠들어대며 지나가게 하지 않겠다고 막아선 사내는 정말 고약한 자식이다.[19] 내일 지나가려 할 때도 꼭 오늘처럼 굴겠지.[20] 너희 가운데 아무나 부디 그 사내 엉덩이를 피가 터질 정도로 꼭 걷어차 주게." 했다.[21] 그러자 그 이야기를 들은 씨름꾼은 자신만만 겨드랑이를 긁적거리며,[22] "내가 걷어차면 도저히 목숨을 부지하기 어려울 텐데. 뭐 완력으로 지나가자" 했다.[23] 이 엉덩이를 걷어차라고 이야기 들은 씨름꾼은 소문이 자자한 힘센 사람으로 남보다 뛰어난데,[24] 뜀박질도 빠른 모습을 보고 나리무라도 이야기하는 것이었다.[25] 그러고 그날은 각자 자기 거처로 돌아갔다.[26]

---

13) 長低らかなる衆の、冠、上の衣、異人よりは少しよろしきが、

14) 中にすぐれて出で立ちて、いたく制するがありけるを、成村は見つめてけり。

15) 「いざいざ帰りなん」とて、もとの朱雀門に帰りぬ。

16) そこにていふ、「この大学の衆、憎きやつどもかな。

17) 何の心に、我らをば通さじとはするぞ。

18) ただ通らんと思ひつれども、さもあれ、今日は通らで、明日通らんと思ふなり。

19) 長低やかにて、中にすぐれて、『鳴り制せん』といひて、通さじと立ち塞る男、憎きやつなり。

20) 明日通らんにも、必ず今日のやうにせんずらん。

21) 何主、その男が尻鼻、血あゆばかり必ず蹴給へ」といへば、

22) さいはるる相撲、脇を掻きて、

23) 「おのれが蹴てんには、いかにも生かじものを。嗷議にてこそいかめ」といひけり。

24) この尻蹴よといはるる相撲は、覚えある力異人よりはすぐれ、

그 이튿날이 되어 어제 오지 않았던 씨름꾼들도 수많이 불러 모아서,[27] 수많은 인원에 힘입어 지나가고자 꾀하는 것을,[28] 양성소 학생도 그걸 알아차린 것이리라,[29] 어제보다 많은 인원이 모여서 시끄럽게 "조용히 해라." 하며 고함쳤는데,[30] 이 씨름꾼들은 한 덩어리가 되어 지나가려 했다.[31] 어제 특히 눈에 띄게 가로막아 섰던 학생이,[32] 언제나 그렇듯 큰길 한가운데 서서 더더욱 통과시키지 않겠다는 얼굴을 드러냈다.[33] 나리무라가 "걷어차라." 했던 씨름꾼에게 눈짓으로 알렸기에,[34] 그 씨름꾼은 남보다 키가 크고 젊고 용맹한 사내로,[35] 허리띠로 옷자락을 높이 추켜올리고 밀어닥쳐 온다.[36] 이를 뒤따라서 다른 씨름꾼들도 한꺼번에 지나가려 하는데,[37] 그 학생들도 지나가지 못하게 막는 상황에서,[38] 엉덩이를 걷어차려는 씨름꾼이 이렇게 호통치는 학생에게 달려들어,[39] 걷어차 자빠뜨리고자 발을 번쩍 높이 들었다.[40] 그것을 이 학생이 알아채고 등을 움츠려서 몸을 피했기에,[41] 헛발질로 발이 높이 들려서 나자빠지

25) 走り疾くなどありけるを見て、成村もいふなりけり。

26) さてその日はおのおの家々に帰りぬ。

27) またの日になりて、昨日参らざりし相撲などを、あまた召し集めて、

28) 人勝になりて、通らんと構ふるを、

29) 大学の衆も、さや心得にけん、

30) 昨日よりは人多くなりて、かしがましう、「鳴り制せん」と言ひ立てりけるに、

31) この相撲どもうち群れて、歩みかかりたり。

32) 昨日すぐれて制せし大学の衆、

33) 例の事なれば、すぐれて大路を中に立ちて、過ぐさじと思ふ気色したり。

34) 成村、「蹴よ」といひつる相撲に目をくはせければ、

35) この相撲、人より長高く大きに、若く勇みたるをのこにて、

36) くくり高やかにかき上げて、さし進み歩み寄る。

37) それに続きて、異相撲もただ通りに通らんとするを、

38) かの衆どもも通さじとするほどに、

39) 尻蹴んとする相撲、かくいふ衆に走りかかりて、

40) 蹴倒さんと、足をいたくもたげるを、

려 하는 발을,[42] 양성소 학생이 꽉 붙잡았다.[43] 그는 씨름꾼을 마치 가느다란 지팡이라도 집어 든 듯 가볍게 매달고서,[44] 다른 씨름꾼에게 달려들었기에,[45] 그것을 보고 다른 씨름꾼들이 줄행랑치는 것을 좇아가다가,[46] 그 손에 든 씨름꾼을 던졌더니,[47] 내동댕이쳐져서 두세 단쯤 날아가 나뒹굴고 말았다.[48] 몸이 망가져서 일어설 수도 없게끔 되고 말았다.[49] 그런데도 그 학생이 나리무라가 있는 쪽으로 달려들었기에 나리무라도 그것을 보고 줄행랑쳤다.[50] 인정사정 보지 않고 뒤쫓으니 궁궐 정문 쪽으로 내달리다가 옆에 있는 문으로 도망쳐 들어가는데,[51] 곧바로 뒤쫓아 달려들기에 붙잡히고 말겠지 생각하여,[52] 다른 건물[53]의 흙담[54]을 뛰어넘었는데,[55] 그걸 가로막으려고 학생이 손을 뻗었는데,[56] 순식간에 재빨리 넘어서 다른 곳을 붙잡지는 못하고,[57]

---

41) この衆は目をかけて、背を撓めてちがひければ、

42) 蹴外して、足の高く上りて、のけざまになるやうにしたる足を、

43) 大学の衆取りてけり。

44) その相撲を、細き杖などを人の持ちたるやうに引きさげて、

45) かたへの相撲に走りかかりければ、

46) それを見て、かたへの相撲逃げけるを追ひかけて、

47) その手にさげたる相撲をば投げければ、

48) 振りぬきて、二三段ばかり投げられて、倒れ伏しにけり。

49) 身砕けて起き上るべくもなくなりぬ。

50) それをば知らず、成村がある方ざまへ走りかかりければ、成村も目をかけて逃げけり。

51) 心もおかず追ひければ、朱雀門の方ざまに走りて、脇の門より走り入るを、

52) やがてつめて走りかかりければ、捕へられぬと思ひて、

53) 〈원문〉의 「式部省(しきぶしょう)」는 조정의 예식이나 문관의 고과, 선발, 급여 등을 관장하며 이 에피소드에도 등장하는 〈大学寮(だいがくりょう)〉를 관리했다. 〈니죠(二条)대로〉를 사이에 두고 〈大学寮〉에 면하며, 궁궐에서 가장 남쪽, 〈朱雀門(すざくもん)〉의 바로 동쪽에 자리한다.

54) 〈원문〉의 「築地(ついじ)」는 '흙으로 만든 담장 위에 지붕을 올린 것'을 가리킨다.

55) 式部省の築地越えけるを、

56) 引きとどめんとて、手をさしやりたりけるに、

57) 早く越えければ、異所をばえ捕へず、

한쪽 발의 조금 처진 발꿈치를 신발을 신은 채로 붙잡았다.[58] 그랬더니 신발 뒤꿈치에 다리 살갗을 붙인 채,[59] 마치 신발 뒤꿈치를 칼로 도려낸 모양으로 잘라내고 말았다.[60]

나리무라가 흙담 안쪽에 서서 발을 보니,[61] 피가 철철 나서 멈출 것 같지도 않다.[62] 신발 뒤꿈치는 잘려 나가 사라지고 말았다.[63] 자신을 쫓아온 그 학생은 참으로 기가 막힐 정도로 힘이 센 사람이었던 모양이다.[64] 엉덩이를 걷어찬 씨름꾼마저도 지팡이 다루듯 내동댕이쳐서 망가뜨릴 정도다.[65] 세상은 넓으니 이런 사람이 있다는 것은 정말로 두려운 일이다.[66] 내동댕이쳐진 씨름꾼은 죽고 말았기에, 들것에 실어서 짊어지고 돌아갔다.[67]

이 나리무라가 아군 장수에게 "이러저러한 일이 있었습니다.[68] 그 양성소 학생은 대단한 씨름꾼인 모양입니다.[69] 나리무라라고 하더라도 도저히 겨룰 마음이 없습니다."라고 했다.[70] 그러자 아군 장수는 선지를 청하여,[71] "비록 예식 담당 문관이라고 해도 그 방면에 빼어난 자는 모신다는 것인데,[72] 하물며 양성소 학생이라면 무슨 문

58) 片足少し下りたりける踵を、沓加へながら捕へたりければ、

59) 沓の踵に、足の皮を取り加へて、

60) 沓の踵を、刀にて切りたるやうに引き切りて、取りてけり。

61) 成村築地の内に立ちて足を見ければ、

62) 血走りてとどまるべくもなし。

63) 沓の踵切れて失せにけり。

64) 我を追ひける大学の衆、あさましく力ある者にてぞありけるなめり。

65) 尻蹴つる相撲をも、人杖につかひて、投げ砕くめり。

66) 世中広ければ、かかる者のあるこそ恐ろしき事なれ。

67) 投げられたる相撲は死に入りたりければ、物にかき入れて、担ひて持て行きけり。

68) この成村、方の次将に、「しかじかの事なん候ひつる。

69) かの大学の衆は、いみじき相撲に候めり。

70) 成村と申すとも、あふべき心地仕らず」と語りければ、

71) 方の次将は宣旨申し下して、

제가 있겠는가?" 하여,[73] 구석구석 물어 찾으셨지만, 결국 그 사람이 누군지도 알지 못하고 끝나고 말았다.[74]

72) 「式部の丞なりとも、その道に堪へたらんはといふ事あれば、

73) まして大学の衆は何条ことかあらん」とて、

74) いみじう尋ね求められけれども、その人とも聞えずしてやみにけり。

32. 감나무에 나타난 부처[1]

옛날 다이고(醍醐) 덴노(天皇) 치세 시절[2], 고죠(五条)[3] 덴진(天神) 부근에,[4] 커다란 감나무인데 열매가 열리지 않는 것이 있었다.[5] 그 나무 위에 부처가 나타나신다.[6] 온 도읍 사람들은 빠짐없이 죄다 참배하러 갔다.[7] 말이며 수레며 세울 곳도 없고, 사람도 가로질러 갈 수 없을 정도로 엄청난 인파가 몰려 참배하며 떠들썩했다.[8]

그러는 사이에 대엿새가 지났는데,[9] 우다이진(右大臣_고위관직명)님이 도무지 이해가 가지 않으셔서,[10] '진짜 부처가 이런 말세에 나타나실 턱이 없다.[11] 내가 직접 가서 조사해 봐야지.'하고 생각하셔서,[12] 궁에 들 때 입는 관복[13]을 차려입고, 잘 꾸민 탈

---

1) 『日本古典文学全集』 [2巻14] 「柿の木に仏現ずる事」(감나무에 부처가 나타난 일)
2) 〈원문〉의 「延喜(えんぎ)」는 헤이안(平安)시대 다이고(醍醐)덴노(天皇) 시절에 사용한 연호로 901-923년.
3) 〈원문〉의 「五条(ごじょう)」는 「五条通」의 약칭인데 이는 교토(京都)시(市) 히가시야마(東山)구(区) 니시오타니(西大谷)문(門) 앞에서 서쪽으로는 덴진가와(天神川)까지 이어진 길이다.
4) 昔、延喜の御門の御時、五条の天神のあたりに、
5) 大なる柿の木の実ならぬあり。
6) その木の上に仏現れておはします。
7) 京中の人こぞりて参りけり。
8) 馬、車も立てあへず、人もせきあへず、拝みののしりけり。
9) かくするほどに、五六日あるに、
10) 右大臣殿心得ず思し給ひける間、
11) 誠の仏の、世の末に出で給ふべきにあらず。
12) 我行きて試みんと思して、
13) 〈원문〉의 「日(ひ)の装束(そうぞく)」는 「朝服(ちょうふく)」의 다른 이름인데, 이는 벼슬아치가 조정에 출사할 때 착용하는 정복(正服)이다.

것[14]을 타고,[15] 길잡이들을 다수 대동하고 모여든 무리를 물리게 하고,[16] 수레를 끄는 소를 빼내고 탈것을 자리 잡고는,[17] 감나무 가지를 눈도 깜박이지 않고, 또 한눈도 팔지 않고 지긋이 지켜보며,[18] 대략 두 시간 남짓 그대로 계셨다.[19] 그러자 이 부처가 한동안은 꽃을 뿌리고 빛도 뿜어내고 계셨지만,[20] 너무나도 오랫동안 가만히 지켜보시기에 난처하여,[21] 커다란 날개 꺾인 수리부엉이가 되어 바닥에 떨어져 어쩔 줄 몰라 버둥대고 있는 것을,[22] 아이들이 달려들어 쳐죽이고 말았다.[23] 대신은 짐작이 틀리지 않았다며 그길로 돌아가셨다.[24]

이에 당시 사람들이 이 대신을 말도 못 하게 어진 분이시라고 우러렀다고 한다.[25]

---

14) 〈원문〉의 「檳榔(びろう)の車(くるま)」는 우차(牛車;ぎっしゃ_소가 끄는 탈것)의 일종이다. 말린 빈랑(檳榔) 잎으로 수레 전체를 덮은 것이다.

15) 日の装束うるはしくて、檳榔の車に乗りて、

16) 御前多く具して、集りつどひたる者ども退けさせて、

17) 車かけはづして榻を立てて、

18) 梢を目もたたかず、あからめもせずしてまもりて、

19) 一時ばかりおはするに、

20) この仏暫しこそ花も降らせ、光をも放ち給ひけれ、

21) あまりにあまりにまもられて、しわびて、

22) 大なる糞鳶の羽折れたる、土に落ちて惑ひふためくを、

23) 童部ども寄りて打ち殺してけり。

24) 大臣はさればこそとて、帰り給ひぬ。

25) さて、時の人この大臣を、いみじくかしこき人にておはしますとぞののしりける。

33. 무사 거처의 무서움[1]

옛날에 다이타로(大太郎)라고 해서 내로라하는 도둑 무리의 수괴가 있었다.[2] 그가 도읍으로 올라가서,[3] 훔치기 적당한 곳이 있으면 들어가서 훔쳐내리라 생각하여,[4] 두리번거리며 돌아다니고 있었는데,[5] 집 둘레도 황폐하고, 문도 한 짝은 떨어져 옆쪽으로 기울어진 허름하게 보이는 집이 있었다.[6] 거기에는 사내는 하나도 보이지 않고 여인네뿐인데,[7] 풀 먹인 빨랫감을 엄청나게 어지러이 펼쳐놓고 있는데,[8] 게다가 하치죠(八丈)[9] 특산 비단 옷감을 파는 상인들도 수없이 불러 모아 비단을 많이 내놓고,[10] 고르거나 바꾸거나 하며 이것저것 사들이고 있었다.[11] 그러니 여기는 물건이 많은 곳이구나 생각하여 멈춰 서서 안을 들여다보는데,[12] 마침 그때 바람이 불어 남쪽에 늘어뜨

---

1) 『日本古典文学全集』 [3巻1] 「大太郎盗人の事」(다이타로라는 도둑에 관한 일)

2) 昔、大太郎とて、いみじき盗人の大将軍ありけり。

3) それが京へ上りて、

4) 物取りぬべき所あらば、入りて物取らんと思ひて、

5) 窺ひ歩きける程に、

6) めぐりもあばれ、門などもかたかたは倒れたる、横ざまに寄せかけたる所のあだげなるに、

7) 男といふ者は一人も見えずして、女の限にて、

8) 張物多く取り散してあるにあはせて、

9) 〈원문〉의 「八丈(はちじょう)」는 「八丈絹(はちじょうぎぬ)」의 준말로 봐야겠다. 이는 도쿄(東京)에서 남쪽으로 300㎞ 떨어진 해상에 있는 하치죠지마(八丈島)에서 산출하는 평직(平織) 견포(絹布)다.

10) 八丈売る者などあまた呼び入れて、絹多く取り出でて、

11) 選り換へさせつつ物どもを買へば、

12) 物多かりける所かなと思ひて、立ち止りて見入るれば、

린 발을 들어 올렸는데,[13] 발 안에 무엇이 들었는지는 제대로 보이지 않았지만,[14] 가죽 봇짐이 높이 쌓아 올려져 있는 앞에 덮개가 열린 것이 있는데,[15] 거기에 비단으로 보이는 것들이 널브러져 있다.[16] 이것을 보고, '기쁘기도 하구나, 하느님이 내게 재물을 베푸시는군.' 하고 생각하여,[17] 내달려 돌아가서 하치죠 특산 비단 한 필을 남에게 빌려서,[18] 가지고 와서 팔 거라며 가까이 다가가서 보니,[19] 안에도 바깥에도 사내는 한 사람도 없다.[20] 그저 모두 여인네들뿐인데 자세히 보니 가죽 봇짐도 많이 있다.[21] 내용물은 보이지 않지만, 제법 높게 쌓아 덮개가 씌워져 있고,[22] 비단 따위도 엄청나게 많다.[23] 옷감을 마구 널브러뜨려 두거나 해서 말도 못 하게 물건이 잔뜩 있는 곳처럼 보인다.[24] 값을 비싸게 불러서 가져갔던 하치죠 비단을 팔지 않고 그대로 가지고 돌아와서 주인에게 돌려주고,[25] 같은 패들에게 "이런 곳이 있다." 널리 퍼뜨리고,[26] 그날 밤에 와서 문으로 들어가려는데,[27] 뜨거운 물을 얼굴에 쏟아부은 듯한 느낌이 들어 아무래도 들어갈 수 없다.[28] "이건 무슨 일인가." 하며 무리 지어 들어가려 하지

---

13) 折しも、風の南の簾を吹き上げたるに、

14) 簾の内に、何の入りたりとは見えねども、

15) 皮籠のいと高くうち積まれたる前に、蓋あきて、

16) 絹なめりと見ゆる物、取り散してあり。

17) これを見て、嬉しきわざかな、天道の我に物を賜ぶなりけりと思ひて、

18) 走り帰りて、八丈一疋人に借りて、

19) もて来て売るとて、近く寄りて見れば、

20) 内にも外にも、男といふ者は一人もなし。

21) ただ女どもの限して、見れば皮籠も多かり。

22) 物は見えねどうづたかく蓋掩はれ、

23) 絹なども殊の外にあり。

24) 布うち散しなどして、いみじく物多くありげなる所かなと見ゆ。

25) 高くいひて、八丈をば売らで持ちて帰りて、主に取らせて、

26) 同類どもに、「かかる所こそあれ」といひまはして、

27) その夜来て、門に入らんとするに、

만, 너무나도 꺼림칙하여,[29] "무언가 연유가 있을 터. 오늘 밤에는 들어가지 않겠다." 라며 그대로 돌아오고 말았다.[30]

이튿날 아침 "그건 그렇고 어젯밤에는 무슨 일이었을까." 하며,[31] 한패들을 이끌고 팔 것을 들려 와보았는데 조금도 음산한 기운이 없다.[32] 물건이 많이 있는데 여자들끼리 꺼내거나 들여놓거나 한다.[33] 그러니 이 정도면 대수롭지 않다며, 거듭거듭 잘 살펴 두고서,[34] 다시 날이 저물자 제대로 준비하여 들어가려 하는데,[35] 여전히 꺼림칙하게 느껴져서 들어가지 못한다.[36] "네가 먼저 들어가라, 들어가라." 서로 말하며 버티고 서 있을 뿐, 오늘 밤도 역시 들어가지 못하고 끝나버렸다.[37]

다시 그 이튿날 아침에도 매한가지로 보이는데, 이렇다 할 다른 낌새도 보이지 않는다.[38] 그저 자신이 겁쟁이라서 꺼림칙할 뿐이라고 생각하여,[39] 다시 그날 밤 잘 채비해서 그 집으로 가서 마주 섰는데, 다른 날보다도 더욱 꺼림칙했기에,[40] "이건 도대체 무슨 일인가." 중얼거리고 돌아와서 모두에게 말하길,[41] "이번 일을 벌인 장본인이 먼저 들어가도록 하자.[42] 우선 다이타로가 들어가는 게 좋겠다." 하자,[43] "말 한번 잘했

---

28) たぎり湯を面にかくるやうに覚えて、ふつとえ入らず。

29) 「こはいかなる事ぞ」とて、集りて入らんとすれど、せめて物の恐ろしかりければ、

30) 「あるやうあらん。今宵は入らじ」とて、帰りにけり。

31) つとめて、「さても、いかなりつる事ぞ」とて、

32) 同類など具して、売物など持たせて来て見るに、いかにも煩はしき事なし。

33) 物多くあるを、女どもの限して取り出で、取り納めすれば、

34) 事にもあらずと、返す返す思ひ見ふせて、

35) また暮るれば、よくよくしたためて入らんとするに、

36) なほ恐ろしく覚えてえ入らず。

37) 「わ主まづ入れ入れ」といひたちて、今宵もなほ入らずなりぬ。

38) またつとめても、同じやうに見ゆるに、なほ気色異なる者も見えず。

39) ただ我が臆病にて覚ゆるなめりとて、

40) またその夜よくしたためて、行き向ひて立てるに、日比よりもなほ物恐ろしかりければ、

41) 「こはいかなる事ぞ」といひて、帰りていふやうは、

다.”라며, 목숨을 던질 각오로 다이타로가 들어갔다.[44] 그 뒤를 이어서 다른 사람도 들어갔다.[45] 들어가긴 했지만, 여전히 두려웠는데,[46] 가만히 다가가 보니 황폐해진 집 안에 불이 켜져 있다.[47] 몸채[48] 가장자리에 드리운 발을 내리고, 발 밖에서 불을 켜고 있다.[49] 정말로 가죽 봇짐이 가득 있다.[50] 그 발 안쪽이 꺼림칙하게 느껴지는 한편으로,[51] 발 안쪽에서 화살을 메기고 튕기는 소리가 들리는데,[52] 그 화살이 날아 들어 몸에 박히는 듯한 기분이 들어서,[53] 말로 다 할 수 없게 무서운 생각이 들어서 돌아나가려 해도 뒤에서 잡아당기는 듯 느껴졌는데,[54] 간신히 밖으로 나갈 수 있어서 땀을 훔치면서,[55] “이건 정말 어찌 된 노릇인가. 너무나도 두려웠던 화살 튕기는 소리일세.”라고 웅성거리며 돌아갔다.[56]

그 이튿날 아침, 그 집 이웃에 있는 다이타로가 아는 사람의 집에 갔는데,[57] 다이타

---

42) 「事を起したらん人こそはまづ入らめ。

43) まづ大太郎が入るべき」といひければ、

44) 「さもいはれたり」とて、身をなきになして入りぬ。

45) それに取りつきて、かたへも入りぬ。

46) 入りたれども、なほ物の恐ろしければ、

47) やはら歩み寄りて見れば、あばらなる屋の内に、火ともしたり。

48) 〈원문〉의 「母屋(もや)」는 가옥의 중심이 되는 곳을 가리킨다. 처마 안쪽 중앙 부분. 참고로 「몸채 : 여러 채로 된 살림집에서 주가 되는 집채.」(표준국어대사전)

49) 母屋の際にかけたる簾をば下して、簾の外に火をばともしたり。

50) まことに皮籠多かり。

51) かの簾の中の、恐ろしく覚ゆるにあはせて、

52) 簾の内に矢を爪よる音のするが、

53) その矢の来て身に立つ心地して、

54) いふばかりなく恐ろしく覚えて、帰り出づるも背をそらしたるやうに覚えて、

55) 構へて出でえて、汗をのごひて、

56) 「こはいかなる事ぞ。あさましく恐ろしかりつる爪よりの音や」と言ひ合せて帰りぬ。

57) そのつとめて、その家の傍に、大太郎が知りたりける事のありける家に行きたれば、

로를 알아보곤 크게 대접하고,[58] “언제 상경하셨나이까. 걱정이 태산이었습니다.” 하자,[59] “방금 올라와서 바로 여기로 찾아온 겁니다.”라고 대답했다.[60] 그러자 “자, 한 잔 드리지요.”라며 술을 데워서,[61] 검고 큰 도자기를 술잔 삼아 그것을 들어 다이타로에게 따르고,[62] 집주인이 마시고 다시 다이타로에게 건넸다.[63] 다이타로가 술잔을 들고, 술을 찰랑찰랑 술잔에 받아 들고서,[64] “여기에서 북쪽 이웃에는 누가 계시는 겁니까?” 하자, 놀라워하는 기색으로,[65] “아직 모르는가? 다이야노 스케 다케노부[66]가 요사이 상경해서 계시는 겁니다.” 한다.[67] 그렇다면 그 집에 들어가거나 한다면,[68] 모두 하나도 빠짐없이 쏴죽임 당하고 말 거라는 생각이 들기에,[69] 소름 끼치게 겁이 나서, 그 받은 술을 집주인 머리에 쏟아붓고 일어나 내뺐다.[70] 술자리에 있던 것들은 모두 나뒹굴었다.[71] 집주인이 기가 막혀서 “이건 무슨 일인가? 이건 도대체.” 했지만,[72] 뒤도 돌아보지도 않고 꽁무니 빼고 말았다.[73] 도둑의 수괴 다이타로가 붙잡히고 나서,

---

58) 見つけて、いみじく饗応して、

59) 「いつ上り給へるぞ。おぼつかなく侍りつる」などいへば、

60) 「只今まうで来つるままに、まうで来たるなり」といへば、

61) 「土器参らせん」とて、酒沸して、

62) 黒き土器の大なるを盃にして、土器取りて、大太郎にさして、

63) 家あるじ飲みて、土器渡しつ。

64) 大太郎取りて、酒を一土器受けて持ちながら、

65) 「この北には誰が居給へるぞ」といへば、驚きたる気色にて、

66) 〈원문〉의 「大矢のすけたけのぶ」에 대해 『全集』에서는 ‘보통보다도 장대한 화살을 쏘는 사람으로 활의 명수를 나타내는 말’이 아닐까 풀이하고 가공의 인물로 추정하고 있다.

67) 「まだ知らぬか。大矢のすけたけのぶの、この比上りて居られたるなり」といふに、

68) さは、入りたらましかば、

69) みな数を尽して、射殺されなましと思ひけるに、

70) 物も覚えず臆して、その受けたる酒を家あるじに頭よりうちかけて、立ち走りける。

71) 物はうつぶしに倒れにけり。

72) 家あるじあさましと思ひて、「こはいかにいかに」といひけれど、

무사의 거처가 두려운 까닭을 이야기했다는 것이다.[74]

73) かへりみだにもせずして、逃げて去にけり。

74) 大太郎が捕られて、武者の城の恐ろしき由を語りけるなり。

34. 방귀와 출가[1]

지금은 옛날, 다이나곤(大納言_율령제[律令制] 하 고위관직명)인 도노 다다이에(藤忠家)라는 사람이 아직 벼슬이 낮았던[2] 시절에,[3] 화려하고 아름다운 세련된 정취를 즐기는 시녀와 정분을 나누었다.[4] 밤이 깊어지는데 달이 낮보다 밝기에 그 풍치를 차마 이겨내지 못하고,[5] 드리운 발을 뒤집어쓰고 기둥 사이에 지른 인방(引枋) 위에 올라가서,[6] 어깨를 어루만지며 여인을 끌어당겼는데,[7] 머리카락을 나부끼며 "어머나, 고약해라." 하며 허둥대다가,[8] 정말로 크게 방귀를 뀌고 말았다.[9] 시녀는 말도 꺼내지 못하고 그 자리에 털퍼덕 주저앉고 말았다.[10]

그 다이나곤은 "참으로 흉한 꼴을 당했구나.[11] 세상에서 오래 살아봐야 무엇하리오.

---

1) 『日本古典文学全集』 [3巻2] 「藤大納言忠家物いふ女放屁の事」(도노 다다이에 다이나곤이 정을 통한 여인이 방귀를 뀐 일)

2) 〈원문〉의 「殿上人(てんじょうびと)」는 덴노(天皇)의 평소 거처인 세이료덴(清涼殿)에 올라갈 수 있는 자격을 갖춘 사람인데, 최고위 관직인 공경(公卿 ; くぎょう)를 제외하고 사위(四位)·오위(五位) 가운데 특별히 허가를 득한 자 및 육위(六位)로 궁중 대소사를 맡던 구로도(蔵人)를 가리킨다. 헤이안(平安) 중기 무렵부터 〈公卿(くぎょう)〉를 잇는 신분을 일컫게 됐다.

3) 今は昔、藤大納言忠家といひける人、いまだ殿上人におはしける時、

4) 美々しき色好なりける女房と物いひて、

5) 夜更くる程に、月は昼よりも明かりけるに堪へかねて、

6) 御簾をうち被きて、長押の上にのぼりて、

7) 肩をかきて引き寄せられける程に、

8) 髪を振りかけて、「あなあさまし」といひて、くるめきける程に、

9) いと高く鳴してけり。

10) 女房はいふにも堪へず、くたくたとして寄り臥しにけり。

출가해야겠다." 하며,12) 늘어뜨린 발의 끄트머리를 조금 들어 올리고, 발소리를 죽이고 살금살금,13) 정말로 출가할 심산으로 두어 칸 남짓 가다가,14) '그나저나 그 시녀가 실수를 저질렀다고 해서,15) 내가 출가해야만 할 까닭이라도 있나?' 하는 마음이 다시 일어,16) 냅다 내빼시고 말았다.17) 시녀가 그 후에 어찌 되었는지는 아무도 모른다나 뭐라나.18)

---

11) この大納言、「心憂き事にもあひぬるものかな。

12) 世にありても何にかはせん。出家せん」とて、

13) 御簾の裾を少しかき上げて、ぬき足をして、

14) 疑なく出家せんと思ひて、二間ばかりは行く程に、

15) そもそもその女房過せんからに、

16) 出家すべきやうやはあると思ふ心、またつきて、

17) ただただだと走り出でられにけり。

18) 女房はいかがなりけん、知らずとか。

35. 엇갈린 만남[1)]

지금은 옛날, 여성 가인(歌人)인 고시키부노나이시(小式部内侍)[2)]와 사다요리(定頼) 추나곤(中納言_옛 고위관직명)이 오랫동안 정을 통하고 있었다.[3)] 그 여인은 또 당대 간빠쿠(関白_덴노[天皇]를 보좌하여 정무를 집행하는 중요 벼슬)[4)]와도 관계를 맺고 계셨다.[5)] 어느 날 간빠쿠가 여인의 침소[6)]에 들어가 누워계셨는데 그걸 몰랐던 건지 추나곤이 들러서 방문을 두드렸다.[7)] 이를 방에 있는 사람이 나가서 이래저래 사정을 말했던 모양인지 신을 고쳐 신고 발길을 돌렸는데,[8)] 조금 멀어지고 나서 불경을 느닷없이 목청 높여 외기 시작했다.[9)] 두 번째 구절까지는 고시키부노나이시가 분명 귀를 세우는 모양이었기에,[10)] 침소에 들어가서 누워계신 간빠쿠도 이상하다고 생각하셨다.[11)] 그러는 사이에 조금

---

1) 『日本古典文学全集』 [3巻3] 「小式部内侍定頼卿の経にめでたる事」(고시키부노나이시가 사다요리 경의 독경에 감탄한 일)

2) 〈원문〉의 「小式部内侍(こしきぶのないし)」(?-1025)는 헤이안(平安)시대 중기의 가인(歌人)이다. 본서 첫 이야기에도 등장한 여성 가인인 이즈미시키부(和泉式部;생몰년 미상)의 딸이다.

3) 今は昔、小式部内侍に定頼中納言物いひわたりけり。

4) 『全集』에 따르면 이는 헤이안(平安)시대 중기 귀족인 후지와라노 미치나가(藤原道長;966-1027)의 장남으로 최고위 관직인 공경(公卿 ; くぎょう)에 올랐던 후지와라노 노리미치(藤原教通;996-1075)다.

5) それにまた時の関白通ひ給ひけり。

6) 〈원문〉의 「局(つぼね)」는 궁중이나 귀족의 저택에서 일하는 여성이 거주하는 칸막이가 쳐진 사적인 방을 가리킨다.

7) 局に入りて臥し給ひたりけるを知らざりけるにや、中納言寄り来て叩きけるを、

8) 局の人、かくとやいひたりけん、沓をはきて行きけるが、

9) 少し歩み退きて、経をはたとうちあげて読みたりけり。

10) 二声ばかりまでは、小式部内侍きと耳を立つるやうにしければ、

11) この入りて臥し給へる人、怪しと思しける程に、

목소리도 멀어지는 듯한데,[12] 네 번째 구절 다섯 번째 구절 즈음, 더 멀어지지도 않고 외고 있었을 때,[13] "흑흑" 흐느껴 울며 여인이 뒤돌아 눕고 말았다.[14]

여기 들어와 누워계셨던 사람이,[15] "그렇게 견딜 수 없이 망신스러운 일은 당최 없었네."라고 나중에 말씀하셨다나 뭐라나.[16]

---

12) 少し声遠うなるやうにて、

13) 四声五声ばかり、行きもやらで読みたりける時、

14) 「う」といひて、後ざまにこそ臥しかへりたれ。

15) この入り臥し給へる人の、

16) 「さばかり堪へ難う恥かしかりし事こそなかりしか」と、後にのたまひけるとかや。

36. 법력을 떨친 이야기[1]

이것도 지금은 옛날, 에치젠(越前_현재 후쿠이[福井]현[県] 동부의 옛 지역명) 지방의 고라기(甲楽城) 나루터라는 곳에,[2] 물을 건너고자 사람들이 모여 있는데 그 가운데 한 수도승[3]이 있었다.[4] 게이토보라고 하는 승려였다.[5] 성지순례로 구마노며 미타케는 물론이고 시라야마와 호키 대산, 이즈모의 와니부치까지 대부분 수행하여 남은 곳이 하나도 없었다.[6]

그 승려가 고라기 나루터에 가서 건너고자 하는데,[7] 마찬가지로 나루를 건너고자 하는 사람이 구름같이 모여 바글거리고 있었다.[8] 각 사람에게 도선료를 받고 건넨다.[9] 그 게이토보가 "나를 태워라." 하는데, 뱃사공은 귓등으로도 듣지 않고 배를 저어 나갔다.[10] 그때 이 수도승이 "어찌하여 이런 무도한 짓거리를 하는가?"라고 했지만,[11]

---

1) 『日本古典文学全集』 [3巻4] 「山伏舟祈り返す事」(수도승이 기도로 배를 되돌린 일)

2) これも今は昔、越前国甲楽城の渡といふ所に、

3) 〈원문〉의 「山伏(やまぶし)」는 '①산과 들판에서 노숙하는 것. ②불도 수행을 위해 산과 들판에서 기거하는 스님. ③일본 불교의 일파인 〈修験道(しゅげんどう)〉의 수행자(修験者;しゅげんじゃ)를 달리 부르는 말'이다. 여기에서는 '수도승'으로 옮긴다.

4) 渡せんとて、者ども集りたるに、山伏あり。

5) けいたう坊といふ僧なりけり。

6) 熊野、御嶽はいふに及ばず、白山、伯耆の大山、出雲の鰐淵、大方修行し残したる所なかりけり。

7) それに、甲楽城の渡に行きて、渡らんとするに、

8) 渡せんとする者、雲霞のごとし。

9) おのおの物を取りて渡す。

10) このけいたう坊「渡せ」といふに、渡守、聞きも入れで漕ぎ出づ。

11) その時に、この山伏、「いかにかくは無下にはあるぞ」といへども、

당최 귓등으로도 듣지 않고 배를 저어나간다.[12] 그때 게이토보가 이를 악물고 염주를 힘껏 문지르고 또 문지른다.[13] 그 뱃사공은 뒤돌아보며 어처구니없는 일이라 생각한 모양으로 그대로 저만치 저어 가는데,[14] 게이토보가 쳐다보며 다리를 모래사장에 무릎 절반 가까이 파묻고,[15] 핏발 선 눈으로 노려보며, 염주를 깨지라 문지르고 또 문지르며,[16] “되돌리거라, 되돌리거라.”라고 고함친다.[17] 그래도 배는 여전히 멀어져가는데, 게이토보가 가사와 염주를 한데 모아 물가로 다가서서,[18] “호법동자여, 이 배를 되돌리시오. 만일 되돌리시지 않는다면 오랫동안 불법(佛法)[19]과 멀리하겠소이다.”라고 외치고,[20] 그 가사를 물에 던져넣으려 한다.[21] 그것을 보고는, 거기에 모여 있던 사람들이 두려움에 낯빛이 창백해지며 넋을 잃고 서 있었다.[22]

그러고 있는데, 바람도 불지 않는데, 그 떠난 배가 이쪽으로 다가온다.[23] 그것을 보고 게이토보는 “다가온다, 다가온다.[24] 호법이여, 어서 데리고 오시오, 데리고 오시오.” 하며 손짓으로 부르는데,[25] 그것을 보고 있는 사람들이 놀라 낯빛을 바꾸었다.[26]

---

12) 大方耳にも聞き入れずして、漕ぎ出す。

13) その時にけいたう坊、歯を食ひ合せて、念珠を揉みちぎる。

14) この渡守見返りて、をこの事と思ひたる気色にて、三四町ばかり行くを、

15) けいたう坊見やりて、足を砂子に脛の半らばかり踏み入れて、

16) 目も赤くにらみなして、数珠を砕けぬと揉みちぎりて、

17) 「召し返せ、召し返せ」と叫ぶ。

18) なほ行き過る時に、けいたう坊、袈裟と念珠とを、取り合せて、汀近く歩み寄りて、

19) 〈원문〉의 「三宝(さんぼう)」는 불교 용어로서 부처와 부처의 가르침을 담은 경전과, 그 가르침을 펼치는 승려를 가리킨다. 〈표준국어대사전〉에는 「삼보(三寶)」에 대한 풀이 가운데 ‘불보(佛寶), 법보(法寶), 승보(僧寶)를 이르는 말.’이 있다.

20) 「護法、召し返せ。召し返さずは、長く三宝に別れ奉らん」と叫びて、

21) この袈裟を海に投げ入れんとす。

22) それを見て、この集ひ居たる者ども、色を失ひて立てり。

23) かくいふ程に、風も吹かぬに、この行く舟のこなたへ寄り来。

24) それを見て、けいたう坊、「寄るめるは。寄るめるは。

25) 早う率ておはせ、早う率ておはせ」と、すはなちをして、

그러는 사이에 이만치 다가왔다.[27] 그때 게이토보가 "그럼 이번에는 뒤집어라, 뒤집어라." 하고 고함친다.[28] 그때 모여서 구경하던 사람들이 한목소리로,[29] "그건 너무 무참한 말씀입니다. 헤아릴 수 없는 죄도 됩니다. 그대로 내버려 두십시오, 그대로."라고 할 때,[30] 게이토보가 조금 낯빛이 바뀌어 "자, 뒤집으십시오." 하고 외치자,[31] 그 나룻배에 스무 명 남짓 타고 있었는데, 텀벙하고 물속에 내팽개쳐졌다.[32] 그러자 게이토보는 땀을 훔치며,[33] "아아, 정말 천치들, 내 법력을 아직 모르는가?" 하며 돌아갔다.[34] 말세이긴 하지만 불법(佛法)은 여전히 계셨다는 이야기다.[35]

26) 見る者色を違へたり。

27) かくいふ程に、一町がうちに寄り来たり。

28) その時、けいたう坊、「さて今は打ち返せ、打ち返せ」と叫ぶ。

29) その時に、集ひて見る者ども、一声に、

30) 「無慙の申しやうかな。ゆゆしき罪にも候。さておはしませ、さておはしませ」といふ時、

31) けいたう坊、今少し気色変りて、「はや、打ち返し給へ」と叫ぶ時に、

32) この渡舟に廿余人の渡る者、づぶりと投げ返しぬ。

33) その時けいたう坊汗を押しのごひて、

34) 「あないたのやつばらや。まだ知らぬか」といひて、立ち帰りにけり。

35) 世の末なれども、三宝おはしましけりとなん。

37. 장난치다 사람 잡은 이야기[1]

이것도 지금은 옛날, 법륜원(法輪院) 대승정(大僧正)[2] 가쿠유(覚猷)라는 분이 계셨다.[3] 그의 조카가 되는 무쓰(陸奥_현재 아오모리[青森]·이와테[岩手]현[県]에 해당하는 옛 지역명) 지방 전임 태수[4]인 구니토시(国俊)가 승정의 거처로 가서,[5] "구니토시가 찾아뵈러 왔습니다."라고 전갈하니,[6] "지금 만납시다. 그쪽에서 잠시 기다리십시오."라는 것이었기에,[7] 기다리고 있었는데, 네 시간씩이나 나오시지 않는다.[8] 그래서 조금 부아가 치밀어 그만 자리를 뜨려고 생각하여 함께 데리고 온 몸종을 불렀더니 나왔다.[9] 그 몸종에게 "신을 가지고 와라." 했고, 가지고 온 것을 신고서 "자, 돌아가자." 했다.[10] 그런데 그 몸종이 말하길,[11] "승정 스님이 '태수님께 아뢰었더니 어서 타라는 이야기구나. 그 탈 것을 가지고 와라.'라고 이르고,[12] '작은 문으로 나가야겠다.' 하셨기에,[13] 무언가 사정

---

1) 『日本古典文学全集』 [3巻5] 「鳥羽僧正国俊と戯れの事」(도바 승정이 구니토시와 장난친 일)

2) 〈원문〉의 「大僧正(だいそうじょう)」는 승강(僧綱) 가운데 하나로 승정(僧正;そうじょう)의 상위다. 현재 각 종파에서 최고의 승계다. 참고로 「대승정(大僧正) : 『불교』 승려가 오를 수 있는 가장 높은 벼슬.」(표준국어대사전)

3) これも今は昔、法輪院大僧正覚猷といふ人おはしけり。

4) 〈원문〉의 「前司(ぜんじ)」는 전임(前任) 「国司(こくし)」의 뜻인데, 「国司(こくし)」는 옛날 조정의 명을 받아 지방에 부임한 지방관이다.

5) その甥に陸奥前司国俊、僧正のもとへ行きて、

6) 「参りてこそ候へ」といはせければ、

7) 「只今見参すべし。そなたに暫しおはせ」とありければ、

8) 待ち居たるに、二時ばかりまで出であはねば、

9) 生腹立たしう覚えて、出でなんと思ひて、供に具したる雑色を呼びければ、出で来たるに、

10) 「沓持て来」といひければ、持て来たるをはきて、「出でなん」といふに、

11) この雑色がいふやう、

이라도 계시겠지 하여, 소를 먹이는 동자가 태워 드렸더니,[14] '기다리시라고 태수님께 아뢰거라. 두 시간 정도면 돌아올 수 있겠구나.[15] 금세 돌아올 거다.'라고 하셔서, 한참 전에 탈것을 마련해드려 나가셨습니다만,[16] 이제 이래저래 두 시간 남짓은 지났겠습니다."라고 한다.[17] 그러자 "너라는 녀석은 얼마나 얼간이란 말이냐.[18] '탈것을 이래저래 말씀하십니다만.' 하고 나에게 말하고 나서 빌려드려야 옳지 않겠느냐. 불찰이로구나."라고 하자,[19] "스님은 주인님과 바둑이라도 두다가 그만두고 자리를 떠난 인연이 없는 분도 아닙니다.[20] 게다가 이내 짚신을 신으시고 '분명 틀림없이 확실히 아뢴 일이다.'라고 말씀하시기에,[21] 어쩔 수 없었습니다."라고 했다.[22] 그러자 태수도 도리 없이 원래 있던 방으로 돌아가서, 이제 어찌할꼬 궁리하고 있었다.[23] 그런데 승정은 늘 하던 대로 목욕통에 지푸라기를 잘게 잘라서 가득 담고,[24] 그 위에 거적을 깔고 둘레를 어슬렁거리고는,[25] 거침없이 욕탕으로 가서 벌거숭이가 되어,[26] "어허, 으허, 시원타." 하며 목욕통에 털퍼덕 벌러덩 드러눕는 기묘한 일을 하셨다.[27] 태수가 가까

---

12) 「僧正の御坊の、『陸奥殿に申したれば、疾う乗れとあるぞ。その車率て来』とて、

13) 『小御門より出でん』と仰事候ひつれば、

14) やうぞ候らんとて、牛飼乗せ奉りて候へば、

15) 『待たせ給へと申せ。時の程ぞあらんずる。

16) やがて帰り来んずるぞ』とて、早う奉りて出でさせ給ひ候ひつるに、

17) 今はかうて、一時には過ぎ候ひぬらん」といへば、

18) 「わ雑色は不覚のやつかな。

19) 『御車をかく召しの候は』と、我にいひてこそ貸し申さめ。不覚なり」といへば、

20) 「うちさし退きたる人にもおはしまさず。

21) やがて御尻切奉りて、『きときとよく申したるぞ』と、仰事候へば、

22) 力及び候はざりつる」といひければ、

23) 陸奥前司帰り上りて、いかにせんと思ひまはすに、

24) 僧正は定まりたる事にて、湯舟に藁をこまごまと切りて、一はた入れて、

25) それが上に筵を敷きて、歩きまはりては、

26) 左右なく湯殿へ行きて、裸になりて、

이 가서 거적을 들어 올려 살펴보니,[28] 정말로 지푸라기를 잘게 저며서 넣어 두었다.[29] 그래서 욕탕에 늘어뜨려진 옷감을 풀어 내리곤,[30] 그 지푸라기를 모두 집어넣고 잘 꾸려서,[31] 그 목욕통에 바가지를 아래에 집어넣고,[32] 그 위에 바둑판을 뒤집어서 놓고,[33] 거적을 그 위에 덮어 아무 티도 나지 않게 하고,[34] 늘어진 천에 꾸린 지푸라기를 대문 가에 숨겨두고 기다리고 있는데,[35] 네 시간 남짓 지나 승정이 작은 문으로 돌아오는 소리가 났다.[36] 태수는 그와 엇갈려 대문으로 나가서,[37] 이제 막 돌아온 탈것을 불러들여, 수레 뒤쪽에 그 꾸려둔 지푸라기를 넣고,[38] 집으로 재빨리 내달리게 하여, 탈것에서 내려서는,[39] "수레 끌던 소도 여기저기 다녀 지쳤을 텐데, 이 지푸라기를 먹여라." 하고 소를 먹이는 아이에게 주었다.[40]

승정은 늘 하던 일이기에, 옷을 벗기 무섭게 그 욕탕에 들어가서,[41] "어허, 으허, 시원타." 하며 목욕통에 뛰어들어서,[42] 벌러덩 조심성 없이 드러누웠는데,[43] 바둑판

27) 「えさい、かさい、とりふすま」といひて、湯舟にさくとのけざまに臥す事をぞし給ひける。

28) 陸奥前司寄りて、筵を引きあげて見れば、

29) まことに藁をこまごまと切り入れたり。

30) それを湯殿の垂布を解きおろして、

31) この藁をみな取り入れて、よく包みて、

32) その湯舟に湯桶を下に取り入れて、

33) それが上に囲碁盤を裏返して置きて、

34) 筵を引き掩ひて、さりげなくて、

35) 垂布に包みたる藁をば、大門の脇に隠し置きて、待ち居たる程に、

36) 二時余りありて、僧正、小門より帰る音しければ、

37) ちがひて大門へ出でて、

38) 帰りたる車呼び寄せて、車の尻に、この包みたる藁を入れて、

39) 家へはやらかにやりて、おりて、

40) 「この藁を、牛のあちこち歩き困じたるに食はせよ」とて、牛飼童に取らせつ。

41) 僧正は例の事なれば、衣脱ぐ程もなく、例の湯殿へ入りて、

42) 「えさい、かさい、とりふすま」といひて、湯舟へ躍り入りて、

에서 다리가 높게 튀어나온 곳에 엉덩이뼈를 세게 부딪고 말았다.44) 아무래도 나이 든 사람이 까무러쳐서 나동그라져 쓰러져 있는데,45) 그러고 나서 아무 소리도 나지 않기에, 심부름하는 승려가 다가가서 보니,46) 눈을 까뒤집고 까무러쳐 누워있다.47) “이건 어찌?” 물어도 대답도 하지 않는다.48) 다가가서 얼굴에 물을 뿌리거나 하자, 얼마 지나 겨우 신음하며 웅얼웅얼하시는 것이었다.49) 이 장난은 조금 도가 지나쳤던 건 아닐까.50)

43) のけざまに、ゆくりもなく臥したるに、

44) 碁盤の足のいかり差し上りたるに、尻骨を荒う突きて、

45) 年高うなりたる人の、死に入りて、さし反りて臥したりけるが、

46) その後音なかりければ、近う使ふ僧寄りて見れば、

47) 目を上に見つけて死に入りて寝たり。

48) 「こはいかに」といへど、いらへもせず。

49) 寄りて顔に水吹きなどして、とばかりありてぞ、息の下におろおろいはれける。

50) この戯れ、いとはしたなかりけるにや。

38. 탱화 작가가 재난을 대하는 법[1)]

이것도 지금은 옛날, 탱화 작가인 요시히데(良秀)라는 사람이 있었다.[2)] 이웃집에서 불이 났는데 바람이 휘몰아쳐 불길이 밀어닥쳤기에,[3)] 도망쳐 나와서 큰 길거리로 나갔다.[4)] 누가 주문한 탱화도 집에 모셔두었다.[5)] 또 옷도 제대로 걸치지 못한 처자식도 그대로 집에 있었다.[6)] 그것도 나 몰라라 하고 그저 자기가 피해 나온 것을 다행으로 여기며 먼발치에 서 있었다.[7)] 살펴보니 벌써 우리 집에 불이 옮겨붙어, 연기와 불꽃이 솟구치는데,[8)] 그때까지 거의 먼발치에서 지켜보고 있었기 때문에,[9)] 정말 까무러칠 일이라며 남들이 찾아와서 위로하지만, 조금도 허둥대지 않는다.[10)] "어찌 된 겁니까?" 하고 사람들이 말하자,[11)] 먼발치에 서서 집이 불타오르는 것을 보고,[12)] 연신 끄덕이

---

1) 『日本古典文学全集』 [3巻6] 「絵仏師良秀家の焼くるを見て悦ぶ事」(탱화 작가인 요시히데가 집이 불타는 것을 보고 기뻐한 일)

2) これも今は昔、絵仏師良秀といふありけり。

3) 家の隣より火出で来て、風おし掩ひて責めければ、

4) 逃げ出でて大路へ出でにけり。

5) 人の書かする仏もおはしけり。

6) また衣着ぬ妻子なども、さながら内にありけり。

7) それも知らず、ただ逃げ出でたるを事にして、向ひのつらに立てり。

8) 見れば、すでに我が家に移りて、煙、炎くゆりけるまで、

9) 大方向ひのつらに立ちて眺めければ、

10) あさましき事とて、人ども来とぶらひけれど、騒がず。

11) 「いかに」と人いひければ、

12) 向ひに立ちて、家の焼くるを見て、

고는 이따금 웃고 있었다.[13] “아하, 이건 엄청난 횡재로군. 이제까지는 정말로 엉터리로 그리고 있었던 게야.”라고 할 때,[14] 위로하러 찾아왔던 사람들이,[15] “이건 또 어째서 이렇게 서 계시는가. 기가 막힐 노릇이로군.[16] 귀신이라도 들리셨나.” 했다.[17] 그러자 “어찌 그런 귀신이 들릴 턱이 있겠는가?[18] 이제까지 부동명왕[19]의 화염을 엉터리로 그리고 있었던 게야.[20] 지금 보니, 바로 이렇게 불타오르는 게라고 깨닫게 됐던 게야.[21] 이야말로 소득이고 말고.[22] 이렇게 탱화의 길을 세워 세상을 사는 데는,[23] 부처님만 제대로 그려낸다면 집 같은 건 백 채건 천 채건 금방 생길 테지.[24] 너희들이야말로 이렇다 할 재능도 갖추지 못했으니까,[25] 아무 물건이라도 아까워하시는 게지.” 하며 비웃으며 서 있었다.[26] 그 이후겠는데, 요시히데가 그린 불꽃이 살아있는 부동명

---

13) うち頷きて、時々笑ひけり。

14) 「あはれ、しつるせうとくかな。年比はわろく書きけるものかな」といふ時に、

15) とぶらひに来たる者ども、

16) 「こはいかに、かくては立ち給へるぞ。あさましき事かな。

17) 物の憑き給へるか」といひければ、

18) 「何条物の憑くべきぞ。

19) 〈원문〉의 「不動尊(ふどうそん)」은 「不動明王(ふどうみょうおう)」와 같은 말이다. 이에 대해 『広辞苑』에서는 다음과 같이 풀이한다. ‘오대명왕(五大明王;ごだいみょうおう)·팔대명왕(八大明王;はちだいみょうおう) 가운데 하나. 불전(仏典)에서는 처음 대일여래(大日如来;だいにちにょらい)의 사자(使者)로서 등장하는데, 마침내 대일여래가 교화(教化)하기 어려운 중생(衆生;しゅじょう)을 구하기 위해 분노(忿怒;ふんぬ)의 모습으로 모습을 빌어 나타난 것이라고 한다. 보통 하나의 얼굴에 팔이 둘인데, 오른손에 항마(降魔)의 검(剣)을 들고 왼손에 견삭(羂索;けんじゃく)을 들고 있다. 긍갈라(矜羯羅;こんがら)·제타가(制吒迦;せいたか) 두 동자를 거느린다.’ 한편 〈표준국어대사전〉에는 「부동명왕(不動明王)」이 다음과 같이 풀이되어 있다. ‘팔대 명왕의 하나. 중앙을 지키며 일체의 악마를 굴복시키는 왕으로, 보리심이 흔들리지 않는다 하여 이렇게 이른다. 오른손에 칼, 왼손에 오라를 잡고 불꽃을 등진 채 돌로 된 대좌에 앉아 성난 모양을 하고 있다. 제개장보살의 화신으로 오대존명왕의 하나이기도 하다.’

20) 年比不動尊の火焔を悪しく書きけるなり。

21) 今見れば、かうこそ燃えけれと、心得つるなり。

22) これこそせうとくよ。

23) この道を立てて世にあらんには、

24) 仏だによく書き奉らば、百千の家も出で来なん。

25) わたうたちこそ、させる能もおはせねば、

왕이라고 해서 지금까지 사람들이 칭송하는 것이다.[27]

26) 物をも惜み給へ」といひて、あざ笑ひてこそ立てりけれ。

27) その後にや、良秀がよぢり不動とて、今に人々愛で合へり。

39. 호랑이의 악어 사냥[1]

이것도 지금은 옛날, 쓰쿠시(筑紫_규슈[九州]의 옛 이름) 지방 사람이,[2] 장사하러 신라(新羅)로 건너갔는데,[3] 장사를 끝마치고 돌아오는 길에,[4] 바닷가 산기슭을 따라가다 배에 먹을 물을 길어 싣고자 하여,[5] 물이 흘러나오는 곳에 배를 정박하고 물을 길었다.[6]

그러는 사이에 배에 타 있던 사람이 배 가녘에 있다가,[7] 엎드려 바다를 보니 산 그림자가 비치고 있다.[8] 살펴보니 높은 절벽인데, 서너 장(丈)[9]은 족히 넘을 될 법한 그 위에서,[10] 호랑이가 웅크리고 앉아서 무언가를 노리고 있다.[11] 그 그림자가 물에 비쳤다.[12] 곧바로 사람들에게 알려서 물 긷는 이를 서둘러 불러 태우고,[13] 손에 손에

---

1) 『日本古典文学全集』 [3巻7] 「虎の鰐取りたる事」(호랑이가 악어를 잡은 일)

2) これも今は昔、筑紫の人、

3) 商しに、新羅に渡りけるが、

4) 商果てて帰る道に、

5) 山の根に沿ひて、舟に水汲み入れんとて、

6) 水の流れ出でたる所に、舟をとどめて水を汲む。

7) その程舟に乗りたる者、舟ばたに居て、

8) うつぶして海を見れば、山の影うつりたり。

9) 〈원문〉의 「丈(じょう)」는 길이의 단위로 약 3미터라고 한다. 〈표준국어대사전〉에도 「장(丈)」에 대해 '한 장은 한 자(尺)의 열 배로 약 3미터에 해당한다.'라고 풀이되어 있다.

10) 高き岸の三四十丈ばかり余りたる上に、

11) 虎つづまり居て、物を窺ふ。

12) その影水にうつりたり。

13) その時に人々に告げて、水汲む者を急ぎ呼び乗せて、

노를 밀어 황급히 배를 냈다.14) 그때 호랑이가 펄쩍 뛰어내려 배에 올라타려는데, 배는 재빨리 뭍을 떠난 상태였다.15) 호랑이는 떨어져 닿을 때까지의 틈이 있었기에,16) 한 장 남짓 남기고 닿지 못하고 바다에 풍덩 빠지고 말았다.17)

배를 저어 황급히 멀어져가면서도 그 호랑이 쪽을 주의 깊게 지켜본다.18) 그러자 얼마 지나서 호랑이가 바다에서 나왔다.19) 헤엄쳐 뭍으로 올라서 물가에 있는 편평한 돌 위에 오르는 모습을 보니,20) 왼쪽 앞다리를 무릎에서부터 물어뜯겨서 피가 철철 흐르고 있다.21) 악어22)에게 물어뜯긴 모양이라며 지켜보고 있는데,23) 그 잘린 곳을 물에 담그고 몸을 낮춰 자세를 잡고 있는데,24) 어떻게 하려나 보고 있자,25) 먼바다 쪽에서 악어가 호랑이 쪽을 향해 다가오나 하는 찰나에,26) 호랑이가 오른쪽 앞다리를 가지고 악어 머리에 발톱을 곤두세워,27) 뭍 위로 던져올리자 한 장쯤 뭍으로 내팽개쳐졌다.28) 악어는 벌러덩 뒤집혀서 버둥거리고 있다.29) 호랑이는 턱 아래를 덮쳐 잡

---

14) 手ごとに櫓を押して、急ぎて舟を出す。

15) その時に虎躍りおりて舟に乗るに、舟はとく出づ。

16) 虎は落ち来る程のありければ、

17) 今一丈ばかりをえ躍りつかで、海に落ち入りぬ。

18) 舟を漕ぎて急ぎて行くままに、この虎に目をかけて見る。

19) 暫しばかりありて、虎海より出で来ぬ。

20) 泳ぎて陸ざまに上りて、汀に平なる石の上に登るを見れば、

21) 左の前足を、膝より噛み食ひ切られて、血あゆ。

22) 〈원문〉의 「鰐(わに)」는 '악어'의 뜻인데 고어(古語)에서는 '상어'를 뜻하기도 한 모양이다. 장면으로 보면 언뜻 '상어'가 연상되지만, 그것이 '바다악어'의 가능성도 있고 『全集』에 실린 삽화도 참조하여 '악어'로 옮기겠다.

23) 鰐に食ひ切られたるなりけりと見る程に、

24) その切れたる所を水に浸して、ひらがりをるを、

25) いかにするにかと見る程に、

26) 沖の方より鰐、虎の方をさして来ると見る程に、

27) 虎右の前足をもて、鰐の頭に爪をうち立てて、

28) 陸ざまに投げあぐれば、一丈ばかり浜に投げあげられぬ。

29) のけざまになりてふためく。

아 물고 두어 차례 휘저어서,[30] 축 늘어지게 만들어 그걸 어깨에 툭 걸치고,[31] 손바닥을 세워놓은 듯한 바위가 대여섯 장이나 되는 깎아지른 절벽을,[32] 세 개의 다리로, 마치 내리막길을 내달리는 것처럼 올라가니,[33] 배 안에 있던 사람들이 이 모습을 보고,[34] 거의 숨이 넘어갔다.[35] 저 호랑이가 배에 덮쳐 올랐다면,[36] 아무리 예리한 도검을 뽑아 맞서더라도,[37] 이처럼 힘이 드세고 재빨라서는 도대체 무슨 일이 가능하겠는가 생각하자,[38] 간담이 서늘하여 넋을 잃고 배를 어디로 저어야 할지 모르는 마음으로,[39] 간신히 쓰쿠시로 돌아왔다나 뭐라나.[40]

---

30) 頤の下を躍りかかりて食ひて、二度三度ばかりうち振りて、

31) なよなよとなして、肩にうちかけて、

32) 手を立てたるやうなる岩の五六丈あるを、

33) 三つの足をもちて、下り坂を走るがごとく登りて行けば、

34) 舟の内なる者ども、これが仕業を見るに、

35) 半らは死に入りぬ。

36) 舟に飛びかかりたらましかば、

37) いみじき剣、刀を抜きてあふとも、

38) かばかり力強く早からんには、何わざをすべきと思ふに、

39) 肝心失せて、舟漕ぐ空もなくてなん、

40) 筑紫には帰りけるとかや。

40. 노래의 중요성[1]

지금은 옛날, 나무꾼이[2] 산지기[3]에게 손도끼를 빼앗겨서 난처하군, 애처롭군, 생각하여,[4] 멍하니 턱을 괴고 있었다.[5] 그것을 산지기가 보곤 "뭔가 마음에 드는 노래라도 읊어봐라. 그럼 돌려주마." 했기에,[6] <허접한 물건이라 해도 없어서는 아무래도 난처한 세상인데 좋은 물건인 도끼[7]를 빼앗겨버렸으니 나는 어찌하면 좋으려나.>라고 읊었다.[8] 그러자 산지기가 답가를 하고자 생각하여 "음, 음, 음, 음" 끙끙거렸지만, 아무것도 할 수 없었다.[9] 그리하여 손도끼를 돌려주었기에 나무꾼이 기쁘게 생각했다고 한다.[10] 그러니 사람은 모름지기 노래를 미리 준비하여 읊을 수 있도록 해야 마땅하다고 보인다.[11]

---

1) 『日本古典文学全集』 [3巻8] 「木こり歌の事」(나무꾼의 노래에 관한 일)

2) 今は昔、木こりの、

3) 〈원문〉의 「山守(やまもり)」는 '산을 지키는 일. 또는 그런 사람'의 뜻이다.

4) 山守に斧を取られて、侘し、心憂しと思ひて、

5) 頬杖突きてをりける。

6) 山守見て、「さるべき事を申せ。取らせん」といひければ、

7) 손도끼의 뜻으로 쓰인 「斧(よき)」는 「良(よ)し : 좋다」의 연체형(連体形)인 「よき」와 발음이 같다. 이를 노래에 살린 것이다.

8) 『悪しきだになきはわりなき世中によきを取られてわれいかにせん』と詠みたりければ、

9) 山守返しせんと思ひて、「うううう」と呻きけれど、えせざりけり。

10) さて、斧返し取らせてければ、嬉しと思ひけりとぞ。

11) 人はただ歌を構へて詠むべしと見えたり。

41. 시골로 내려간 공주[1]

지금은 옛날, 다케(多気) 대부(大夫)[2]라고 하는 사람이,[3] 히타치(常陸_현재 이바라키[茨城]현[県]의 옛 지역명)를 떠나 도읍에 올라와서 송사를 펼치고 있던 무렵,[4] 이웃에 에치젠(越前_현재 후쿠이[福井]현 동부의 옛 지역명) 태수가 있었는데 거기에서 즐겨 독경을 하고 있었다.[5] 이 에치젠 태수는 하쿠노하하[6]라고 해서 정말로 빼어난 가인(歌人)의 부모다.[7] 그리고 아내는 이세노다이후(伊勢大輔)[8]인데, 따님이 엄청나게 많은 모양이다.[9]

다케 대부가 무료하여 독경을 들으러 왔을 때,[10] 바람이 불어 늘어뜨린 발이 들렸는데,[11] 도드라지게 아름다운 사람이,[12] 붉은 홑옷을 겹쳐 입고 있는 것을 봤다.[13]

---

1) 『日本古典文学全集』 [3巻9] 「伯の母の事」(하쿠노하하에 관한 일)

2) 『全集』에 따르면 이는 히타치(常陸) 지역 호족인 다이라노 시게모리(平繁盛)의 셋째 아들로 무장(武將)인 다이라노 고레모치(平維茂)의 동생인 다이라노 고레모토(平維幹)라고 한다. 참고로 「大夫(たいふ)」는 옛날 1위 이하 5위 이상 벼슬에 대한 호칭이다.

3) 今は昔、多気の大夫といふ者の、

4) 常陸より上りて愁へする比、

5) 向ひに越前守といふ人のもとに経誦しけり。

6) 〈원문〉의 「伯(はく)」는 율령제(律令制)에서 조정의 제사를 집행하고 관장하는 신기관(神祇官;じんぎかん)의 수장이다.

7) この越前守は伯の母とて世にめでてき人、歌よみの親なり。

8) 〈원문〉의 「大輔(たいふ)」는 율령제(律令制)에서 신기관(神祇官;じんぎかん) 및 중앙행정관청인 팔성(八省;はっしょ)의 차관(次官) 상위자다.

9) 妻は伊勢の大輔、姫君たちあまたあるべし。

10) 多気の大夫つれづれに覚ゆれば、聴聞に参りたりけるに、

11) 御簾を風の吹き上げたるに、

12) なべてならず美しき人の、

그러고 나서 이 사람을 아내로 삼고 싶다고 애간장이 녹는데,[14] 그 집 몸종을 얼러서 따져 묻자,[15] “공주님이 붉은 옷을 입으십니다.”라고 했기에,[16] 그 몸종을 잘 꼬드겨서 “나랑 남몰래 만나게 하라.”고 하자,[17] “얼토당토않아요. 도저히 할 수 없을 거예요.”라고 한다.[18] 그러자 “그럼 그 유모를 가르쳐줘라.” 했더니,[19] “그건 그렇게 말해 보겠습니다.”라며 가르쳐주었다.[20] 이제 그 유모를 말도 못 하게 구슬리고 돈 백 냥을 건네거나 하고,[21] “이 공주님과 남몰래 만나게 하라.”고 억지로 밀어붙였기에,[22] 그렇게 될 인연이기도 했던 건지 남몰래 만나고 말았다.[23]

그길로 유모도 데리고 히타치로 서둘러 내려가고 말았다.[24] 그 후에 집안사람들이 울며 슬퍼하지만 아무 소용도 없다.[25] 한동안 지나서 유모가 소식을 보내왔다.[26] 기가 막히고 애달프게 여기지만, 말해봐야 소용없는 일이기에,[27] 때때로 그저 소식을 전하며 지내고 있었다.[28] 하쿠노하하가 히타치에 이렇게 적어 보내신다.[29] 〈이쪽에서

---

13) 紅の一重がさね着たる見るより、

14) この人を妻にせばやと、いりもみ思ひければ、

15) その家の上童を語らひて問ひ聞けば、

16) 「大姫御前の、紅は奉りたる」と語りければ、

17) それに語らひつきて、「我に盗ませよ」といふに、

18) 「思ひかけず、えせじ」といひければ、

19) 「さらば、その乳母を知らせよ」といひければ、

20) 「それは、さも申してん」とて、知らせてけり。

21) さていみじく語らひて金百両取らせなどして、

22) 「この姫君を盗ませよ」と責め言ひければ、

23) さるべき契りにやありけん、盗ませてけり。

24) やがて乳母うち具して常陸へ急ぎ下りにけり。

25) 跡に泣き悲しめど、かひもなし。

26) 程経て、乳母おとづれたり。

27) あさましく心憂しと思へども、いふかひなき事なれば、

28) 時々うちおとづれて過ぎけり。

답장으로 서풍에 실어 보낸 도읍에 핀 꽃의 향기를 동쪽에서 맡은 것일까요.〉[30] 이에 대한 언니로부터의 답신은 〈다시 불어오는 서풍이 정말로 몸에 사무쳤는데, 그리운 도읍에 핀 꽃의 길라잡이로 생각하여.〉[31]

세월이 흘러 하쿠노하하는 히타치 태수의 아내가 되어 주셨는데,[32] 그때 언니는 이미 저세상 사람이었다.[33] 언니에게 딸이 둘 있었는데 이렇게 지방으로 내려갔다고 듣고서 찾아왔다.[34] 시골 사람으로도 보이지 않고 정말로 정숙하고 이쪽이 면구스러울 만큼 아름다웠다.[35] 히타치 태수의 아내인 하쿠노하하를 보고 "돌아가신 어머니와 똑 닮으셨다."라며, 말도 못 하게 목놓아 둘이서 우는 것이었다.[36] 그렇다고 4년 동안 숙모가 태수의 아내라는 것을 명예롭게도 생각하지 않고, 볼일 따위도 말하지 않았다.[37]

임기가 끝나 도읍으로 올라갈 즈음에,[38] 히타치 태수가 "당최 어처구니없는 여식들이로구나. 이렇게 이제 상경한다고 말해줘라."라고 했는데, 이런 남편 이야기를 듣고서,[39] 하쿠노하하가 상경한다는 이야기를 전해주자,[40] "알겠습니다. 찾아뵙지요." 하고 모레 상경하려는 날에 찾아왔다.[41] 뭐라 못할 훌륭한 말인데, 한 마리라도 보물로

29) 伯の母、常陸へかくいひやり給ふ。

30) 〈匂ひきや都の花は東路にこちのかへしの風のつけしは〉

31) 返し、姉、〈吹き返すこちのかへしは身にしみき都の花のしるべと思ふに〉

32) 年月隔りて、伯の母、常陸守の妻にて下りけるに、

33) 姉は失せにけり。

34) 女二人ありけるが、かくと聞きて参りたりけり。

35) 田舎人とも見えず、いみじくしめやかに恥づかしげによかりけり。

36) 常陸守の上を、「昔の人に似させ給ひたりける」とて、いみじく泣き合ひたりけり。

37) 四年が間、名聞にも思ひたらず、用事などもいはざりけり。

38) 任果てて上る折に、

39) 常陸守、「無下なりける者どもかな。かくなん上るといひにやれ」と男にいはれて、

40) 伯の母、上る由いひにやりたりければ、

41) 「承りぬ。参り候はん」とて、明後日上らんとての日、参りたりけり。

여길 만한 명마를 열 필씩 두 사람의 이름으로,[42] 또 가죽을 두른 궤짝을 등에 실은 말을 백 필씩,[43] 이것도 두 사람 이름으로 드렸다.[44] 이 정도를 대수로이 여기지 않고, 그렇게 대단한 일을 했다고도 여기지 않고,[45] 그저 모두 드리고 돌아갔다.[46] 히타치 태수는 "이제껏 히타치에 머문 4년 동안 얻은 것은 아무짝에도 쓸모없다.[47] 그 가죽 두른 궤짝에 담은 물건들을 가지고 수많은 공덕이며 뭐든 이루셨다.[48] 황송한 분들의 마음이 크고 넓음이여."라고 하셨다고 한다.[49]

이 이세노다이후의 자손 가운데 훌륭하고 유복한 사람이 많이 나오셨지만,[50] 공주님이 이렇게 시골 사람이 되셨다는 것은,[51] 참으로 애처롭고 가여운 일이다.[52]

---

42) えもいはぬ馬、一つを宝にする程の馬十疋づつ、二人して、

43) また皮籠負ほせたる馬ども百疋づつ、

44) 二人して奉りたり。

45) 何とも思ひたらず、かばかりに事したりとも思はず、

46) うち奉りて帰りにけり。

47) 常陸守の、「ありける常陸四年が間の物は何ならず。

48) その皮籠の物どもしてこそ万の功徳も何もし給ひけれ。

49) ゆゆしかりける者どもの心の大きさ広さかな」と語られけるとぞ。

50) この伊勢の大輔の子孫は、めでたきさいはひ人多く出で来給ひたるに、

51) 大姫君のかく田舎人になられたりける、

52) 哀れに心憂くこそ。

42. 노래에 얽힌 이야기[1]

지금은 옛날, 하쿠노하하(_직전 41번 이야기에 등장하는 여성 가인[歌人])가 불공을 드렸다.[2] 요엔(永縁) 승정을 청하여 온갖 재물을 올린 가운데,[3] 자색 얇은 종이에 꾸린 것이 있다.[4] 그것을 열어보니 〈못쓰게 된 나가라[5] 다리의 기둥을 존엄한 불법을 위해서라도 건넵니다.〉라는 노래에 나오는 나가라 다리의 조각이었다.[6]

이튿날 이른 아침 와카사(若狭) 아사리(阿闍梨) 가쿠엔(覚縁)이라는 가인이기도 한 사람이 찾아왔다.[7] '아하, 이 이야기를 들은 게로군.' 하고 승정은 생각하셨다.[8] 가쿠엔은 품속에서 명부[9]를 꺼내 올렸다.[10] 그리고 "이 다리의 나뭇조각을 받고 싶습니다." 라고 아뢰었다.[11] 이에 승정이 "이렇게 진귀한 것을 어찌 드릴 수 있겠습니까?" 하

---

1) 『日本古典文学全集』 [3巻10] 「同人、仏事の事」(같은 사람이 법회를 연 일)

2) 今は昔、伯の母仏供養しけり。

3) 永縁僧正を請じて、さまざまの物どもを奉る中に、

4) 紫の薄様に包みたる物あり。

5) 〈원문〉의 「長柄(ながら)」는 오사카(大阪市) 북구(北区)에 있는 지명이다. 신요도가와(新淀川)와 요도가와(淀川)가 갈라지는 분기점 남쪽에 자리한다.

6) あけて見れば、＜朽ちけるに長柄の橋の橋柱法のためにも渡しつるかな＞長柄の橋の切なりけり。

7) またの日、つとめて、若狭阿闍梨覚縁といふ人、歌よみなるが来たり。

8) あはれ、この事を聞きたるよと僧正思す。

9) 〈원문〉의 「名簿(みょうぶ)」는 고대(古代)·중세(中世)에 귀인(貴人)을 뵙거나, 주인을 섬기거나, 또는 스승에게 입문할 때 증명으로 보낸 명찰을 가리킨다. 여기에는 직위와 성명, 생년월일을 써넣는다. 참고로 「명부(名簿) : 어떤 일에 관련된 사람의 이름, 주소, 직업 따위를 적어 놓은 장부.」(표준국어대사전)

10) み懐より名簿を引き出でて奉る。

11) 「この橋の切賜らん」と申す。

자,[12] “어찌 저에게 넘겨주실 수 있겠습니까? 하지만 아쉽습니다.”라며 가쿠엔이 돌아가고 말았다.[13] 풍치가 있고 멋스러운 이야기들이다.[14]

---

12) 僧正、「かばかりの希有の物はいかでか」とて、

13) 「何しにか取らせ給はん。口惜し」とて帰りにけり。

14) すきずきしくあはれなる事どもなり。

43. 노래로 갚은 이야기[1]

지금은 옛날, 도로쿠(藤六)라는 가인(歌人)이 있었다.[2] 상놈의 집에 들어갔는데, 아무도 없는 틈을 타서 들어갔던 것이다.[3] 거기에서 냄비에 끓여놓은 음식을 떠먹고 있었는데,[4] 그 집 여주인이 물을 길어 큰길 쪽에서 오다보니, 이렇게 떠 먹고 있기에,[5] "어째 이런 아무도 없는 집에 들어와서는 힘들게 만든 음식을 처먹으시나.[6] 정말 너무하네, 그나저나 도로쿠 나으리 아니신가요?[7] 그렇다면 노래를 읊어주시지요." 했기에,[8] 〈예로부터 아미타불은 약속한 대로, 지옥 가마솥에 삶아질 중생을 구해낸다고 한다, 그러니 나도 가마솥에 삶은 음식을 떠낼[9] 요량인 게다.〉라고 읊은 것이었단다.[10]

---

1) 『日本古典文学全集』 [3巻11] 「藤六の事」(도로쿠에 관한 일)

2) 今は昔、藤六といふ歌よみありけり。

3) 下種の家に入りて、人もなかりける折を見つけて、入りにけり。

4) 鍋に煮ける物をすくひける程に、

5) 家あるじの女、水を汲みて、大路の方より来て見れば、かくすくひ食へば、

6) 「いかにかく人もなき所に入りて、かくはする物をば参るぞ。

7) あなうたてや、藤六にこそいましけれ。

8) さらば歌詠み給へ」といひければ、

9) 〈원문〉의 「すくふ」는 「掬(すく)う : 액체나 가루를 손이나 숟가락 따위로 뜨다.」 또는 「救(すく)う : 힘을 보태 어려움을 면하게 하다.」와 같이 두 가지 뜻으로 이해할 수 있다.

10) ＜昔より阿弥陀ほとけのちかひにて煮ゆるものをばすくふとぞ知る＞とこそ詠みたりけれ。

44. 저승길에서 되돌아온 이야기[1)]

이것도 지금은 옛날, 다다노 만주(多田滿仲)[2)]라는 무장(武將) 수하에 거칠고 사나운 가신이 있었다.[3)] 산 짐승의 목숨을 끊는 일을 업으로 삼고 있었다.[4)] 들판으로 나가고, 산으로 들어가서, 사슴을 사냥하고, 새를 잡는 등,[5)] 어디 하나 선한 꼴이 없다.[6)] 어느 날 밖으로 나가 사냥을 하는데, 말을 달려 사슴을 뒤쫓았다.[7)] 화살을 메기고 활을 당긴 채 사슴의 뒤를 쫓아 내달려가는 길에 절이 있었다.[8)] 그 앞을 지나칠 때 힐끗 쳐다봤는데, 그 안에 지장보살[9)]이 서 계셨다.[10)] 그래서 왼손으로 활을 잡고 오른손으로 쓰개를 벗고서, 아주 조금 귀의하는 마음을 드러내 보이고 내달려 지나쳐갔다.[11)]

---

1) 『日本古典文学全集』 [3巻12] 「多田新発意郎等の事」(발심하여 새로 불문에 들어간 다다 수하 가신에 관한 일)

2) 〈원문〉의 「다다노 만주(多田滿仲)」는 헤이안(平安) 시대 중기의 무장(武將)인 미나모토노 미쓰나카(源滿仲)를 달리 부르는 이름이다. 912-997년.

3) これも今は昔、多田満仲のもとに猛く悪しき郎等ありけり。

4) 物の命を殺すをもて業とす。

5) 野に出で、山に入りて、鹿を狩り、鳥を取りて、

6) いささかの善根する事なし。

7) ある時出でて狩する間、馬を馳せて鹿追ふ。

8) 矢をはげ、弓を引きて、鹿に随ひて走らせて行く道に、寺ありけり。

9) 〈원문〉의 「地蔵菩薩(じぞうぼさつ) : 석존(釈尊) 입멸 이후 미륵불(弥勒仏;みろくぶつ) 출생까지 사이 무불(無仏) 세계에 살며 육도(六道)의 중생(衆生;しゅじょう)을 교화(教化)하고 구제(救済)한다고 하는 보살. 불상은 태장계(胎蔵界;たいぞうかい)만다라(曼荼羅;まんだら)지장원(地蔵院)의 주존(主尊)은 보살 모양으로 표현되는데, 일반적으로는 왼손에 보주(宝珠;ほうしゅ), 오른손에 석장(錫杖;しゃくじょう)을 든 비구(比丘;びく) 모양으로 표현된다. 중국에서는 당나라 시절, 일본에서는 헤이안(平安)시대부터 왕성하게 신앙한다.」(『広辞苑』) 참고로 「지장보살(地藏菩薩) : 『불교』 무불 세계에서 육도 중생(六道衆生)을 교화하는 대비보살. 천관(天冠)을 쓰고 가사(袈裟)를 입었으며, 왼손에는 연꽃을, 오른손에는 보주(寶珠)를 들고 있는 모습이다.」(표준국어대사전)

10) その前を過ぐる程に、きと見やりたれば、内に地蔵立ち給へり。

그러고 나서 몇 년도 지나지 않아 병들어서,12) 며칠 동안 심하게 괴로워 앓다가 숨이 끊어지고 말았다.13) 그리고 저승길에 올라 염라대왕 앞에 불려 나갔다.14) 둘러보니 수많은 죄인을, 지은 죄의 경중에 따라 꾸짖어 나무라고,15) 벌 받는 모양이 참으로 말로 못 한다.16) 이 사내도 자기 일생의 죄업을 이어 생각하니 눈물이 흘러 가눌 길이 없다.17)

그러고 있는데 한 승려가 나와서 말씀하시길,18) "너를 살리고자 한다. 어서 고향으로 돌아가서 죄를 참회해야 할 것이다."라고 말씀하신다.19) 승려에게 여쭈어 말하길 "이건 도대체 누구시길래 이처럼 말씀하십니까?"라고 한다.20) 그러자 승려가 대답하시길, "나는 네가 사슴을 뒤쫓아 절 앞을 지나쳤을 때,21) 절 안에 있다가 네게 보였던 지장보살이다.22) 너의 죄업이 실로 중하다고는 하나, 아주 조금 나에게 귀의하는 마음이 생긴 그 공덕으로 인하여,23) 나는 지금 너를 살리고자 하는 것이다."라고 말씀하시는 걸로 생각하며,24) 다시 살아난 이후로는 살생을 딱 그만두고 지장보살을 섬겼단다.25)

11) 左の手をもちて弓を取り、右の手して笠を脱ぎて、いささか帰依の心をいたして馳せ過ぎにけり。

12) その後いくばくの年を経ずして、病つきて、

13) 日比よく苦しみ煩ひて、命絶えぬ。

14) 冥途に行き向ひて、閻魔の庁に召されぬ。

15) 見れば、多くの罪人、罪の軽重に随ひて、打ちせため、

16) 罪せらるる事いといみじ。

17) 我が一生の罪業を思ひ続くるに、涙落ちてせん方なし。

18) かかる程に、一人の僧出で来たりて、のたまはく、

19) 「汝を助けんと思ふなり。早く故郷に帰りて、罪を懺悔すべし」とのたまふ。

20) 僧に問ひ奉りて曰く、「これは誰の人の、かくは仰せらるるぞ」と。

21) 僧答へ給はく、「我は、汝鹿を追うて寺の前を過ぎしに、

22) 寺の中にありて汝に見えし地蔵菩薩なり。

23) 汝罪業深重なりといへども、いささか我に帰依の心の起りし功によりて、

24) 吾いま汝を助けんとするなり」とのたまふと思ひて、

25) よみがへりて後は、殺生を長く断ちて、地蔵菩薩につかうまつりけり。

45. 죽었다 다시 살아난 이야기[1]

옛날, 이나바(因幡_현재 돗토리[鳥取]현 동부의 옛 지역명) 지방 다카쿠사(高草)의 한 마을에 승가람마[2]가 있었다.[3] 이를 국륭사(国隆寺)라고 불렀다.[4] 이 지방 전임 태수인 치카나가라는 사람이 세운 것이다.[5] 거기에 사는 늙은이가 전하여 이야기한다.[6]

이 절에 도감스님[7]이 있었다.[8] 집에 불사(佛師_불상을 만드는 사람)를 들여서 지장보살[9]을 만들도록 하고 있었는데,[10] 도감스님의 아내가 다른 사내의 꼬드김에 넘어가

---

1) 『日本古典文学全集』 [3巻13] 「因幡国別当地蔵造りさす事」(이나바 지방에 있는 승려가 지장보살을 만들게 한 일)

2) 〈원문〉의 「伽藍(がらん)」은 '승려가 모여서 불도를 수행하는 청정(清浄)하고 한정(閑静)한 곳. 절 건물의 총칭.'(『日国』). 참고로 「가람(伽藍) : 승려가 살면서 불도를 닦는 곳」(표준국어대사전)

3) これも今は昔、因幡国高草の郡さかの里に伽藍あり。

4) 国隆寺と名づく。

5) この国の前の国司ちかなが造れるなり。

6) そこに年老いたる者語り伝へて曰く、

7) 〈원문〉의 「別当(べっとう)」에는 도읍의 치안을 담당하던 벼슬인 「検非違使(けびいし)」를 가리키는 등 여러 가지 뜻이 있는데, 여기에서는 승관(僧官)의 하나로 봐야겠다. 서무(庶務) 등 절의 업무 전반을 관장하는 역할을 했다. 이를 스님 가운데 '절에서 돈이나 곡식 따위를 맡아보는 직책. 또는 그 사람'(표준국어대사전)의 뜻을 가진 〈도감(都監)스님〉으로 옮기기로 하겠다.

8) この寺に別当ありき。

9) 〈원문〉의 「地蔵菩薩(じぞうぼさつ) : 석존(釈尊) 입멸 이후 미륵불(弥勒仏;みろくぶつ) 출생까지 사이 무불(無仏) 세계에 살며 육도(六道)의 중생(衆生;しゅじょう)을 교화(教化)하고 구제(救済)한다고 하는 보살. 불상은 태장계(胎蔵界;たいぞうかい)만다라(曼荼羅;まんだら)지장원(地蔵院)의 주존(主尊)은 보살 모양으로 표현되는데, 일반적으로는 왼손에 보주(宝珠;ほうしゅ), 오른손에 석장(錫杖;しゃくじょう)을 든 비구(比丘;びく) 모양으로 표현된다. 중국에서는 당나라 시절, 일본에서는 헤이안(平安)시대부터 왕성하게 신앙한다.」(『広辞苑』) 참고로 「지장보살(地藏菩薩) : 『불교』 무불 세계에서 육도 중생(六道衆生)을 교화하는 대비보살. 천관(天冠)을 쓰고 가사(袈裟)를 입었으며, 왼손에는 연꽃을, 오른손에는 보주(寶珠)를 들고 있는 모습이다.」(표준국어대사전)

행방을 감추고 사라져버렸다.11) 도감스님은 정신이 나가 허둥지둥 부처며 불사며 죄다 나 몰라라 내팽개치고,12) 온 마을을 손을 나누어 찾고 있었는데, 그러는 사이에 이레 여드레가 지나고 말았다.13) 불사들은 뒤를 봐줄 사람14)을 잃어 하늘을 우러러 한숨짓고 멍하니 손을 놀리고 있었다.15) 그런데 그 절의 하급 법사16)가 이 모습을 보고 선한 마음이 일어, 먹을 것을 구해 불사들에게 들게 하여,17) 간신히 지장보살의 목조만 다 만들었는데,18) 채색이며 장식까지는 어림도 없었다.19)

그 후에 이 하급 법사가 병이 들어 목숨이 다했다.20) 아내와 자식이 슬피 울며 관에 넣은 채 내보내지 않고 그대로 두고 보았는데,21) 죽은 지 엿새 되는 날 오후 2시경에 느닷없이 이 관이 움직이기 시작했다.22) 이를 본 사람들은 두려움에 꽁무니 빼고 말았다.23) 아내가 슬피 울며 관을 열어보자 법사가 되살아나서,24) 물을 입에 넣고 한동

---

10) 家に仏師を呼びて地蔵を造らする程に、

11) 別当が妻、異男に語らはれて、跡をくらうして失せぬ。

12) 別当心を惑はして、仏の事をも仏師をも知らで、

13) 里村に手を分ちて尋ね求むる間、七八日を経ぬ。

14) 〈원문〉의「檀那(だんな)：[불교]①(범어dāna)보시(布施;ふせ). ②(범어dānapati의 준말)불가(仏家)가 재물을 시여(施与)하는 신자를 부르는 말. 시주(施主;せしゅ).」(『広辞苑』) 참고로「단나(檀那)：①『불교』 자비심으로 조건 없이 절이나 승려에게 물건을 베풀어 주는 일. 또는 그런 일을 하는 사람.②『불교』 자비심으로 남에게 재물이나 불법을 베풂.」(표준국어대사전)

15) 仏師ども檀那を失ひて、空を仰ぎて、手を徒にして居たり。

16) 〈원문〉의「専当法師(せんとうほうし)」는 사원에서 오직 잡무를 담당한 하급 승려를 가리킨다. 아내를 둘 수 있었다.

17) その寺の専当法師これを見て、善心を起して、食物を求めて仏師に食はせて、

18) わづかに地蔵の木作ばかりをし奉りて、

19) 彩色、瓔珞をばえせず。

20) その後、この専当法師病つきて命終りぬ。

21) 妻子悲しみ泣きて、棺に入れながら、捨てずして置きて、なほこれを見るに、

22) 死にて六日といふ日の未の時ばかりに、にはかにこの棺はたらく。

23) 見る人おぢ恐れて逃げ去りぬ。

24) 妻泣き悲しみて、あけて見れば、法師よみがへりて、

안 지나서 저승길 이야기를 시작했다.[25] “커다란 귀신 둘이 찾아와서 나를 붙들고 내몰아서 너른 들판을 가는데,[26] 흰옷을 입은 승려가 나와서,[27] ‘귀신들이여, 이 법사를 냉큼 놔줘라. 나는 지장보살이다.[28] 이는 이나바에 있는 국륭사에서 나를 조각한 승려다.[29] 불사들이 먹을 게 없어서 며칠이고 그냥 지낼 때 이 법사가 신심을 일으켜,[30] 먹을 것을 구해 불사들에게 공양하여 내 조각상을 만들도록 했다.[31] 이 은혜는 저버리기 어렵다.[32] 꼭 놔주어야 할 사람이다.’라고 하셨기에,[33] 귀신들이 놓아주고 말았다.[34] 그러고 나서 깍듯이 길을 알려주어 돌려보냈나 했는데 다시 살아난 게다.”라고 한다.[35]

그 후에 이 지장보살을 아내와 자식들이 색을 입히고 공양하여,[36] 오래 귀의하여 받든 것이다.[37] 지금 이 절에 모셔져 계신다.[38]

---

25) 水を口に入れ、やうやう程経て、冥途の物語す。

26) 「大きなる鬼二人来たりて、我を捕へて、追ひ立てて、広き野を行くに、

27) 白き衣着たる僧出で来て、

28) 『鬼ども、この法師とく許せ。我は地蔵菩薩なり。

29) 因幡の国隆寺にて、我を造りし僧なり。

30) 法師等食物なくて日比経しに、この法師信心をいたして、

31) 食物を求めて、仏師等供養して、我が像を造らしめたり。

32) この恩忘れ難し。

33) 必ず許すべき者なり』とのたまふ程に、

34) 鬼ども、許しをはりぬ。

35) ねんごろに道教へて帰しつと見て、生き返りたるなり」といふ。

36) その後この地蔵菩薩を、妻子ども彩色し、供養し奉りて、

37) 長く帰依し奉りける。

38) 今はこの寺におはします。

46. 윗자리에 올라 전생의 복수를 한 이야기[1]

이것도 지금은 옛날, 후시미(伏見_교토[京都] 소재 지명)의 수리 담당관[2]은 우지(宇治)님[3]의 아들이시다.[4] 너무나도 아들들이 많이 계셨기에,[5] 모습을 바꾸어 다치바나노 도시도(橘俊遠)라는 사람의 양자로 만드시고, 궁중 대소사를 관장하는 관리[6]로 삼아,[7] 열다섯 살에 오하리(尾張_현재 아이치[愛知]현 서부의 옛 지역명) 지방의 태수로 삼으셨다.[8] 그래서 오하리 지역으로 내려가서 정무를 집행하고 있었는데,[9] 그 무렵 아쓰타(熱田_나고야[名古屋]시 남부 지명)의 신궁은 영위(靈威)가 범접할 수 없어서,[10] 깜박하고 쓰개를 벗지 않거나, 말 코끝을 들이대거나, 무례한 행동을 하거나 하는 자를,[11] 지체 없이 그 자리에

---

1) 『日本古典文学全集』 [3巻14] 「伏見修理大夫俊綱の事」(후시미 지역 관청의 수장인 도시쓰나에 관한 일)

2) 〈원문〉의 「伏見(ふしみ)」는 교토(京都)시에 있는 구(区) 가운데 하나다. 예로부터 귀족의 별장터로 사원도 다수 건립됐다. 한편 「修理(しゅり)の大夫(だいぶ)」는 〈修理職(しゅりしき)〉의 수장이다. 「修理職(しゅりしき)」는 헤이안(平安)시대 이래 황거(皇居) 등의 수리나 조영을 관장하던 벼슬이다.

3) 『全集』에 따르면 〈원문〉의 「宇治殿」는 후지와라노 요리미치(藤原頼通, 992-1074)를 가리킨다. 이는 헤이안(平安)시대 중기의 귀족으로 미치나가(道長)의 장남이다. 우지(宇治) 간빠쿠(関白_덴노[天皇]를 보좌하여 정무를 집행하는 중요 벼슬)라고 일컫는다. 고이치죠(後一条)덴노(天皇;1016-1036재위)에서 고스자쿠(後朱雀)덴노(天皇;1036-1045 재위)를 거쳐 고레이제이(後冷泉)덴노(天皇;1045-1068재위)에 이르는 52년간 셋쇼(摂政_임금을 대신하여 정무를 집행하는 벼슬)와 간빠쿠(関白)를 맡았다.

4) これも今は昔、伏見修理大夫は宇治殿の御子にておはす。

5) あまり公達多くおはしければ、

6) 〈원문〉의 「蔵人頭(くろうどのとう)」는 덴노(天皇)를 지척에서 모시며, 각종 의식 등 궁중의 대소사를 관장하던 관청인 〈蔵人所(くろうどどころ)〉의 수장을 가리킨다.

7) やうを変へて、橘俊遠といふ人の子になし申して、蔵人になして、

8) 十五にて尾張守になし給ひてけり。

9) それに尾張に下りて、国行ひけるに、

10) その比熱田神いちはやくおはしまして、

선 채로 신벌을 내리셨기에,[12] 대궁사(大宮司)[13]의 위세가 태수까지도 눌러서,[14] 지역 사람들이 두려워 떨고 있었다.[15]

거기에 이 태수가 내려와서 나랏일을 보고 있는데,[16] 대궁사가 내가 제일이라며 거들먹거리고 있던 것을 태수가 꾸짖어서,[17] "어찌 대궁사라고 하여 이 지역에서 태어난 자로서 인사도 하러 오지 않는 법이 있느냐?" 하자,[18] "지금까지 그런 선례가 없다."라며 버티고 있었다.[19] 이에 태수가 노여워하여 "태수도 태수 나름이다.[20] 나에게 대놓고 그렇게 말하나 보자." 하며 못마땅하게 생각하여,[21] "대궁사의 영지를 점검하라." 하자 어떤 사람이 대궁사에게 말했다.[22] "아무리 그래도 태수인데, 그런 사람도 계시는 겁니다. 어찌 됐든 인사하러 찾아뵈세요."라고 했기에,[23] "그렇다면 어쩔 수 없군." 하며 의관을 갖추고,[24] 따르는 사람 서른 명 남짓을 데리고 태수가 있는 곳으로 향했다.[25] 태수가 나가 대면하고 아랫사람들을 불러서,[26] "저놈, 틀림없이 붙잡아

---

11) おのづから笠をも脱がず、馬の鼻を向け、無礼をいたす者をば、

12) やがてたち所に罰せさせおはしましければ、

13) 〈원문〉의 「大宮司(だいぐうじ)」는 옛날 이세(伊勢)를 비롯하여 우사(宇佐)와 아쓰타(熱田), 가시마(鹿島) 등 각지에 설치된 신궁(神宮)·신사(神社)의 수장이다.

14) 大宮司の威勢、国司にもまさりて、

15) 国の者どもおぢ恐れたりけり。

16) それにこの国司下りて国の沙汰どもあるに、

17) 大宮司、我はと思ひて居たるを、国司咎めて、

18) 「いかに大宮司ならんからに、国にはらまれては見参にも参らぬぞ」といふに、

19) 「さきざきさる事なし」とて居たりければ、

20) 国司むつかりて、「国司も国司にこそよれ。

21) 我らにあひてかうはいふぞ」とて、いやみ思ひて、

22) 「知らん所ども点ぜよ」などいふ時に、人ありて大宮司にいふ。

23) 「まことにも国司と申すに、かかる人おはす。見参に参らせ給へ」といひければ、

24) 「さらば」といひて、衣冠に衣出して、

25) 供の者ども三十人ばかり具して、国司のがり向ひぬ。

가두어 벌하라.[27] 신관이라 한들 이 지역에서 태어났는데,[28] 실로 기괴한 짓거리를 벌인다." 하여,[29] 일으켜 세워 포박하고 가두어 벌했다.[30]

그때 대궁사가 "참으로 고약한 일입니다.[31] 정녕 신은 계시지 않는다는 겁니까?[32] 천한 자가 무례를 범하는 것조차 선 곳에서 처벌하시는데,[33] 대궁사를 이렇게 내버려 두고 잠자코 지켜보시다니요."라며 울며불며 투덜거렸는데,[34] 어렴풋한 꿈속에서 아쓰타(熱田) 신이 말씀하시길,[35] "이 일에 대해서는 내 힘이 미치지 않는구나.[36] 그 까닭은 전세에 스님이 있었느니라.[37] 법화경을 천 번 읽어서 나에게 공양[38]하려고 했는데,[39] 그 가운데 백여 번은 이미 읽어 바쳤다.[40] 지역 사람들이 공경하여 이 스님에게 앞다퉈 귀의했는데,[41] 네가 꺼려서 그 스님을 내쫓고 말았다.[42] 그때 이 스님이 악심

---

26) 国司出であひて対面して、人どもを呼びて、

27) 「きやつ、たしかに召し籠めて勘当せよ。

28) 神官といはんからに、国中にはらまれて、

29) いかに奇怪をばいたす」とて、

30) 召したてて結ふ程に、籠めて勘当す。

31) その時、大宮司、「心憂き事に候。

32) 御神はおはしまさぬか。

33) 下臈の無礼をいたすだに、たち所に罰せさせおはしますに、

34) 大宮司をかくせさせて御覧ずるは」と、泣く泣くくどきて、

35) まどろみたる夢に、熱田の仰せらるるやう、

36) 「この事におきては、我が力及ばぬなり。

37) その故は僧ありき。

38) 〈원문〉의 「法楽(ほうらく) : [불교]①불법(仏法)을 경애하고, 선을 행하며, 덕을 쌓아 스스로 기뻐하는 것. ②법회 말미에 시가(詩歌)를 읊거나, 또는 음악 따위를 연주하여 본존(本尊)에 공양하는 것.」(『広辞苑』) 참고로 「법락(法樂) : ①『불교』 부처의 가르침을 믿고 받드는 기쁨.②『불교』 법회 때에 불경을 외거나 음악을 연주하여 부처에게 공양하는 일.」(표준국어대사전)

39) 法華経を千部読みて、我に法楽せんとせしに、

40) 百余部は読み奉りたりき。

41) 国の者ども貴がりて、この僧に帰依しあひたりしを、

을 일으켜서,[43] '나는 여기 태수가 되어 이 복수를 하겠노라.'라며 태어나 찾아와서,[44] 이제 태수가 되고 만 것이니 내 힘이 미치지 않는다.[45] 그 전세의 스님을 슨고(俊綱)라고 했는데,[46] 이 태수도 도시쓰나(俊綱)라고 하는 거다."라고 꿈결에 말씀하셨다.[47] 사람의 악심이라는 건 이해하기 힘든 일이라나 뭐라나.[48]

42) 汝むつかしがりて、その僧を追ひ払ひてき。

43) それにこの僧悪心を起して、

44) 『我この国の守になりて、この答をせん』とて生れ来て、

45) 今国司になりてければ、我が力及ず。

46) その先生の僧を俊綱といひしに、

47) この国司も俊綱といふなり」と、夢に仰せありけり。

48) 人の悪心はよしなき事なりと。

47. 시체를 장지로 옮기지 못한 이야기[1]

지금은 옛날, 나가토(長門_현재 야마구치[山口]현 서부와 북부의 옛 지역명)의 전임 태수[2]라고 한 사람에게,[3] 딸이 둘 있었는데 언니는 다른 사람의 아내였다.[4] 동생은 아주 젊고 궁중에 출사하고 있었는데,[5] 나중에는 그만두고 집에 있었다.[6] 이렇다 할 정해진 사내도 없이 그저 때때로 다니러 오는 사람들이 있었다.[7] 다카쓰지(高辻)와 무로마치(室町)[8]가 엇갈리는 부근에 집이 있었다.[9] 부모도 세상을 떠나고 안쪽에는 언니가 살고 있었다.[10] 남쪽 전면의 서쪽에 있는 여닫이문 어귀가 평소에 남자를 만나고 여러모로 이야기를 나누거나 하던 곳이었다.[11]

여동생이 스물일곱 여덟 정도가 된 해에 말도 못 하게 앓다가 죽고 말았다.[12] 안쪽

---

1) 『日本古典文学全集』 [3巻15] 「長門前司の女葬送の時本所に帰る事」(나가토 전임 태수의 딸을 장송할 때 제자리로 다시 돌아온 일)

2) 〈원문〉의 「前司(ぜんじ)」는 전임(前任) 「国司(こくし)」의 뜻이다. 「国司(こくし)」는 옛날 조정의 명을 받아 지방에 부임한 지방관이다.

3) 今は昔、長門前司といひける人の、

4) 女二人ありけるが、姉は人の妻にてありける。

5) 妹はいと若くて、宮仕ぞしけるが、

6) 後には家に居たりけり。

7) わざとありつきたる男となくて、ただ時々通ふ人などぞありける。

8) 〈원문〉의 「高辻(たかつじ)」는 『全集』에 따르면 교토(京都)시(市) 시모교(下京)구(区)에 있는 지명이다. 또한 「室町(むろまち)」는 교토시 시가지를 남북으로 잇는 무로마치대로(室町通:むろまちどおり)의 연도에 있는 지역명이다.

9) 高辻室町わたりにこそ家はありける。

10) 父母もなくなりて、奥の方には姉ぞ居たりける。

11) 南の表の、西の方なる妻戸口にぞ常々人に逢ひ、物などいふ所なりける。

은 비좁아 어렵다며 그 여닫이문 어귀에 그대로 눕혀 두었다.[13] 하지만 언제까지 그대로 둘 수는 없는 노릇이라서,[14] 언니를 비롯해 장례 채비를 하여 화장터[15]로 데리고 갔다.[16] 이제 장례식을 이래저래 하고자 하여 수레에서 끌어 내린다.[17] 그런데 그 관이 가벼운데, 뚜껑이 조금 열려있다.[18] 이상하게 여겨 열어 살펴보았는데, 참으로 참으로 안에는 아무것도 없었다.[19] "도중에 떨어지거나 할 턱이 없는데,[20] 어찌 된 노릇인가?" 이해가 가지 않아 기가 막힌다.[21] 어쩔 도리도 없이 "그렇다고 해서 이렇게 둘 수 있겠나?" 하며 사람들이 내달려 돌아가는데,[22] "도중에 혹시라도 있지 않으려나?" 찾아보지만,[23] 있을 턱이 없으니 그대로 집으로 돌아왔다.[24]

혹시나 하고 살펴보니 그 여닫이문 어귀에,[25] 원래 있던 모양으로 여동생의 시체가 가만히 누워있다.[26] 너무나도 기가 막히기도 또 두렵기도 해서 가까운 사람들이 모여서,[27] "어떻게 해야 하나?"라며 웅성거리고 있었는데,[28] 밤도 꽤 깊었기에 "이제 어쩔

---

12) 廿七八ばかりなりける年、いみじく煩ひて失せにけり。

13) 奥は所狭しとて、その妻戸口にぞ、やがて臥したりける。

14) さてあるべき事ならねば、

15) 〈원문〉의 「鳥部野(とりべの)」는 교토(京都)시 히가시야마(東山)구(区)의 기요미즈데라(清水寺)에서 니시오타니(西大谷)로 이어지는 부근이다. 헤이안(平安)시대의 화장터다.

16) 姉などしたてて、鳥部野へ率て去ぬ。

17) さて礼の作法にとかくせんとて、車より取りおろす。

18) 櫃かろがろとして、蓋いささかあきたり。

19) 怪しくて、あけて見るに、いかにもいかにも露物なかりけり。

20) 「道などにて落ちなどすべき事にもあらぬに、

21) いかなる事にか」と心得ず、あさまし。

22) すべき方もなくて、「さりとてあらんやは」とて、人々走り帰りて、

23) 「道におのづからや」と見れども、

24) あるべきならねば、家へ帰りぬ。

25) もしやと見れば、この妻戸口に、

26) もとのやうにて、うち臥したり。

도리도 없다."라며, [29] 밤이 새고 나서 다시 관에 넣어,[30] 이번에는 제대로 틀림없이 담아서,[31] 밤이 들고 나면 어떻게든 처리하고자 생각하고 있었는데,[32] 저녁녘에 살펴보니 이 관의 뚜껑이 조금 열려있다.[33] 너무나 두려워서 어찌할 도리가 없는데,[34] 가까운 사람들이 "가까이에서 잘 살펴보자."라며 다가가서 보자,[35] 관에서 나와서 다시 여닫이문 어귀에 누워있다.[36] "이건 너무나도 기절초풍할 노릇이군." 하며,[37] 다시 집어넣으려고 온갖 방법을 쓰지만, 시체는 꿈쩍도 하지 않는다.[38] 마치 땅에서 자라난 커다란 나무를 뽑아내 옮기려는 것과 같아서,[39] 당할 재주가 없기에, 망자가 그저 여기에 머물고 싶어 하는 것이려나 생각하여,[40] 연배가 있는 사람들이 모여서 말하길,[41] "그냥 여기에 머물고 싶다고 생각하십니까?[42] 그렇다면 이대로 여기에라도 놓아두겠습니다.[43] 하지만 이런 식으로는 아무래도 보기 흉하겠지요."라며,[44] 여닫이문

27) いとあさましくも恐ろしくて、親しき人々集りて、

28) 「いかがすべき」と、言ひ合せ騒ぐ程に、

29) 夜もいたく更けぬれば、「いかがせん」とて、

30) 夜明けて、また櫃に入れて、

31) この度はよくまことにしたためて、

32) 夜さりいかにもなど思ひてある程に、

33) 夕つかたに見る程に、この櫃の蓋細めにあきたりけり。

34) いみじく恐ろしく、ずちなけれど、

35) 親しき人々、「近くてよく見ん」とて、寄りて見れば、

36) 棺より出でて、また妻戸口に臥したり。

37) 「いとどあさましきわざかな」とて、

38) またかき入れんとて万にすれど、更に更に揺がず。

39) 土より生ひたる大木などを引き揺がさんやうなれば、

40) すべき方なくて、ただここにあらんとてかと思ひて、

41) おとなしき人寄りていふ、

42) 「ただここにあらんと思すか。

43) さらばやがてここにも置き奉らん。

어귀에 있는 마루를 부수고 거기에 내리려고 하자,[45] 정말로 가볍게 내려졌기에,[46] 어쩔 수 없이 그 여닫이문 어귀 한 칸을 마루 따위를 걷어내고서,[47] 거기에 묻고 드높게 무덤을 쌓았다.[48] 집안사람들도 그걸 그대로 두고 함께 지내는 건 아무래도 꺼림칙하다고 생각하여,[49] 모두 다른 곳으로 이사하고 말았다.[50] 그리고 세월이 흘러갔기에 침전도 모두 무너져 사라지고 말았다.[51]

어찌 된 영문인지 그 무덤 가까이에는,[52] 상놈들도 자리 잡고 살지 못한다.[53] 불길한 일이 있다고 전해져서,[54] 전혀 사람도 정착해 살 수 없기에,[55] 거기에는 그저 그 무덤이 하나 덩그러니 있을 뿐이다.[56] 다카쓰지에서는 북쪽, 무로마치에서는 서쪽,[57] 다카쓰지 거리에 면해서 예닐곱 블록 정도 부근에는 작은 집도 없고,[58] 그 무덤 하나만이 드높게 남아 있었다.[59]

어떻게 한 일인 건지, 무덤 위에 사당을 하나 지어 제사하고 있다는 것이다.[60] 요즘

---

44) かくてはいと見苦しかりなん」とて、

45) 妻戸口の板敷をこぼちて、そこに下さんとしければ、

46) いと軽らかに下されたれば、

47) すべなくて、その妻戸口一間を板敷など取りのけこぼちて、

48) そこに埋みて高々と塚にてあり。

49) 家の人々もさてあひゐてあらん、物むつかしく覚えて、

50) みな外へ渡りにけり。

51) さて年月経にければ、寝殿もみなこぼれ失せにけり。

52) いかなる事にか、この塚の傍近くは、

53) 下種などもえ居つかず。

54) むつかしき事ありと言ひ伝へて、

55) 大方人もえ居つかねば、

56) そこはただその塚一つぞある。

57) 高辻よりは北、室町よりは西、

58) 高辻表に六七間ばかりが程は、小家もなくて、

59) その塚一つぞ、高々としてありける。

도 여전히 있다고 한다.[61]

60) いかにしたる事にか、塚の上に神の社をぞ、一つ斎ひ据ゑてあなる。

61) この比も今にありとなん。

48. 참새가 은혜를 갚은 이야기[1]

지금은 옛날, 봄철 무렵 햇살이 화창하게 내리쬐고 있을 때,[2] 예순 남짓한 여인이 있었는데,[3] 그 노파는 벌레를 잡고 있었다.[4] 뜰에는 참새가 총총대며 돌아다니고 있는데,[5] 아이가 돌을 들어 돌팔매질하자,[6] 거기에 맞아서 허리가 부러지고 말았다.[7] 날개를 퍼덕이며 버둥거리고 있었는데,[8] 까마귀 그림자가 비쳤기에,[9] "아, 딱하구나. 까마귀에게 잡아먹히겠구나." 하며,[10] 이 여인이 재빨리 집어 들어서 숨을 불어넣기도 하고 모이를 먹인다.[11] 작은 통에 넣어 밤에는 닫아 둔다.[12] 날이 새면 쌀을 먹이고, 동을 빻아 약으로 먹이거나 하자,[13] 아들과 손자들이 "아이고, 할망구가 나이 들어서 참새를 다 키우시네." 하며 비아냥거린다.[14]

---

1) 『日本古典文学全集』 [3巻16] 「雀報恩の事」(참새가 보은한 일)

2) 今は昔、春つかた、日うららかなりけるに、

3) 六十ばかりの女のありけるが、

4) 虫打ち取りて居たりけるに、

5) 庭に雀のしありきけるを、

6) 童部石を取りて打ちたれば、

7) 当りて腰をうち折られにけり。

8) 羽をふためかして惑ふ程に、

9) 烏のかけりありきければ、

10) 「あな心憂。烏取りてん」とて、

11) この女急ぎ取りて、息しかけなどして物食はす。

12) 小桶に入れて夜はをさむ。

13) 明くれば米食はせ、銅、薬にこそげて、食はせなどすれば、

그렇게 몇 달이고 잘 보살펴주자, 차츰 뛰어논다.15) 참새의 마음에도 이처럼 돌보아 살려준 것을 말도 못 하게 기쁜 일이라고 생각했다.16) 잠깐 밖에 나간다고 해도 집안 사람에게,17) "이 참새를 돌봐줘라. 모이를 챙겨줘라."라는 식으로 말해 두고 나갔기에,18) 아들과 손자들은 "아, 뭐하러 참새 따위를 키우시나." 하며 비아냥대지만,19) "아무튼지 불쌍하니까 말이야." 하며 키우고 있는데,20) 하늘을 날 수 있을 정도가 됐다.21) "이제는 설마 까마귀에게 잡아먹히는 일도 없겠지."라며 밖으로 나가 손바닥에 올리곤,22) "날 수 있으려나, 시험해봐야지." 하며,23) 손을 들어 올리자 훨훨 날아간다.24) 여인은 "오늘까지 오랫동안 줄곧 날이 저물면 들여놓았다가,25) 날이 새면 모이를 먹이는 습관이 들었었는데,26) 아무래도 뭐 날아갈 테지.27) 다시 돌아오는지 어떤지 기다려봐야지." 하며,28) 한가로이 이야기했기에 사람들의 비웃음을 샀다.29)

그런데 이십일 남짓 지나, 이 여인이 사는 가까이에서 참새가 엄청나게 지저귀는

14) 子ども、孫など、「あはれ女刀自は、老いて雀飼はるる」とて憎み笑ふ。

15) かくて月比よくつくろへば、やうやう躍り歩く。

16) 雀の心にも、かく養ひ生けたるを、いみじく嬉し嬉しと思ひけり。

17) あからさまに物へ行くとても、人に、

18) 「この雀見よ。物食はせよ」など言ひ置きければ、

19) 子孫など、「あはれなんでふ雀飼はるる」とて、憎み笑へども、

20) 「さはれいとほしければ」とて飼ふ程に、

21) 飛ぶ程になりにけり。

22) 「今はよも烏に取られじ」とて、外に出でて、手に据ゑて、

23) 「飛びやする、見ん」とて、

24) ささげたれば、ふらふらと飛びて去ぬ。

25) 女、「多くの月比日比、暮るればをさめ、

26) 明くれば物食はせ習ひて、

27) あはれや飛びて去ぬるよ。

28) また来やすると見ん」など、

29) つれづれに思ひていひければ、人に笑はれけり。

소리가 나기에,[30] '참새가 엄청나게 우는구나. 지난번 참새가 온 걸까.' 생각해서,[31] 밖으로 나가 둘러보았는데, 바로 그 참새다.[32] "고맙게도 말이지, 저버리지 않고 와주다니 정말 기쁘구나." 하자,[33] 여인의 얼굴을 힐끗 보곤, 부리로 눈곱만한 물건을 떨어뜨려 놓아두듯 하고 날아간다.[34] 여인이 "뭘까? 참새가 떨구고 가는 건?"하며 다가가서 살펴보자,[35] 박 씨를 딱 하나 떨어뜨려 놓았다.[36] '가지고 온 데에는 무언가 까닭이 있겠지.' 생각하여, 주워서 가지고 있었다.[37] "아아, 어처구니없네, 참새가 준 물건을 받아서 보물 삼으신다."라며 아이들이 웃자,[38] "아무튼지 심어봐야지."라며 심었는데,[39] 가을이 됨에 따라 말도 못 하게 엄청 많이 자라 퍼져서,[40] 보통 박과도 다르게 크고 많이 열렸다.[41] 여인은 기뻐 흥겨이 이웃 사람들에게도 먹게 하는데,[42] 따도 따도 끝도 없이 많이 있다.[43] 이제까지 비웃고 있던 아들과 손자들도 이것을 밤낮으로 먹고 있다.[44] 온 마을에 나누어주기도 하고,[45] 끝내는 정말로 썩 좋고 커다란 일고여

30) さて廿日ばかりありて、この女の居たる方に、雀のいたく鳴く声しければ、

31) 雀こそいたく鳴くなれ。ありし雀の来るにやあらんと思ひて、

32) 出でて見れば、この雀なり。

33) 「あはれに忘れず来たるこそ、あはれなれ」といふ程に、

34) 女の顔をうち見て、口より露ばかりの物を落し置くやうにして、飛びて去ぬ。

35) 女、「何にかあらん。雀の落して去ぬる物は」とて、寄りて見れば、

36) 瓢の種をただ一つ落して置きたり。

37) 「持て来たるやうこそあらめ」とて、取りて持ちたり。

38) 「あないみじ、雀の物得て、宝にし給ふ」とて、子ども笑へば、

39) 「さはれ植ゑてみん」とて、植ゑたれば、

40) 秋になるままに、いみじく多く生ひ広ごりて、

41) なべての瓢にも似ず、大に多くなりたり。

42) 女悦び興じて、里隣の人にも食はせ、

43) 取れども取れども尽きもせず多かり。

44) 笑ひし子孫もこれを明暮食ひてあり。

45) 一里配りなどして、

덟 개는,46) 표주박으로 만들려고 집안에 매달아두었다.47)

그러고 나서 몇 달 지나서 '이젠 쓸만하게 됐겠지.' 하여 살펴보니, 너무나도 알맞은 모양이 되어 있었다.48) 끄집어 내려서 입을 벌리려고 했는데 조금 무겁다.49) 이상스러웠지만 잘라서 열어보니 뭔가가 가득 들어 있다.50) "뭐가 있는 걸까?" 하며 안에 든 것을 옮겨 보니, 흰쌀이 들어 있었다.51) 생각지 못한 놀라운 일이라며,52) 커다란 그릇에 전부 옮겨 담았더니,53) 옮기기 전과 비슷한 정도가 아직 들어 있기에,54) '이건 분명 보통 일이 아니다. 필시 참새가 한 일이겠지.' 하며, 놀랍기도 하고 또 기쁘기도 한데,55) 그릇에 담아 숨겨두고, 남은 박을 보니,56) 모두 매한가지로 흰쌀이 들어 있다.57) 이것을 그릇에 옮기고 또 옮겨가며 쓰는데, 주체할 수 없을 만큼 많이 있다.58) 그렇게 해서 마침내 정말로 유복한 사람이 된 것이다.59) 이웃 마을 사람들도 이를 보고 놀라워하며 대단한 일이라고 부러워했다.60)

그 이웃에 살던 여자의 아이가 말하길,61) "비슷한 처지인데 남은 잘도 하네. 이쪽은

46) 果にはまことにすぐれて大なる七つ八つは、

47) 瓢にせんと思ひて、内につりつけて置きたり。

48) さて月比へて、「今はよくなりぬらん」とて見れば、よくなりにけり。

49) 取りおろして、口あけんとするに、少し重し。

50) 怪しけれども、切りあけて見れば、物一はた入りたり。

51) 「何にかあるらん」とて、移して見れば、白米の入りたるなり。

52) 思ひかけずあさましと思ひて、

53) 大なる物に皆を移したるに、

54) 同じやうに入れてあれば、

55) 「ただ事にはあらざりけり。雀のしたるにこそ」と、あさましく嬉しければ、

56) 物に入れて隠し置きて、残の瓢どもを見れば、

57) 同じやうに入れてあり。

58) これを移し移し使へば、せん方なく多かり。

59) さてまことに頼もしき人にぞなりにける。

60) 隣里の人も見あさみ、いみじき事に羨みけり。

이렇다 할 일도 벌이지 못하시네."라는 이야기를 듣고서,[62] 이웃 여자가 이 여인의 집에 와서,[63] "그건 그렇고, 이건 도대체 어찌 된 영문입니까?[64] 참새가 어쩌고저쩌고했다고 어렴풋이 들었지만, 잘은 아무래도 알 수 없으니,[65] 처음부터 있던 일을 있는 그대로 말씀해보시죠." 하기에,[66] "참새가 박 씨를 하나 떨어뜨리고 갔는데, 그걸 심은 데서 시작한 겁니다."라며,[67] 상세한 이야기는 하지 않는다.[68] 그걸 여전히 "있는 그대로 좀 더 상세히 말씀해보시죠."라며 끈질기게 묻기에,[69] 속 좁게 감출 일인가 생각하여,[70] "실은 이래저래 해서 허리가 부러진 참새가 있었는데,[71] 돌봐 살려준 일을 기쁘게 여긴 건지,[72] 박 씨를 하나 가지고 온 것을 심었더니, 이렇게 된 겁니다." 하자,[73] "그 씨앗을 딱 하나라도 좋으니 주십시오."라고 한다.[74] 그러자 "그 박에 들어 있던 쌀이라면 얼마든지 드리지요.[75] 씨앗은 도저히 드릴 수 없습니다.[76] 결단코 다른 데는 퍼뜨리기 어렵겠네요." 하며 주지 않았다.[77] 이에 자신도 어떻게든 허리가 부

---

61) この隣にありける女の子どものいふやう、

62) はかばかしき事もえし出で給はぬ」などいはれて、

63) 隣の女、この女房のもとに来たりて、

64) 「さてもさても、こはいかなりし事ぞ。

65) 雀のなどはほの聞けど、よくはえ知らねば、

66) もとありけんままにのたまへ」といへば、

67) 「瓢の種を一つ落したりし、植ゑたりしよりある事なり」とて、

68) こまかにもいはぬを、

69) なほ、「ありのままにこまかにのたまへ」と切に問へば、

70) 心狭く隠すべき事かはと思ひて、

71) 「かうかう腰折れたる雀のありしを、

72) 飼ひ生けたりしを、嬉しと思ひけるにや、

73) 瓢の種を一つ持ちて来たりしを植ゑたれば、かくなりたるなり」といへば、

74) 「その種ただ一つ賜べ」といへば、

75) 「それに入れたる米などは参らせん。

76) 種はあるべき事にもあらず。

러진 참새를 찾아내 키워야겠다고 생각해서,[78] 눈을 부릅뜨고 두리번거리지만, 허리가 부러진 참새는 당최 보이지 않는다.[79] 이른 아침마다 모습을 살펴보니,[80] 집 뒷문 쪽에 쌀이 널브러져 있는 것을 먹으려고 참새가 날아들고 있다.[81] 그것을 돌을 주워 혹시나 하고 던졌는데,[82] 아무튼지 많이 있는 가운데 몇 번이고 던지기에,[83] 우연히 명중하여 날지 못하는 게 있다.[84] 기뻐 곁에 다가가서 허리뼈를 제대로 꺾어버리고 나서,[85] 잡아서 모이를 먹이고 약을 먹이는 그런저런 일을 해두었다.[86] '한 마리를 살렸는데도 저렇단 말이지.[87] 하물며 여럿이면 얼마나 부자가 되려나.[88] 저 이웃 여자보다 더욱더 아이들에게 칭찬 듣고 말리라.' 생각하여,[89] 뒤뜰 가에 쌀을 뿌리고 살펴보고 있는데,[90] 참새들이 모여들어 먹으러 왔기에,[91] 다시 몇 번이고 돌팔매질하자 세 마리가 맞아 허리가 부러졌다.[92] 이제 이만하면 되겠지 생각해서,[93] 그 허리 부러

77) 更にえなん散すまじ」とて、取らせねば、

78) 我もいかで腰折れたらん雀見つけて、飼はんと思ひて、

79) 目をたてて見れど、腰折れたる雀更に見えず。

80) つとめてごとに、窺ひ見れば、

81) せどの方に、米の散りたるを食ふとて、雀の躍り歩くを、

82) 石を取りてもしやとて打てば、

83) あまたの中にたびたび打てば、

84) おのづから打ち当てられて、え飛ばぬあり。

85) 喜びて寄りて、腰よくうち折りて後に、

86) 取りて物食はせ、薬食はせなどして置きたり。

87) 一つが徳をだにこそ見れ、

88) ましてあまたならばいかに頼もしからん。

89) あの隣の女にはまさりて、子どもにほめられんと思ひて、

90) この内に米撒きて窺ひ居たれば、

91) 雀ども集りて食ひに来たれば、

92) また打ち打ちしければ、三つ打ち折りぬ。

93) 今はかばかりにてありなんと思ひて、

진 참새 세 마리 정도를 통에 집어넣고,[94] 동을 갈아 먹이거나 하며 몇 달인가 지났는데,[95] 모두 괜찮아졌기에 기뻐하며 밖으로 꺼내자 훨훨 날아 모두 떠나갔다.[96] 이건 정말 대단한 일을 했구나 여긴다.[97] 하지만 참새는 허리를 부러뜨려져서, 이렇게 몇 달이나 갇혀있던 일을 정말로 분하게 생각했다.[98]

그러고 나서 열흘 남짓 지나 그 참새들이 찾아왔기에,[99] 기뻐하며 먼저 입에 무언가 물고 있나 살펴보니,[100] 박 씨를 하나씩 모든 참새가 떨어뜨리고 간다.[101] 그럼 그렇지 기뻐하며 주워들어 세 군데에 심었다.[102] 이전 것보다도 무럭무럭 자라나서 말도 못 하게 엄청 커다랗게 됐다.[103] 그런데 이건 열매가 그렇게 많지도 않고, 일고여덟 개 정도 열렸다.[104] 여자는 웃음 가득히 그걸 보고 아이들에게 말하길,[105] "이렇다 할 일도 벌이지 못하신다 했지만, 어떠냐, 내가 이웃 여자보다 대단하지 않니?" 하자,[106] 정말로 그랬으면 좋겠다고 아이들은 생각했다.[107] 이쪽은 개수가 적으니 쌀을 많이 챙기려고,[108] 남에게도 먹이지 않고 자기도 먹지 않는다.[109] 그러자 아이가 말

---

94) 腰折れたる雀三つばかり桶に取り入れて、

95) 銅こそげて食はせなどして、月比経る程に、

96) 皆よくなりにたれば、喜びて外に取り出でたれば、ふらふらと飛びてみな去ぬ。

97) いみじきわざしつと思ふ。

98) 雀は腰うち折られて、かく月比籠め置きたる、よに妬しと思ひけり。

99) さて十日ばかりありて、この雀ども来たれば、

100) 喜びて、まづ口に物やくはへたると見るに、

101) 瓢の種を一つづつみな落して去ぬ。

102) さればよと嬉しくて、取りて三所に植ゑてけり。

103) 例よりもするすると生ひたちて、いみじく大になりたり。

104) これはいと多くもあらず、七つ八つぞなりたる。

105) 女、笑みまけて見て、子どもにいふやう、

106) 「はかばかしき事し出でずといひしかど、我は隣の女にはまさりなん」といへば、

107) げにさもあらなんと思ひたり。

108) これは数の少なければ、米多く取らんとて、

하길 “이웃 할머니는 동네 이웃 사람에게도 먹이고, 자기도 먹거나 한 겁니다.[110] 이쪽은 더구나 세 개나 씨앗이 있잖아요.[111] 자기도 먹고 남에게도 돌려야 마땅합니다.” 하자,[112] 그것도 그렇다고 생각해서 가까운 이웃 사람에게도 먹이고,[113] 자기는 물론 아이들에게도 두루 먹이려고 생각해서,[114] 잔뜩 먹었는데 그 쓴맛이란 말도 못 한다.[115] 마치 황벽나무 따위와 같아서, 비위가 상했다.[116] 대개 이것을 먹은 사람은 누구 할 것 없이 아이도 자신도 먹은 걸 게우고 괴로워하는데,[117] 이웃 사람들도 모두 비위가 상해 모여들어서는,[118] “이건 도대체 무얼 먹인 거냐? 아, 두렵도다.[119] 눈곱만한 연기 같은 것이 입가에 닿은 사람일지라도 게우고 괴로워하며 죽을 것 같이 난리였다.”라며,[120] 노여워 따져 묻고자 찾아오는데,[121] 장본인인 여자를 비롯하여 아이들도 모두 제정신을 잃고,[122] 게운 걸 처발라놓고 떼굴떼굴 구르고 있었다.[123] 이래서는 따져봐야 소용이 없기에 모두 돌아가고 말았다.[124] 이삼일이나 지나자 모두 속이

---

109) 人にも食はせず、我も食はず。

110) 子どもがいふやう、「隣の女房は里隣の人にも食はせ、我も食ひなどこそせしか。

111) これはまして三つが種なり。

112) 我も、人にも食はせらるべきなり」といへば、

113) さもと思ひて、近き隣の人にも食はせ、

114) 我も、子どもにももろともに食はせんとて、

115) おほらかにて食ふに、にがき事物にも似ず。

116) 黄蘗などのやうにて、心地惑ふ。

117) 食ひと食ひたる人々も、子どもも我も、物をつきて惑ふ程に、

118) 隣の人どももみな心地を損じて、来集りて、

119) 「こはいかなる物を食はせつるぞ。あな恐ろし。

120) 露ばかりけふんの口に寄りたる者も、物をつき惑ひ合ひて、死ぬべくこそあれ」と、

121) 腹立ちていひせためんと思ひて来たれば、

122) 主の女を始めて子どももみな物覚えず、

123) つき散して臥せり合ひたり。

124) いふかひなくて、共に帰りぬ。

나아졌다.[125] 여자가 생각하길 '모두 쌀이 되려고 했던 것을,[126] 미리 서둘러 먹었기에 이런 괴이한 일이 벌어진 것이리라.' 생각하여,[127] 남은 열매는 모두 매달아두었다.[128] 그렇게 몇 달인가 지나 "이젠 잘 됐겠지." 하며,[129] 쌀을 옮겨 담을 심산인 통들을 마련해서 방에 들어간다.[130] 너무 기쁜 나머지 이빨도 없는 입을 귓가에까지 벌리고서 홀로 생글생글 웃으며,[131] 통을 대고 옮겼는데,[132] 등에며 벌이며 지네며 도마뱀이며 뱀 따위가 쏟아져 나와서,[133] 눈이며 귀며 가리지 않고 온몸에 달라붙어 쏘지만,[134] 여자는 아픔조차도 느끼지 못한다.[135] 그저 쌀이 넘쳐나는 줄로만 생각하여,[136] "잠깐만 기다리시게, 참새야. 조금씩 떠야지." 한다.[137] 일고여덟 개의 박에서 우글우글 독벌레들이 쏟아져 나와서,[138] 아이들도 물어뜯고 여자까지도 쏘아죽이고 말았다.[139] 참새가 허리를 부러뜨림 당한 일을 분하게 생각해서,[140] 온갖 벌레들을 꾀어 박 속에 집어넣었던 거다.[141] 이웃 참새는 본래 허리가 부러졌는데,[142] 까마귀

---

125) 二三日も過ぎぬれば、誰々も心地直りにたり。

126) 女思ふやう、みな米にならんとしけるものを、

127) 急ぎて食ひたれば、かく怪しかりけるなめりと思ひて、

128) 残をば皆つりつけて置きたり。

129) さて月比経て、「今はよくなりぬらん」とて、

130) 移し入れん料の桶ども具して、部屋に入る。

131) 嬉しければ、歯もなき口して、耳のもとまで一人笑みして、

132) 桶を寄せて移しければ、

133) 虻、蜂、むかで、とかげ、蛇など出でて、

134) 目鼻ともいはず、一身に取りつきて刺せども、

135) 女痛さも覚えず。

136) ただ米のこぼれかかるぞと思ひて、

137) 「暫し待ち給へ、雀よ。少しづつ取らん」といふ。

138) 七つ八つの瓢より、そこらの毒虫ども出でて、

139) 子どもをも刺し食ひ、女をば刺し殺してけり。

140) 雀の、腰をうち折られて、妬しと思ひて、

가 목숨을 앗아갈 뻔했던 것을 돌봐 살려준 것이라서 기쁘게 생각했던 거다.[143] 그러니 남의 물건을 탐하는 건 해서는 아니 될 일이다.[144]

141) 万の虫どもを語らひて、入れたりけるなり。

142) 隣の雀は、もと腰折れて、

143) 烏の命取りぬべかりしを、養ひ生けたれば、嬉しと思ひけるなり。

144) されば物羨みはすまじき事なり。

49. 임기응변으로 위기를 모면한 이야기[1]

지금은 옛날, 오노노 다카무라(小野篁)라고 하는 사람이 계셨다.[2] 사가(嵯峨)덴노(天皇) 연간에(809–823) 궁궐에 푯말을 세운 자가 있었는데,[3] 거기에 '無悪善'이라고 적혀있었다.[4] 덴노가 다카무라에게 "읽으라." 말씀하셨는데,[5] "읽기는 읽겠사옵니다.[6] 하지만 황공하옵기에 감히 아뢰지 못하겠사옵니다."라고 상주하자,[7] "걱정하지 말고 말하라."라고 몇 차례나 말씀하셨기에,[8] "사가[9] 없는 게 좋을 거라고 하는 것이옵니다.[10] 그러니 주군을 저주하고 있는 겁니다."라고 답하여 아뢰었다.[11] 그러자 "그런 것은 너를 제쳐두고 누가 쓸 수 있겠느냐?"고 말씀하셨기에,[12] "바로 그러하기에 아뢰지 아니

1) 『日本古典文学全集』 [3巻17] 「小野篁広才の事」(오노노 다카무라의 재능과 지혜가 넓은 일)

2) 今は昔、小野篁といふ人おはしけり。

3) 嵯峨帝の御時に、内裏に札を立てたりけるに、

4) 「無悪善」と書きたりけり。

5) 帝、篁に、「読め」と仰せられたりければ、

6) 「読みは読み候ひなん。

7) されど恐れにて候へば、え申し候はじ」と奏しければ、

8) 「ただ申せ」とたびたび仰せられければ、

9) <원문>의 「さが」는 우선 이 이야기에 등장하는 사가(嵯峨)덴노의 읽는 법과 겹친다. 한편 일본어의 형용사 「さがなし」는 '괴팍하다. 심술궂다. 입이 걸다. 말이 많다. 짓궂다.'의 뜻이다. 『全集』에서는 「さが」를 「相·性」 또는 「祥」으로 보는 모양인데, 전자는 '가지고 태어난 성질이나 숙명. 습관. 버릇'의 뜻이다. 그리고 후자는 '전조. 길조.'의 뜻이다. 이처럼 여러 뜻으로 해석할 수 있는 말이 쓰여서 이야기가 살아난다.

10) 「さがなくてよからんと申して候ぞ。

11) されば君を呪ひ参らせて候なり」と申しければ、

12) 「おのれ放ちては誰か書かん」と仰せられければ、

하겠다 아뢴 것이옵니다."라고 대답했다.13) 이에 덴노가 "그렇다면 무엇이건 적어놓은 것은 확실히 읽을 수 있겠느냐?"라고 말씀하셨기에,14) "무엇이건 읽겠사옵니다." 하자,15) 가타카나(片仮名)인 '子(ね)'라는 글자를 열두 번 쓰셔서 내리시곤,16) "읽으라." 말씀하셨는데,17) 이를 "고양이 새끼인 새끼고양이, 사자 새끼인 새끼사자."라고 읽었더니,18) 덴노가 미소 지으시고, 별 탈 없이 넘어가고 말았다.19)

---

13) 「さればこそ、申し候はじとは申して候ひつれ」と申すに、

14) 御門、「さて何も書きたらん物は、読みてんや」と仰せられければ、

15) 「何にても読み候ひなん」と申しければ、

16) 片仮名の子文字を十二書かせて給ひて、

17) 「読め」と仰せられければ、

18) 「ねこの子のこねこ、ししの子のこじし」と読みたりければ、

19) 御門ほほゑませ給ひて、事なくてやみにけり。

50. 그마저 향기롭다니[1]

지금은 옛날, 궁궐경비대 벼슬아치[2]인 다이라노 사다훈(平貞文)을 헤이추(平中)라고 했다.[3] 정취를 즐기는 사람으로, 궁궐에 출사한 여인은 물론이고, 다른 사람의 여식까지, 남몰래 만나지 않는 사람이 없었다.[4] 마음을 담아 편지를 보낼 정도의 사람 가운데, 그의 뜻에 따르지 않는 이가 없었다.[5] 그런데 혼인노지주(本院侍従)[6]라는 것은 무라카미(村上)[7]덴노(天皇)의 모후에게 출사한 시녀다.[8] 이 또한 대단히 정취를 즐기는 사람이었는데,[9] 편지를 보내면 얄궂지 않게 그럴듯한 답장은 하면서도, 만나는 일은 없었다.[10] 한동안은 그렇다 치더라도 결국에는 그래도 뜻에 따르겠지 하고 믿어서,[11] 정취가 끓어오르는 노을 진 하늘이나, 또는 달이 밝은 밤 등,[12] 절절히 아름다워 남의

1) 『日本古典文学全集』 [3巻18] 「平貞文、本院侍従の事」(다이라노 사다훈과 혼인노지쥬에 관한 일)
2) 〈원문〉의 「兵衛(ひょうえ)の佐(すけ)」는 율령제(律令制)에서 좌(左)·우(右)兵衛府(ひょうえふ)의 차관(次官)이다. 「兵衛府(ひょうえふ)」는 율령제에서 궁성의 경비나 순검, 궁궐 바깥쪽 문에 대한 경비, 행행(行幸)의 경비 등을 임무로 하는 벼슬이나 관청이다.
3) 今は昔、兵衛佐平貞文をば平中といふ。
4) 色好にて、宮仕人は更なり、人の女など、忍びて見ぬはなかりけり。
5) 思ひかけて文やる程の人の、なびかぬはなかりけるに、
6) 본래 「本院(ほんいん)」은 '①주된 원(院). ②헤이안(平安)시대 중기 이후 양위한 덴노(天皇)인 죠코(上皇)가 둘 이상 있는 경우 첫 번째 죠코(上皇).'의 뜻이다. 그리고 「侍従(じじゅう)」는 '군주(君主) 곁에서 가까이 섬기는 것(사람)'의 뜻이다. 여기에서는 고유명사로 풀이한다. 참고로 〈표준국어대사전〉에도 「시종(侍從)」은 표제어로 실려있다.
7) 〈원문〉의 「村上」는 제62대(재위 946-967)인 무라카미(村上)덴노(天皇)를 가리킨다.
8) 本院侍従といふは、村上の御母后の女房なり。
9) 世の色好にてありけるに、
10) 文やるに、憎からず返事はしながら、逢ふ事はなかりけり。
11) 暫しこそあらめ、遂にはさりともと思ひて、

눈을 빼앗을 법한 시각을 재서 전갈했기에,[13] 여인도 그 마음을 살펴 알아서 정은 나누면서도 마음까지는 내주지 않는다.[14] 무심하고 어정쩡한 수준으로 답장을 하며,[15] 다른 사람도 함께라서 문제 될 법하지 않은 곳에서는 말을 섞거나 하면서도,[16] 요령껏 피하며 마음을 내주려 하지 않는다.[17] 사내는 그런 줄도 모르고, 이런 식으로만 지내는 것이 안타까워서,[18] 평소보다도 빈번하게 전갈하고 “가겠습니다.” 하여 건넸지만,[19] 평소와 마찬가지로 두루뭉술하게 답신했다.[20] 이에 4월 그믐날 무렵, 비가 세차게 쏟아져 어쩐지 으스스한 날에,[21] 바로 이런 때에 가야만 절절하게 여기시겠지 생각하여 길을 나섰다.[22]

향하는 길에 견디기 어려울 정도로 비가 억수같이 퍼붓는데,[23] 이런 빗속을 뚫고 간다면 만나지 않고 돌려보내는 일이 설마 있으려나 굳게 믿고,[24] 여인의 방[25]에 갔더니, 사람이 나와서,[26] “위에 올랐으니 전갈하겠습니다.” 하며 방구석 쪽으로 들이고 나간다.[27] 주위를 둘러보니 뒤편에 불을 희미하게 밝혀두고,[28] 자리옷[29]으로 보이는

12) 物のあはれなる夕暮の空、また月の明き夜など、

13) 艶に人の目とどめつべき程を計らひつつ、おとづれければ、

14) 女も見知りて、情は交しながら、心をば許さず。

15) つれなくて、はしたなからぬ程に、いらへつつ、

16) 人居まじり、苦しかるまじき所にては、物いひなどはしながら、

17) めでたくのがれつつ、心も許さぬを、

18) 男はさも知らで、かくのみ過ぐる、心もとなくて、

19) 常よりも繁くおとづれて、「参らん」といひおこせたりけるに、

20) 例のはしたなからずいらへたれば、

21) 四月の晦ごろに、雨おどろおどろしく降りて、物恐ろしげなるに、

22) かかる折に行きたらばこそ、あはれとも思はめと思ひて出でぬ。

23) 道すがら堪へがたき雨を、

24) これに行きたらんに、逢はで帰す事よもと頼もしく思ひて、

25) 〈원문〉의 「局(つぼね)」는 궁중이나 귀족의 저택에서 일하는 여성이 거주하는 칸막이를 친 개인적인 방을 가리킨다.

26) 局に行きたれば、人出で来て、

옷을 배롱[30]에 걸쳐놓고,[31] 향을 피운 냄새가 범상치 않다.[32] 너무나도 그윽하고 몸에 스며들어 멋지다고 생각하고 있는데, 사람이 돌아와서,[33] "이제 금세라도 내려오십니다." 한다.[34] 기쁘기 한량이 없다.[35] 금세 내려왔다.[36] "이렇게 세찬 비에 어찌."라는 식으로 말하기에,[37] "이만한 비에 가로막힐 정도라면 당최 뜻이 얕은 겁니다."라며 서로 이야기 나누다가,[38] 가까이 다가가서 머리카락을 어루만지니,[39] 얼음을 올려놓은 듯 차갑고, 감촉이 훌륭한 것이 더할 나위 없다.[40] 이러쿵저러쿵 쓸모없는 이야기를 나누며,[41] 이번에는 틀림없을 거라고 믿고 있었는데,[42] "어머, 미닫이문을 열어둔 채 닫는 걸 깜박하고 와버렸습니다.[43] 이른 아침에 '누군가 열어둔 채로 나갔군.' 하여 성가신 일이 벌어질 것 같습니다.[44] 닫고 오겠습니다. 얼마 걸리지 않을 겁니다." 하기

---

27) 「上になれば、案内申さん」とて、端の方に入れて去ぬ。

28) 見れば、物の後に火ほのかにともして、

29) 〈원문〉의 「宿直物(とのいもの)」는 궁중 따위에서 숙직할 때 쓰는 이부자리나 옷가지의 뜻이다.

30) 〈원문〉의 「伏籠(ふせご)」는 눕혀 두고 그 위에 의복을 거는 바구니다. 안쪽에 향로를 놓아 향을 의복에 입히거나, 화로 따위를 놓아 옷을 말리거나 덥히거나 한다. 대나무나 금속으로 만들었다. 참고로 「배롱(焙籠) : 화로(火爐)에 씌워 놓고 그 위에 젖은 기저귀나 옷을 얹어 말리도록 만든 기구. 대오리를 휘어서 만들거나 좁은 쇠테로 만든다.」(표준국어대사전)

31) 宿直物とおぼしき衣、伏籠にかけて、

32) 薫物しめたる匂、なべてならず。

33) いとど心にくくて、身にしみていみじと思ふに、人帰りて、

34) 「只今もおりさせ給ふ」といふ。

35) 嬉しさ限なし。

36) 則ちおりたり。

37) 「かかる雨にはいかに」などいへば、

38) 「これにさはらんは、むげに浅き事にこそ」など言ひ交して、

39) 近く寄りて髪を探れば、

40) 氷をのしかけたらんやうに冷かにて、あたりめでたき事限なし。

41) なにやかやと、えもいはぬ事ども言ひ交して、

42) 疑なく思ふに、

43) 「あはれ遣戸をあけながら、忘れて来にける。

에,[45] 그도 그렇겠다고 생각하여, 이렇게까지 무르익기도 했는데 어쩌겠나, 마음을 놓고, 옷을 남겨두고 가도록 했다.[46] 정말로 미닫이문을 닫는 소리가 나서, 이제 이쪽으로 올 거라고 기다리고 있는데,[47] 아무 말도 없이, 안쪽으로 들어가고 말았다.[48] 그래서 답답하고 어처구니없고, 제정신을 완전히 잃고서,[49] 여인이 있는 쪽으로 기어들고 싶지만, 어쩔 도리도 없고,[50] 여인을 보낸 분함을 곱씹지만 이제 소용이 없기에,[51] 울며불며 새벽 가까이 나왔다.[52] 집에 돌아가서 밤새 고민하여 자신을 속이고 내팽개쳐둔 애처로움을 가득 적어서 보냈는데,[53] "어찌 속이거나 하겠습니까? 돌아오려고 했는데 윗분의 부르심이 있었기에, 그럼 다음에라도."라는 식으로 말하며 시간을 흘려보냈다.[54]

아마도 이 여인에게 가까이 다가가는 건 당최 가망이 없는 모양이다.[55] 그렇다면 이제는 이 여인의 몹쓸 꺼림칙한 일을 보고서, 넌덜머리 나면 좋겠구나,[56] 이런 식으로 혼신을 바쳐 애달파하지 않고 싶다고 생각하여,[57] 근위대 관리[58]를 불러서,[59] "그

44) つとめて、『誰かあけながらは出でにけるぞ』など、煩はしき事になりなんず。

45) 立てて帰らん。程もあるまじ」といへば、

46) さる事と思ひて、かばかりうち解けにたれば、心やすくて、衣をとどめて参らせぬ。

47) まことに遣戸たつる音して、こなたへ来らんと待つ程に、

48) 音もせで、奥ざまへ入りぬ。

49) それに心もとなくあさましく、現心も失せ果てて、

50) 這ひも入りぬべけれど、すべき方もなくて、

51) やりつる悔しさを思へど、かひなければ、

52) 泣く泣く暁近く出でぬ。

53) 家に行きて思ひ明して、すかし置きつる心憂さ、書き続けてやりたれど、

54) 「何しにかすかさん。帰らんとせしに召ししかば、後にも」などいひて、過しつ。

55) 大方間近き事はあるまじきなめり。

56) 今はさはこの人のわろく疎ましからん事を見て、思ひ疎まばや、

57) かくのみ心づくしに思はでありなんと思ひて、

58) 〈원문〉의 「随身(ずいじん)」은 옛날 귀인이 외출할 때 경계와 호위를 위해 칙명으로 붙인 〈近衛府(このえふ)〉의

여인의 뒷일 처리 하인이 똥통을 가지고 갈 텐데, 그걸 빼앗아 나에게 보이라." 했다.[60] 이에 매일같이 따라붙어 살피다가, 도망치는 걸 좇아가 간신히 빼앗아서 주인에게 바쳤다.[61] 헤이추가 기뻐하며 뒤편으로 가지고 가서 살펴보니,[62] 주황색 얇은 천을 세 겹으로 겹쳐놓은 것으로 꾸려있다.[63] 향기로운 냄새는 더할 나위가 없다.[64] 풀어서 열어보니 그 향내는 비할 것이 없다.[65] 살펴보니 침향과 정자(_정향나무 꽃봉오리를 따서 말린 향) 같은 향나무를 진하게 달여서 넣어 두었다.[66] 또한 버무려 만든 향[67]을 잔뜩 말아서 가득 넣어 두었다.[68] 그러니 그 향내는 짐작할만할 것이다.[69] 보니 너무나 기절초풍할 노릇이다.[70] "만일 너저분하게 대소변을 봐 두었다면,[71] 그걸 보고 정나미가 떨어져서 마음이라도 편안해질까 생각했었다.[72] 한데 이건 도대체 어찌 된 영문인고.[73] 이렇게 배려심이 있는 사람이 있겠는가?[74] 보통 사람이라고 생각되지 않는

관리다. 활과 화살을 소지하고, 검을 차고 있다. 한편 「近衛府(このえふ)」는 옛날 무기를 차고 궁중을 경비하고, 조정의식에 줄지어 서서 위용을 선보이는 한편 행행(行幸)에 동행하며 경비한 무관(武官)의 부(府)다.

59) 随身を呼びて、

60) 「その人の樋すましの皮籠持ていかん、奪ひ取りて我に見せよ」といひければ、

61) 日比添ひて窺ひて、からうじて逃げたるを追ひて奪ひ取りて、主に取らせつ。

62) 平中悦びて、かくれに持て行きて見れば、

63) 香なる薄物の、三重がさねなるに包みたり。

64) 香ばしき事類なし。

65) 引き解きてあくるに、香ばしさたとへん方なし。

66) 見れば、沈、丁子を濃く煎じて入れたり。

67) 〈원문〉의 「薫物(たきもの)」는 여러 종류의 향을 버무려 만든 향을 가리킨다.

68) また薫物をば多くまろがしつつ、あまた入れたり。

69) さるままに、香ばしさ推し量るべし。

70) 見るにいとあさまし。

71) 「ゆゆしげにし置きたらば、

72) それに見飽きて心もや慰むとこそ思ひつれ。

73) こはいかなる事ぞ。

74) かく心ある人やはある。

모습이로군." 하며,[75] 더더욱 죽도록 간절히 생각하지만, 아무 소용이 없다.[76] '내가 볼 거라고는 꿈에도 생각하지 못했을 텐데.'라며,[77] 이런 마음 씀씀이를 보고 나서는, 더더욱 제정신을 못 차릴 만큼 그리워하지만,[78] 끝내 정을 맺지 못하고 끝나고 말았다.[79]

"내 일이지만 그 사람에 대해 정말로 망신스럽고, 분통이 치밀었다."라고,[80] 헤이추가 가만히 남몰래 이야기했다나 뭐라나.[81]

75) ただ人とも覚えぬ有様ども」と、

76) いとど死ぬばかり思へど、かひなし。

77) 「我が見んとしもやは思ふべきに」と、

78) かかる心ばせを見て後は、いよいよほけほけしく思ひけれども、

79) 遂に逢はでやみにけり。

80) 「我が身ながらも、かれに世に恥がましく、妬く覚えし」と、

81) 平中みそかに、人に忍びて語りけるとぞ。

51. 노래로 모면한 이야기[1)]

지금은 옛날, 이치죠(一条)셋쇼(摂政)[2)]라는 분은 히가시산죠(東三条)님[3)]의 형님이시다.[4)] 생김새를 비롯하여 마음 씀씀이도 돋보이고, 학식과 몸가짐도 진정 훌륭하셨는데,[5)] 다른 한편으로는 색을 밝히는 모양으로, 여자들과도 수도 없이 만나셔서 즐기고 계셨다.[6)] 그걸 그저 가벼이 여기셨기에, 이름을 숨기시고 궁궐 창고 벼슬아치인 도요카게(豊蔭)라고 이름을 대고,[7)] 지체가 높지 않은 여인에게는 서신까지도 보내셨다.[8)] 연모하시거나, 또 만나시거나 하였는데,[9)] 사람들은 모두 그런 식의 일을 헤아려 알고 있었다.[10)]

그러다가 고귀하고 지체 높은 사람의 따님과 통하기 시작하셨다.[11)] 그 유모와 어머니를 꼬드겨 제 편으로 만들고,[12)] 아버지에게는 알리시지 않았는데,[13)] 아버지가 그걸

---

1) 『日本古典文学全集』[3巻19]「一条摂政歌の事」(이치죠 셋쇼의 노래에 관한 일)

2) 『全集』에 따르면 이는 후지와라노 고레타다(藤原伊尹;924-972)라고 한다. 셋쇼(摂政_임금을 대신하여 정무를 집행하는 벼슬)에 올랐으며 가인(歌人)으로도 유명하다.

3) 『全集』에 따르면 이는 후지와라노 가네이에(藤原兼家;929-990)라고 한다. 셋쇼(摂政)를 거쳐, 간빠쿠(関白_덴노[天皇]를 보좌하여 정무를 집행하는 중요 벼슬)와 다이죠다이진(太政大臣_태정관의 최고위 벼슬)을 역임했다.

4) 今は昔、一条摂政とは東三条殿の兄にあはします。

5) 御かたちより始め、心用ひなどめでたく、才、有様、誠しくおはしまし、

6) また色めかしく、女をも多く御覧じ興ぜさせ給ひけるが、

7) 少し軽々に覚えさせ給ひければ、御名を隠させ給ひて、大蔵の丞豊蔭と名のりて、

8) 上ならぬ女のがりは、御文も遣はしける。

9) 懸想せさせ給ひ、逢はせ給ひもしけるに、

10) 皆人さ心得て知り参らせたり。

11) やんごとなく、よき人の姫君のもとへおはしまし初めにけり。

알아차리곤 불같이 화를 내며,[14] 어머니를 책망하여 손가락질하며 마구 퍼부으시기에,[15] 그런 일은 없다며 부인하고,[16] "아직 만나지 않았다는 내용의 편지를 써 주세요."라고 어머님이 난처하여 아뢰었기에,[17] <남몰래 한시라도 빨리 내 몸은 만나고 싶다고 보채는데, 오랫동안 어찌 오사카 관문은 넘기 어려운 것인가.>라고 지어 보냈기에,[18] 그걸 아버지에게 보이자, 그렇다면 소문은 거짓말이었구나 생각해서, 답가를 아버지가 지었다.[19] <아즈마 지방으로 오가는 처지가 아니라서 오사카 관문을 언제 넘는 일이 있으려나.>라고 읊은 것을 보고서,[20] 미소 지으셨을 터라고 지으신 책에 적혀있다.[21] 멋들어진 일이다.[22]

---

12) 乳母、母などを語らひて、

13) 父には知らせさせ給はぬ程に、

14) 聞きつけて、いみじく腹立ちて、

15) 母をせため、爪弾をして、いたくのたまひければ、

16) さる事なしとあらがひて、

17) 「まだしき由の文書きて給べ」と、母君の侘び申したりければ、

18) <人知れず身はいそげども年を経てなど越え難き逢坂の関>とて遣はしたりければ、

19) 父に見すれば、さては空言なりけりと思ひて、返し、父のしける。

20) <あづま路に行きかふ人にあらぬ身はいつか越えん逢坂の関>と詠みけるを見て、

21) ほほゑまれけんかしと、御集にあり。

22) をかしく。

52. 여우의 복수[1)]

지금은 옛날, 가이(甲斐_현재 야마나시[山梨]현[県]의 옛 지역명) 지방 태수 집에서 섬기고 있던 가신이,[2)] 저녁녘에 집을 나서서 자기 집 쪽으로 향하는 길에,[3)] 여우와 마주쳐서 그것을 뒤쫓아 우는살[4)]로 쐈는데,[5)] 화살이 여우 허리에 명중했다.[6)] 여우는 화살을 맞고 나뒹굴며 괴로워 울다가,[7)] 허리를 질질 끌며 풀숲으로 들어가버렸다.[8)] 이 사내가 화살을 거두어들여 길을 가는데,[9)] 이 여우가 허리를 끌며 앞서서 가기에,[10)] 다시 쏘려고 하자 사라지고 말았다.[11)]

제집이 이제 네다섯 블록 남짓이라 향해 가는데,[12)] 이 여우가 두 블록 남짓 앞서서 불을 입에 물고 달려갔기에,[13)] "불을 물고 달리다니 무슨 일인가?" 하며 말을 내달렸

---

1) 『日本古典文学全集』 [3巻20] 「狐家に火つくる事」(여우가 집에 불을 지른 일)

2) 今は昔、甲斐国に館の侍なりける者の、

3) 夕暮に館を出でて、家ざまに行きける道に、

4) 〈원문〉의 「引目(ひきめ)」는 〈響目(ひびきめ)〉의 준말이다. 화살촉 대신, 쐈을 때 커다란 소리를 내는 깍지를 씌운 화살이다. 참고로 「우는살 : 예전에, 전쟁 때에 쓰던 화살의 하나. 끝에 속이 빈 깍지를 달아 붙인 것으로, 쏘면 공기에 부딪혀 소리가 난다.」(표준국어대사전)

5) 狐のあひたりけるを追ひかけて、引目して射ければ、

6) 狐の腰に射当ててけり。

7) 狐射まろばかされて、鳴き侘びて、

8) 腰をひきつつ草に入りにけり。

9) この男引目を取りて行く程に、

10) この狐腰をひきて、先に立ちて行くに、

11) また射んとすれば失せにけり。

12) 家今四五町にと見えて行く程に、

는데,[14] 집 가까이에 달려가서 보니, 여우가 사람으로 둔갑하여 불을 집에 놓았다.[15] "그렇다면 사람이 불을 지른 게다."라며 화살을 메기고 말을 내달렸지만,[16] 여우는 불을 다 지르고 나자 다시 원래 여우로 변하여,[17] 풀숲 사이로 뛰어 들어가 사라져버렸다.[18] 그렇게 집은 모두 불타고 말았다.[19]

이런 여우와 같은 미물이라도 이내 원수를 갚는 것이다.[20] 이 이야기를 듣고서 이런 것을 결코 괴롭히거나 해서는 아니 될 일이다.[21]

---

13) この狐二町ばかり先だちて、火をくはへて走りければ、

14) 「火をくはへて走るは、いかなる事ぞ」とて、馬をも走らせけれども、

15) 家のもとに走り寄りて、人になりて、火を家につけてけり。

16) 「人のつくるにこそありけれ」とて、矢をはげて走らせけれども、

17) つけ果ててければ、狐になりて、

18) 草の中に走り入りて失せにけり。

19) さて家焼けにけり。

20) かかる物もたちまちに仇を報ふなり。

21) これを聞きて、かやうの物をば構へて調ずまじきなり。

53. 떡을 찾아온 여우[1)]

옛날, 귀신 들려 고통스러워하는 사람이 있던 곳에서,[2)] 그 귀신을 떼어냈을 때,[3)] 귀신이 영매[4)]에게 들러붙어 말하길,[5)] "나는 화를 부르는 귀신이 아니다.[6)] 떠돌다가 여기를 지나가던 여우다.[7)] 무덤가 움막에 아이들이 있는데, 먹을 것을 찾기에,[8)] 이런 곳에는 먹을거리가 널려있는 법이라고 생각하여 찾아온 것이다.[9)] 제단의 떡[10)]을 먹고 돌아가려 한다." 하니,[11)] 떡을 마련하여 쟁반 한가득 건네자, 조금 먹고서,[12)] "아, 맛있구나, 맛있구나." 한다.[13)] 그런데 "이 접신한 여자가 떡을 먹고 싶었기 때문에,[14)]

---

1) 『日本古典文学全集』「4巻1」「狐人に憑きてしとぎ食ふ事」(여우가 사람에게 들려 떡을 먹은 일)

2) 昔、物の怪煩ひし所に、

3) 物の怪渡しし程に、

4) 〈원문〉의 「物憑(ものつ)き」는 귀신 들리거나 또는 귀신 들린 사람을 나타낸다. 한편 신관이나 승려가 신령을 불러내서 이에 들게 하거나 신의 계시를 고하거나 하기 위해 동반하는 영매로서의 여성이나 동자를 뜻하기도 한다. 참고로 「시동(尸童) : 예전에, 제사를 지낼 때 신위(神位) 대신으로 앉히던 어린아이.」(표준국어대사전)

5) 物の怪、物つきに憑きていふやう、

6) 「おのれは祟の物の怪にても侍らず。

7) うかれてまかり通りつる狐なり。

8) 塚屋に子どもなど侍るが、物をほしがりつれば、

9) かやうの所には、食物散ろぼふものぞかしとて、まうで来つるなり。

10) 〈원문〉의 「粢(しとぎ)」는 신에게 바치는 떡이다. 찹쌀이나 멥쌀을 쪄서 조금 쳐 달걀 모양으로 만든 것이다.

11) しとぎばら食べてまかりなん」といへば、

12) しとぎをせさせて、一折敷取らせたれば、少し食ひて、

13) 「あなうまや、あなうまや」といふ。

14) 「この女の、しとぎほしかりければ、

거짓으로 여우에 홀린 척을 하며 이렇게 말하는 게다."라고 사람들이 입을 모아 비아냥대고 있었다.[15)]

"종이를 얻어, 이걸 꾸려 돌아가서,[16)] 나이 든 여우와 아이들에게 먹이겠다." 하기에,[17)] 종이를 두 장 찢어서 떡을 꾸렸는데,[18)] 커다란 덩어리를 허리춤에 찼더니, 가슴팍에까지 올라와 닿았다.[19)] 그러고 나서 "이제 쫓아주세요. 돌아갑니다."라고 수행자에게 말하기에,[20)] "떠나라, 떠나라."라고 하자, 영매가 벌떡 일어났다가 쓰러져버렸다.[21)] 그렇게 한동안 있다가 겨우 자리에서 일어났는데,[22)] 품에 있던 꾸러미가 감쪽같이 사라졌다.[23)] 정말 사라져버린 것은 실로 괴이한 일이다.[24)]

---

15) そらもの憑きてかくいふ」と憎みあへり。

16) 「紙賜りて、これ包みてまかりて、

17) 専女や子どもなどに食はせん」といひければ、

18) 紙を二枚引きちがへて、包みたれば、

19) 大きやかなるを腰に挟みたれば、胸にさしあがりてあり。

20) かくて、「追ひ給へ。まかりなん」と験者にいへば、

21) 「追へ追へ」といへば、立ちあがりて、倒れ伏しぬ。

22) 暫しばかりありて、やがて起るあがりたるに、

23) 懐なる物更になし。

24) 失せにけるこそ不思議なれ。

54. 사도의 금[1)]

노토(能登_지금의 이시카와[石川]현 북부의 옛 지역명) 지방에는, 쇠라고 부르는 것인데, 아직 단련하지 않은 쇳덩이를 캐내서,[2)] 태수에게 바치는 사람이 육십 명 있는 모양이다.[3)] 사네후사(実房)라는 태수가 다스리던 때에,[4)] 쇠를 캐는 육십 명의 우두머리였던 자가,[5)] "바로 사도(佐渡_현재 니가타[新潟]현 소재 섬의 옛 이름)[6)] 지방에 정말로 황금꽃이 피어 있는 곳이 있던 게지."라고, 다른 사람에게 말하는 것을 태수가 전해 듣고,[7)] 그 사내를 불러들여서 재물을 내주거나 하며 꼬드겨 물으니,[8)] "사도 지방에는 정말로 금이 있습니다.[9)] 있던 곳을 잘 살펴 두었습니다."라고 한다.[10)] 이에 "그렇다면 가서 캐내 오지 않겠는가?" 하자,[11)] "저를 보내신다면 가겠습니다."라고 한다.[12)] "그러면 배를 마련하

---

1) 『日本古典文学全集』「4巻2」「佐渡国に金ある事」(사도 지역에 금이 있는 일)

2) 能登国には、鉄といふ物の、素鉄といふ程なるを取りて、

3) 守に取らする者、六十人ぞあなる。

4) 実房といふ守の任に、

5) 鉄取六十人が長なりける者の、

6) 〈원문〉의 「佐渡(さど)」는 옛 지역명으로 현재 니가타(新潟)현에 소재한 섬인데 금의 산지로 유명하다. 에도(江戸)시대에는 금은(金銀)을 산출하기 위해 직할했다.

7) 「佐渡国にこそ、金の花咲きたる所はありしか」と人にいひけるを、守伝へ聞きて、

8) その男を守呼び取りて、物取らせなどして、すかし問ひければ、

9) 「佐渡国には、まことに金の侍るなり。

10) 候ひし所を見置きて侍るなり」といへば、

11) 「さらば行きて、取りて来なんや」といへば、

12) 「遣はさばまかり候はん」といふ。

겠다." 하자,[13] "같이 갈 사람은 받지 않겠습니다.[14] 다만 작은 배 한 척과 먹을 것 조금을 받아서,[15] 거기에 다다라서 잘 된다면 캐내 가지고 와서 바치겠습니다."라고 한다.[16] 그러자 그저 이 사내가 말하는 대로 맡겨서,[17] 다른 누구에게도 알리지 아니하고,[18] 작은 배 한 척과 먹을 것 조금을 건네주자,[19] 그것을 가지고 사도 지방으로 건너갔다.[20]

한 달 남짓 지나 깜빡 잊어버렸을 즈음에,[21] 이 사내가 홀연히 찾아와서, 태수에게 눈짓으로 알렸기에,[22] 태수가 알아보고 인편으로는 받지 않고, 직접 나가서 만나자,[23] 옷소매 너머로 검은빛 자투리 천에 꾸린 것을 슬며시 건넸다.[24] 그러자 태수가 묵직한 듯 들어 품속에 집어넣고는 돌아가서 들어갔다.[25] 그러고 나서 그 금을 캐낸 사내는 어디론가 사라지고 말았다.[26] 사방팔방 찾았지만, 행방도 묘연하고, 그렇게 끝나버렸다.[27] 어찌 생각하여 사라진 건지 알지 못한다.[28] 금이 있는 장소를 물을 거라고

---

13) 「さらば舟を出し立てん」といふに、

14) 「人をば賜り候はじ。

15) ただ小舟一つと食物少しとを賜り候ひて、

16) まかりいたりて、もしやと取りて参らせん」といへば、

17) ただこれがいふに任せて、

18) 人にも知らせず、

19) 小舟一つと食ふべき物少しとを取らせたりければ、

20) それを持て佐渡国へ渡りにけり。

21) 一月ばかりありて、うち忘れたる程に、

22) この男、ふと来て、守に目を見合せたりければ、

23) 守心得て、人伝には取らで、みづから出であひたりければ、

24) 袖うつしに、黒ばみたるさいでに包みたる物を取らせたりければ、

25) 守重げに引きさげて、懐にひき入れて、帰り入りにけり。

26) その後、その金取の男はいづちともなく失せにけり、

27) 万に尋ねけれども、行方も知らず、やみにけり。

28) いかに思ひて失せたりといふ事を知らず。

생각했으려나 태수는 의심했다.[29] 그 금은 팔천 냥 남짓이었다고 전해진다.[30] 그러니 사도 지방에는 금이 있었다는 이야기라고,[31] 노토 지방 사람들이 전했다는 것이다.[32]

---

29) 金のある所を問ひ尋ねやすると思ひけるにやとぞ、疑ひける。

30) その金八千両ばかりありけるとぞ、語り伝へたる。

31) かかれば佐渡国には金ありける由と、

32) 能登国の者ども語りけるとぞ。

55. 절의 물건을 허투루 쓰면 생기는 일[1]

지금은 옛날, 약사사(薬師寺)[2]의 도감스님[3]이라고 하는 사람이 있었다.[4] 도감을 맡고 있었지만, 딱히 절의 물건도 사용하지 않고,[5] 오로지 극락에 태어나는 것만을 기원하고 있었다.[6] 연로하고 병들어 죽음을 코앞에 두고, 염불을 외며 숨을 거두려 했다.[7] 정말로 이제 마지막이라고 보이는 때에 이르러 조금 기운을 차리곤 제자를 불러 말하길,[8] "모두 본 대로 염불을 오로지 일심으로 외다 죽는 것이니,[9] 극락의 마중이 오실 거라 기다리고 있는데,[10] 극락의 마중은 보이지 않고, 지옥의 화차[11]를 보냈다.[12] '이

---

1) 『日本古典文学全集』「4巻3」「薬師寺別当の事」(야쿠시지 도감스님에 관한 일)

2) 〈원문〉의 「薬師寺(やくしじ)」는 나라(奈良)시 소재 법상종(法相宗;ほっそうしゅう)의 대본산이다. 7세기 말 여성 덴노(天皇)인 지토(持統)덴노 시절에 만들어졌다.

3) 〈원문〉의 「別当(べっとう)」는 승관(僧官)의 하나로서, 서무(庶務) 등 절의 업무 전반을 관장하는 역할을 했다. 이를 〈도감스님〉으로 옮기는데, 「도감(都監)」은 '절에서 돈이나 곡식 따위를 맡아보는 직책. 또는 그 사람'(표준국어대사전)의 뜻이다. 한편 〈원문〉의 「僧都(そうず) : 승강(僧綱;そうごう)의 하나. 승정(僧正)의 다음 승관(僧官). 현재 각 종파에서 승계(僧階)의 하나」(広辞苑). 또한 〈표준국어대사전〉에는 「승도(僧都)」가 '중국 북위(北魏) 때의 승관(僧官)의 이름'으로 풀이되어 있을 뿐이다. 참고로 「승강(僧綱) : 『불교』 사원의 관리와 운영의 임무를 맡은 세 가지 승직. 승정, 승도, 율사를 이르거나 상좌, 사주, 유나를 이른다.」(표준국어대사전).

4) 今は昔、薬師寺の別当僧都といふ人ありけり。

5) 別当はしけれども、殊に寺の物も使はで、

6) 極楽に生れん事をなん願ひける。

7) 年老い、病して、死ぬるきざみになりて、念仏して消え入らんとす。

8) 無下に限と見ゆる程に、よろしうなりて、弟子を呼びていやふう、

9) 「見るやうに、念仏は他念なく申して死ぬれば、

10) 極楽の迎いますらんと待たるるに、

11) 〈원문〉의 「火(ひ)の車(くるま) : [불교] 지옥에 있다고 하는 불타오르는 수레. 옥졸(獄卒;ごくそつ_지옥에서 망자를 가책한다는 도깨비)이 죄가 있는 사자(死者)를 태워 지옥으로 보낸다고 한다.」(『広辞苑』) 참고로 「화차(火車) :

건 도대체 어찌 된 일인가? 이럴 리가 없다.[13] 무슨 죄로 인해 지옥의 마중이 온 것인가?'라고 했더니,[14] 수레에 딸린 도깨비들이 말하길,[15] '이 절의 물건을 어느 해 다섯 말 빌렸다가 아직 갚지 않았기에,[16] 그 죄로 인하여 이러한 마중을 얻은 것이다.'라고 했다.[17] 그래서 내가 말하길 '그 정도의 죄를 가지고서는 지옥에 떨어져야 마땅할 까닭이 없다.[18] 그 물건을 반드시 갚겠다.'라고 하자,[19] 화차를 바투 대고 기다리고 있다.[20] 그러니 어서어서 쌀 한 석을 송경(誦經) 값으로 바치라." 했기에,[21] 제자들이 허둥대며 말하는 대로 송경 값으로 치렀다.[22] 그 공양하는 종소리가 나니 화차가 돌아갔다.[23] 그리고 한동안 지나 스님이 "화차는 돌아가고 극락의 마중이 바로 지금 오신다."라며,[24] 손바닥을 비비며 기뻐하다가 숨을 거두고 말았다.[25]

그 스님은 약사사의 대문 북쪽 가에 있는 방에 거하는 분이다.[26] 지금도 그 모양이 사라지지 않고 그대로 있다.[27] 그 정도 얼마 안 되는 물건을 쓰는 것만으로도 화차가

②지옥에 있는 수레. 불이 일고 있는 수레로, 죄인을 실어 나른다고 한다.」(표준국어대사전)

12) 極楽の迎は見えずして、火車を寄す。

13) 『こはなんぞ。かくは思はず。

14) 何の罪によりて、地獄の迎は来たるぞ』といひつれば、

15) 車に付きたる鬼どもいふやう、

16) 『この寺の物を一年、五斗借りて、いまだ返へさねば、

17) その罪によりて、この迎は得たるなり』といひつれば、

18) 我いひつるは、『さばかりの罪にては、地獄に落つべきやうなし。

19) その物を返してん』といへば、

20) 火車を寄せて待つなり。

21) さればとくとく、一石誦経にせよ」といひければ、

22) 弟子ども手惑ひをして、いふままに誦経にしつ。

23) その鐘の声のする折、火車帰りぬ。

24) さてとばかりありて、「火車は帰りて、極楽の迎今なんおはする」と、

25) 手を摺り悦びつつ終りにけり。

26) その坊は、薬師寺の大門の北の脇にある坊なり。

마중하러 찾아든다.[28] 하물며 절의 물건을 제멋대로 사사로이 쓴 여러 절의 도감스님에 대해 지옥의 마중이 어떠할지는 미루어 헤아려진다.[29]

27) 今にその形失せずしてあり。

28) さばかり程の物使ひたるにだに、火車迎へに来たる。

29) まして寺物を心のままに使ひたる諸寺の別当の、地獄の迎こそ思ひやらるれ。

56. 떠내려가 닿은 섬[1)]

도사(土佐_지금의 고치[高知]현[県]의 옛 지역명) 지방 하타(幡多) 마을에 사는 천한 자가 있었다.[2)] 자기 지역이 아니라 다른 지방에 논을 두고 있었는데,[3)] 자기가 사는 지역에 못자리를 만들었다가,[4)] 심어야 할 시기가 되었기에 그 모를 배에 싣고,[5)] 모내기하는 사람들에게 먹여야 할 음식을 비롯하여,[6)] 냄비며 가마솥이며 가래며 괭이며 쟁기며 그런 물건에 이르기까지, 온갖 가재도구를 배에 싣고,[7)] 열한둘 남짓한 사내아이와 계집아이 둘을 뱃머리에 태워두고,[8)] 부모는 모내기할 사람을 사겠다며 뭍으로 잠시 올라갔다.[9)] 아주 잠깐이라고 생각해서 배를 살짝 뭍으로 끌어올리고 묶지 않고 그냥 두었는데,[10)] 이 아이들은 배 바닥에서 잠들어버렸다.[11)] 그러는 사이에 밀물이 차올라서 배가 떠올랐는데,[12)] 갑자기 조금 불어온 바람에 밀렸다가 썰물에 끌려 나가,[13)] 아득히

---

1) 『日本古典文学全集』「4巻4」「妹背嶋の事」(이모세 섬에 관한 일)

2) 土佐国幡多の郡に住む下種ありけり。

3) おのが国にはあらで、異国に田を作りけるが、

4) おのが住む国に苗代をして、

5) 植うべき程になりければ、その苗を舟に入れて、

6) 植ゑん人どもに食はすべき物より始めて、

7) 鍋、釜、鋤、鍬、犂などいふ物にいたるまで、家の具を舟に取り積みて、

8) 十一二ばかりなるをのこ子、女子、二人の子を、舟のまもりめに乗せ置きて、

9) 父母は、植ゑんといふ者雇はんとて、陸にあからさまに上りにけり。

10) 舟をばあからさまに思ひて、少し引き据ゑて、つながずして置きたりけるに、

11) この童部ども、舟底に寝入りにけり。

12) 潮の満ちければ、舟は浮きたりけるを、

먼바다 쪽으로 흘러나가고 말았다.[14] 먼바다에서는 더욱 바람이 거세져서 마치 돛을 올린 듯이 날아간다.[15] 그때 아이들이 일어나서 보자, 배를 댈 곳도 없는 먼바다에 나와 있었기에,[16] 울고불고 허둥거리지만 어쩔 도리도 없다.[17] 어디로 가는지도 모르고, 그저 바람이 부는 대로 떠내려갔다.[18] 그러는 사이에 부모는 모내기할 사람들도 다 사 모으고서, 이제 배에 타려고 와서 보니 배가 없다.[19] 한동안은 바람이 닿지 않는 그늘에 숨겨둔 건 아닐까 해서 살펴보고,[20] 또 요란하게 불러보지만 누가 대답하겠는가?[21] 온 포구마다 찾아 헤매지만, 어디에도 없기에, 말해봐야 소용이 없어 그냥 그렇게 그만두고 말았다.[22]

이렇게 해서 이 배는 머나먼 남쪽 바다에 있는 섬에 바람에 밀려 다다랐다.[23] 아이들이 울며불며 배에서 내려 배를 묶어놓고 둘러보니, 당최 사람 그림자도 없다.[24] 돌아갈 방향도 모르기에 섬에 올라서 말하길,[25] "이젠 더 어쩔 도리가 없다.[26] 그렇다고 해서 목숨을 버릴 수는 없는 노릇이다.[27] 이렇게 먹을거리가 있는 한은 조금씩이라도

13) はなつきに少し吹き出されたりけるほどに、干潮に引かれて、

14) 遙に湊へ出でにけり。

15) 沖にてはいとど風吹きまさりければ、帆をあげたるやうにて行く。

16) その時に童部起て見るに、かかりたる方もなき沖に出でたれば、

17) 泣き惑へども、すべき方もなし。

18) いづ方とも知らず、ただ吹かれて行きにけり。

19) さる程に、父母は、人々も雇ひ集めて、舟に乗らんとて来て見るに、舟なし。

20) 暫しは、風隠れに、指隠したるかと見る程に、

21) 呼び騒げども、誰かはいらへん。

22) 浦々求めけれども、なかりければ、いふかひなくてやみにけり。

23) かくて、この舟は、遙の南の沖にありける嶋に、吹きつけてけり。

24) 童部ども泣く泣くおりて、舟つなぎて見れば、いかにも人なし。

25) 帰るべき方も覚えねば、嶋におりていひけるやう、

26) 「今はすべき方なし。

27) さりとては、命を捨つべきにあらず。

먹으면서 어떻게든 살아내자.[28] 이게 다 떨어지고 나면 어찌 살아있을 수 있겠나?[29] 자, 이 모를 마르기 전에 심자."라고 했더니,[30] "그렇고말고."라고 끄덕이며, 물이 흘러 논으로 만들 법한 곳을 찾아내어,[31] 가래며 쟁이는 본래 있었기에 땅을 갈아 심고, 나무를 베어내서 작은 움막을 짓거나 했다.[32] 열매가 열리는 나무에서 계절에 맞춰 열매 열린 것이 많았기에,[33] 그걸 따먹으며 생활해가던 사이에 어느새 가을이 되고 말았다.[34] 그리될 인연이라도 있던 것인지, 만든 논이 형편이 좋아서,[35] 고향에서 거두어들였던 것보다 훨씬 나아서,[36] 많이 베어 챙겨두거나 했다.[37] 그렇다고 언제까지나 그렇게 있을 수는 없는 노릇이라 서로 부부가 됐다.[38] 사내아이와 계집아이를 수많이 계속 낳고, 또 그 아이들이 다시 부부가 되는 한편,[39] 커다란 섬이었기에 논밭도 많이 개간하여,[40] 그 무렵에는 이 형제자매가 이어 낳은 사람들로 섬에 가득 넘치게끔 되었다.[41] 이는 이모세섬이라 해서 도사 지방 남쪽 먼바다에 있다고 사람들이 이야기한 적이 있다.[42]

---

28) この食物のあらん限こそ、少しづつも食ひて生きたらめ。

29) これ尽きなば、いかにして命はあるべきぞ。

30) いざ、この苗の枯れぬ先に植ゑん」といひければ、

31) 「げにも」とて、水の流のありける所の、田に作りぬべきを求め出して、

32) 鋤、鍬はありければ、木伐りて庵など造りける。

33) なり物の木の、折になりたる多かりければ、

34) それを取り食ひて明し暮す程に、秋にもなりにけり。

35) さるべきにやありけん、作りたる田のよくて、

36) こなたに作りたるにも、殊の外まさりたりければ、

37) 多く刈り置きなどして、

38) さりとてあるべきならねば、妻男になりにけり。

39) をのこ子、女子あまた産み続けて、またそれが妻男になりなりしつつ、

40) 大なる嶋なりければ、田畠も多く作りて、

41) この頃はその妹背が産み続けたりける人ども、嶋に余るばかりになりてぞあんなる。

42) 妹背嶋とて、土佐国の南の沖にあるとぞ、人語りし。

57. 뱀의 보은[1]

얼마 지나지 않은 일이리라.[2] 한 여인이 있었다.[3] 운림원(雲林院)[4]이라는 널리 알려진 사찰에서 열리는 보리강[5]에 가려고 큰길을 올라가는데,[6] 사이인(西院_교토[京都] 소재 지명) 언저리 가까이에 다다라 돌다리가 있었다.[7] 그 물가를 스물 남짓한, 그리고 서른 쯤 되는 여인이 허리띠를 동여매고[8] 걸어가는데,[9] 돌다리를 몇 번이고 밟아 헤집고 지나간 뒤에,[10] 그 밟혀 헤집어진 다리 아래에 얼룩얼룩한 뱀이 동그랗게 똬리를 틀고 있었다.[11] 이에 '돌 아래 뱀이 있었네.' 하는데,[12] 그 다리를 디뎌 헤집은 여자의

---

1) 『日本古典文学全集』「4巻5」「石橋の下の蛇の事」(돌다리 아래 뱀에 관한 일)

2) この近くの事なるべし。

3) 女ありけり。

4) 〈원문〉의 「雲林院(うりんいん) : 교토(京都)시(市) 기타구(北区) 무라사키노(紫野)에 있던 천태종(天台宗;てんだいしゅう)의 사찰. 본래 준나(淳和)덴노(天皇;823-833재위)의 이궁(離宮)이었다가 869년에 사찰로 만들었다. 헤이안(平安)시대, 귀천의 신앙을 모아 5월에 행해진 보리강(菩提講)이 유명하다.」(『広辞苑』)

5) 〈원문〉의 「菩提講(ぼだいこう) : 보제(菩提;ぼだい_부처의 깨달음. 번뇌를 끊고 진리를 확실히 알아 얻어지는 경지)를 구하기 위해 법화경(法華経;ほけきょう)을 강설(講説)하는 법회(法会). 또는 염불하여 중생을 불도(仏道)로 이끄는 모임.」(『広辞苑』) 참고로 「보리강(菩提講) : ①『불교』 보리를 구하고자 법화경을 강설하는 법회. ②『불교』 염불하여 중생을 불도로 나아가게 하는 모임.」(표준국어대사전)

6) 雲林院の菩提講に、大宮を上りに参りける程に、

7) 西院の辺近くなりて、石橋ありける。

8) 〈원문〉의 「中結(なかゆい) : ①의복의 옷자락 끝을 가지런히 하기 위해 끈을 허리에 묶는 것. 또 그 끈. ②보통이 한가운데 언저리를 끈으로 묶는 것. 또 그 끈.」(『広辞苑』)

9) 水のほとりを、廿余り、三十ばかりの女、中結ひて歩み行くが、

10) 石橋を踏み返して過ぎぬる跡に、

11) 踏み返されたる橋の下に、斑なる蛇のきりきりとして居たれば、

12) 石の下に蛇のありけるといふ程に、

꽁무니에 서서 꿈틀꿈틀 이 뱀이 따라간다.[13] 그 뒤편에 선 여인이 그것을 보고 괴이하게 생각하여,[14] "어찌 생각하고 따라가는 걸까?[15] 밟혀 헤집어진 걸 원망하여 그 복수를 하려는 걸까?[16] 아무튼 이 뱀이 벌이려는 일을 지켜보자."라며 뒤편에 서서 따라가는데,[17] 그 여인이 이따금 뒤돌아보거나 하지만 자기를 따라 뱀이 뒤쫓고 있다고는 알아차리지 못하는 모양이다.[18] 또 마찬가지로 길을 가는 사람이 있지만,[19] 뱀이 여인을 따라가는 것을 찾아내 입에 담는 사람도 없다.[20] 그저 처음에 찾아낸 여인 눈에만 보였기에,[21] 이 뱀의 노림수를 알아보고자 이 여인의 뒤를 떨어지지 않고 따라가다 보니 운림원에 다다랐다.[22]

절의 마룻바닥에 올라가 이 여자가 앉자,[23] 그 뱀도 따라 올라가서 곁에서 꽈리를 틀었는데,[24] 이를 찾아내 소란 피우는 사람도 없다.[25] 신기한 일이로군 하며 눈을 떼지 않고 보고 있는데,[26] 마침내 법회가 끝났기에 여자가 일어서 나가는데 그에 맞춰서 뱀도 따라 나갔다.[27] 지켜보고 있던 여인도 뱀이 벌이려는 일을 보려고 뒤를 따라

13) この踏み返したる女の尻に立ちて、ゆらゆらとこの蛇の行けば、

14) 尻なる女の見るに怪しくて、

15) 「いかに思ひて行くにかあらん。

16) 踏み出されたるを、悪しと思ひて、それが報答せんと思ふにや。

17) これがせんやう見ん」とて、尻に立ちて行くに、

18) この女時々は見返りなどすれども、我が供に蛇のあるとも知らぬげなり。

19) また同じやうに行く人あれども、

20) 蛇の女に具して行くを、見つけいふ人もなし。

21) ただ最初見つけつる女の目にのみ見えければ、

22) これがしなさんやう見んと思ひて、この女の尻を離れず、歩み行く程に、雲林院に参り着きぬ。

23) 寺の板敷に上りて、この女居ぬれば、

24) この蛇も上りて、傍にわだかまり伏したれど、

25) これを見つけ騒ぐ人なし。

26) 希有のわざかなと、目を放たず見る程に、

27) 講果てぬれば、女立ち出づるに随ひて、蛇もつきて出でぬ。

도읍 쪽으로 나아갔다.[28] 변두리 쪽 막다른 곳에 집이 한 채 있다.[29] 그 집에 들어가자 뱀도 함께 들었다.[30] 바로 여기가 이 여인의 집이었구나 생각하는데, 뱀은 낮에는 아무 할 일도 없는 모양이다.[31] 밤이 들어서야 비로소 무언가 할 일도 있을 터이다.[32] 이 뱀이 밤에 어떤 모양인지 보고 싶다 생각하지만 볼 수 있는 방도가 달리 없기에,[33] 그 집에 찾아가서 "시골에서 올라온 사람입니다만, 마땅히 머물 곳도 없사오니, 오늘 밤만 부디 머물게 해주십시오."라고 부탁했다.[34] 이 뱀이 들러붙은 여인을 집주인으로 생각했는데, 이 여인이 "여기에 머무실 분이 계십니다." 하자,[35] 나이 든 여인이 나와서는 "누가 말씀하시는 겁니까?"라고 한다.[36] 그렇다면 이 사람이 집주인이라고 생각해서,[37] "오늘 밤만 머물 곳을 빌리고 싶습니다."라고 한다.[38] "좋습니다. 들어오십시오." 한다.[39] 기쁘게 생각하여 들어가서 둘러보니,[40] 마루가 깔린 곳에 올라가 이 여인이 앉아 있다.[41] 뱀은 마룻바닥 아래 기둥 가에 똬리를 틀고 있다.[42] 찬찬히 잘 살펴보니, 이 여인을 가만히 올려보며 뱀이 있었다.[43] 뱀이 들러붙은 여인은 "어전의 모

---

28) この女、これがしなさんやう見んとて、尻に立ちて、京ざまに出でぬ。

29) 下ざまに行きとまりて家あり。

30) その家に入れば、蛇も具して入りぬ。

31) これぞこれが家なりけると思ふに、昼はするかたもなきなめり。

32) 夜こそとかくする事もあらんずらめ。

33) これが夜の有様を見ばやと思ふに、見るべきやうもなければ、

34) その家に歩み寄りて、「田舎より上る人の、行き泊るべき所も候はぬを、今宵ばかり宿させ給はなんや」といへば、

35) この蛇のつきたる女を家あるじと思ふに、「ここに宿り給ふ人あり」といへば、

36) 老いたる女出できて、「誰かのたまふぞ」といへば、

37) これぞ家のあるじなりけると思ひて、

38) 「今宵ばかり宿借り申すなり」といふ。

39) 「よく侍りなん。入りておはせ」といふ。

40) 嬉しと思ひて、入りて見れば、

41) 板敷のあるに上りて、この女居たり。

42) 蛇は板敷の下に、柱のもとにわだかまりてあり。

습은." 어쩌고 이야기를 하고 있었다.[44] 궁에 출사하고 있는 사람으로 보인다.[45]

그러고 있는데 날은 점점 저물어가서 어두워지고 말았다.[46] 이에 뱀의 모습을 살필 방도도 없기에, 이 집주인으로 보이는 여인에게 말하길,[47] "이렇게 머물게 해주신 대신에, 혹시 삼[48]이 있습니까? 있으면 실을 뽑아드리겠습니다.[49] 불을 밝혀주십시오." 하자,[50] "고마운 말씀을 하시는군요."라며 불을 밝혔다.[51] 삼을 꺼내서 건넸기에 거기에서 실을 뽑으며 둘러보니, 이 여인은 잠들어버린 모양이다.[52] 이제 바로 뱀이 덮칠 걸로 여겨 지켜보지만 가까이 다가가지 않는다.[53] 이 일을 즉시라도 알려야 하나 생각하면서도,[54] 잘못 알리면 자신을 위해서도 나쁘지나 않을까 생각해서,[55] 아무 말도 하지 않고, 꾸미는 일을 보겠다며 한밤중 지나서까지 가만히 지켜보고 있었는데,[56] 마침내 아무래도 보이지 않을 만큼 불이 꺼지고 말아서 이 여인도 잠들어버렸다.[57]

날이 새고 난 뒤에 어찌 됐을까 허겁지겁 일어나서 보니,[58] 이 여인은 적당한 시각

---

43) 目をつけて見れば、この女をまもりあげて、この蛇は居たり。

44) 蛇つきたる女、「殿にあるやうは」など、物語し居たり。

45) 宮仕する者なりと見る。

46) かかる程に、日ただ暮れに暮れて、暗くなりぬれば、

47) 蛇の有様を見るべきやうもなく、この家主と覚ゆる女にいふやう、

48) 〈원문〉의 「麻(お)」는 식물인 삼이나 모시의 다른 이름이다. 그 껍질 섬유로 만든 실을 뜻하기도 한다. 이어지는 동사인 「績(つ)む」는 섬유를 가늘게 뽑아 꼬아서 실을 만든다는 뜻이다.

49) 「かく宿させ給へるかはりに、麻やある、績みて奉らん。

50) 火とぼし給へ」といへば、

51) 「嬉しくのたまひたり」とて、火ともしつ。

52) 麻取り出してあづけたれば、それを績みつつ見れば、この女臥しぬめり。

53) 今や寄らんずらんと見れども、近くは寄らず。

54) この事やがても告げばやと思へども、

55) 告げたらば、我がためも悪しくやあらんと思ひて、

56) 物もいはで、しなさんやう見んとて、夜中の過ぐるまで、まもり居たれども、

57) 遂に見ゆる方もなき程に、火消えぬれば、この女も寝ぬ。

에 일어나서 특별히 이렇다 할 것 없는 모습으로, 집주인으로 보이는 여인에게 말하길,[59] "어젯밤엔 정말 꿈을 꾸었습니다." 하자,[60] "어떤 꿈을 꾸셨습니까?" 물었다.[61] 그러자 "여기 자고 있던 머리맡에 인기척이 나서 보니,[62] 허리에서 위는 사람인데 아래는 뱀인 아름다운 여인이 앉아서 말하길,[63] '나는 어떤 사람을 원망스럽다고 생각하고 있었기에,[64] 이렇게 뱀의 몸으로 다시 태어나 돌다리 아래에서 오랜 세월을 지내며, 고통스럽게 생각하고 있던 차에,[65] 어제 나를 짓누르고 있던 무거운 돌을 당신이 디뎌서 헤집어주신 덕분에,[66] 돌이 짓누르는 그 고통을 벗어나서 정말로 기쁘다고 생각했습니다.[67] 그래서 이 사람이 다다르시는 곳을 지켜보고서,[68] 감사 인사도 드리고자 하여 따라왔는데,[69] 그 길에 보리강 자리에 가셨기에 거기에 동행한 덕분에,[70] 좀처럼 만나기 어려운 존귀한 불법을 받을 수 있어서,[71] 수많은 나의 죄과까지도 소멸하여, 그 힘으로 인간으로 다시 태어날 수 있는 공덕도 가까워졌기에,[72] 더더욱 기쁘게 생각해서 이렇게 찾아온 것입니다.[73] 그 보답으로는 재물이 넘치게 하고,[74] 또 좋

58) 明けて後、いかがあらんと思ひて、惑ひ起きて見れば、

59) この女よき程に寝起きて、ともかくもなげにて、家あるじと覚ゆる女にいふやう、

60) 「今宵夢をこそ見つれ」といへば、

61) 「いかに見給へるぞ」と問へば、

62) 「この寝たる枕上に、人の居ると思ひて見れば、

63) 腰より上は人にて、下は蛇なる女、清げなるが居ていふやう、

64) 『おのれは、人を恨めしと思ひし程に、

65) かく蛇の身を受けて、石橋の下に、多くの年を過して、侘しと思ひ居たる程に、

66) 昨日おのれが重石の石を踏み返し給ひしに助けられて、

67) 石のその苦をまぬかれて、嬉しと思ひ給へしかば、

68) この人のおはし着かん所を見置き奉りて、

69) 悦も申さんと思ひて、御供に参りし程に、

70) 菩提講の庭に参り給ひければ、その御供に参りたるによりて、

71) あひ難き法をうけたまはりたるによりて、

72) 多く罪をさへ滅して、その力にて、人に生れ侍るべき功徳の、近くなり侍れば、

은 남편도 만나시도록 하겠습니다.'라고 하나 하는 꿈을 꾼 겁니다."라고 이야기했다.[75] 이를 듣고서 기가 막혀서 여기에 머문 여자가 말하길,[76] "사실은 나는 시골에서 올라온 사람도 아닙니다.[77] 저기저기 사는 사람입니다.[78] 그런데 어제 보리강에 가는 길에 거기서 당신을 만났기에,[79] 뒤를 따라서 걸어왔습니다만,[80] 큰길 가 강에 걸린 돌다리를 디뎌 헤집은 아래에서, 얼룩얼룩한 작은 뱀이 나와서, 따라붙어 온 겁니다.[81] 그걸 이래저래 알려드리려고 생각했습니다만,[82] 잘못 알리면 자신을 위해서도 나쁘지나 않을까 두려워져서, 아뢸 수 없었습니다[83]. 그러고 보니 법회 자리에도 그 뱀이 있었습니다만,[84] 다른 사람은 찾아내지 못했던 겁니다.[85] 법회가 끝나고 나오셨을 때 다시 뒤를 따르기에,[86] 어떻게 될지 끝을 알고 싶은 마음에, 뜻하지 않게 어젯밤 여기에서 밤을 지내게 된 겁니다.[87] 어제 한밤중 지나서까지는 이 뱀이 기둥 가에 있었는데,[88] 날이 새고 나서 보니 뱀도 보이지 않았습니다.[89] 그런데 그에 맞춰 이런

---

73) いよいよ悦をいただきて、かくて参りたるなり。

74) この報には、物よくあらせ奉りて、

75) よき男などあはせ奉るべきなり』と、いふとなん見つる」と語るに、

76) あさましくなりて、この宿りたる女のいふやう、

77) 「まことには、おのれは田舎より上りたるにも侍らず。

78) そこそこに侍る者なり。

79) それが、昨日菩提講に参り侍りし道に、その程に行きあひ給ひたりしかば、

80) 尻に立ちて歩みまかりしに、

81) 大宮のその程の河の石橋を踏み返されたりし下より、斑なりし小蛇の出で来て、御供に参りしを、

82) かくと告げ申さんと思ひしかども、

83) 告げ奉りては、我がためも悪しき事にてもやあらんずらんと恐ろしくて、え申さざりしなり。

84) まこと、講の庭にも、その蛇侍りしかども、

85) 人もえ見つけざりしなり。

86) 果てて出で給ひし折、また具し奉りたりしかば、

87) なりはてんやうゆかしくて、思もかけず、今宵ここにて夜を明し侍りつるなり。

88) この夜中過ぐるまでは、この蛇柱のもとに侍りつるが、

꿈 이야기를 하시니,[90] 놀랍기도 하고 두렵기도 하여 이렇게 털어놓습니다.[91] 앞으로는 이것을 인연으로 삼아 무슨 일이라도 아뢰겠습니다." 뭐 이런 식으로 함께 이야기 나누고,[92] 그러고 나서는 늘 오가는 아는 사이가 되었던 거다.[93]

그런데 이 여인은 만사형통하여, 요사이는 뭐라는 사람인지는 모르지만,[94] 큰 벼슬아치 집안의 하급 사무직원인데 말도 못 하게 유복한 사람의 아내가 되어,[95] 만사 뜻하는 대로 이루며 지내고 있었다.[96] 물어보면 금세라도 알 거라는 이야기다.[97]

---

89) 明けて見侍りつれば、蛇も見え侍らざりしなり。

90) それにあはせて、かかる夢語をし給へば、

91) あさましく恐ろしくて、かくあらはし申すなり。

92) 今よりはこれをついでにて、何事も申さん」など言ひ語らひて、

93) 後は常に行き通ひつつ、知る人になんなりにける。

94) さてこの女世に物よくなりて、この比は何とは知らず、

95) 大殿の下家司の、いみじく徳あるが妻になりて、

96) よろづ事かなひてぞありける。

97) 尋ねば隠れあらじかしとぞ。

58. 좋은 관상[1]

동북원(東北院)[2]에서 보리강[3]을 시작한 스님은,[4] 본디 말도 못 할 악인으로, 옥에 일곱 차례나 들어갔었다.[5] 일곱 번째 들어갔을 때 치안 담당관[6]들이 모여서,[7] "이건 정말 말도 못 할 악인이다.[8] 한두 차례 옥에 갇히는 것만으로도 사람으로서 제대로일 리가 있겠는가.[9] 하물며 몇 번이고 죄를 짓고 이렇게 일곱 차례나 들어오다니 참으로 기가 막히고 고약한 일이다.[10] 이번에는 이 자식의 다리를 잘라내겠다." 이렇게 결정하고,[11] 다리 베는 형장으로 끌고 가서 자르려고 했다.[12] 그런데 거기에는 내로라하는 관상쟁이가 있었다.[13] 그 사람이 어디 나갔다가, 이 다리를 베려고 하는 자에게

1) 『日本古典文学全集』「4巻6」「東北院の菩提講の聖の事」(동북원 보리강을 맡은 스님에 관한 일)

2) 『全集』에 따르면 「東北院」은 이치죠(一条)덴노(天皇;986-1011 재위)의 중궁(中宮)인 죠토몬인(上東門院) 후지와라노 쇼시(藤原彰子;988-1074)가 건립한 사찰이라고 한다.

3) 〈원문〉의 「菩提講(ぼだいこう)」는 앞선 〈57. 뱀의 보은〉의 각주 5) 참조.

4) 東北院の菩提講始めける聖は、

5) もとはいみじき悪人にて、人屋に七度ぞ入りたりける。

6) 〈원문〉의 「検非違使(けびいし)」는 도읍에서 발생하는 불법과 비위를 검찰하고, 추포, 소송, 행형을 관장한 벼슬이다. 오늘날 판사와 경찰을 겸하며 강력한 권한을 가졌다.

7) 七度といひけるたび、検非違使ども集りて、

8) 「これはいみじき悪人なり。

9) 一二度人屋に居んだに、人としてはよかるべき事かは。

10) ましていくそばくの犯をして、かく七度までは、あさましくゆゆしき事なり。

11) この度これが足斬りてん」と定めて、

12) 足斬りに率て行きて、斬らんとする程に、

13) いみじき相人ありけり。

다가와서 말하길,[14] “이 사람을 나를 봐서 놓아주시오. 이는 필시 극락왕생할 관상을 가진 사람이오.”라고 했기에,[15] 모두가 “쓸데없는 말을 하는군, 어디서 굴러먹다 온 관상쟁이 스님이여?”라며 그냥 베려고 했다.[16] 그러자 그 베려고 하는 다리 위에 올라타서,[17] “이 다리 대신 내 다리를 베시오.[18] 왕생해야 할 관상을 가진 사람이 다리를 잘려서는,[19] 그걸 어찌 보고 있겠는가? 흑흑.” 하며 울부짖었다.[20] 그러자 베려던 자들도 배기지 못하고 치안 담당관에게 “이런저런 내용입니다.”라고 전했다.[21] 그러니 존귀한 관상쟁이가 하는 말이기도 했기에,[22] 아무래도 받아들이지 않을 수도 없어서,[23] 상관[24]에게 “이런 일이 있습니다.”라고 아뢰자,[25] “그렇다면 놓아줘라.” 하여 풀려나고 말았다.[26] 그때 이 도둑이 신앙심을 일으켜 법사가 되었는데,[27] 나중에 말도 못 하게 훌륭한 스님이 되어 이 보리강을 시작한 것이다.[28] 관상대로 훌륭하게 끝을 맺고 돌아가셨다.[29]

---

14) それが物へ行きけるが、この足斬らんとする者に寄りていふやう、

15) 「この人おのれに許されよ。これは必ず往生すべき相ある人なり」といひければ、

16) 「よしなき事いふ、物も覚えぬ相する御坊かな」といひて、ただ斬りに斬らんとすれば、

17) その斬らんとする足の上にのぼりて、

18) 「この足のかはりに我が足を斬れ。

19) 往生すべき相ある者の足斬られては、

20) いかでか見んや。おうおう」とをめきければ、

21) 斬らんとする者ども、しあつかひて、検非違使に、「かうかうの事侍り」といひければ、

22) やんごとなき相人のいふ事なれば、

23) さすがに用ひずもなくて、

24) 〈원문〉의 「別当(べっとう)」에는 승관(僧官)의 하나로 서무(庶務) 등 절의 업무 전반을 관장하는 스님을 가리키는 등 여러 가지 뜻이 있는데, 여기에서는 도읍의 치안을 담당하던 벼슬인 「検非違使(けびいし)」 가운데 우두머리를 나타내는 것으로 봐야겠다.

25) 別当に、「かかる事なんある」と申ければ、

26) 「さらば許してよ」とて、許されにけり。

27) その時この盗人、心おこして法師になりて、

28) いみじき聖になりて、この菩提講は始めたるなり。

그러므로 장래에 이름을 떨칠 그런 사람은,[30] 비록 그 관상을 가졌다 하더라도, 어정쩡한 관상쟁이가 꿰뚫어 볼 수 있는 일도 아닌 게다.[31] 이 스님이 시작해둔 법회도, 오늘날까지 끊임이 없는 것은, 참으로 감개무량한 일이로다.[32]

29) 相かなひて、いみじく終とりてこそ失せにけれ。

30) かかれば、高名せんずる人は、

31) その相ありとも、おぼろけの相人の見る事にてもあらざりけり。

32) 始め置きたる講も、今日まで絶えぬは、まことにあはれなる事なりかし。

59. 탁발하다 마주친 전처[1)]

미카와 스님[2)]이 아직 속세에 있을 때,[3)] 본처를 멀리하고, 젊고 생김새가 아름다운 여인에게 마음이 끌려,[4)] 그 여인을 아내로 맞아 미카와(三河_현재의 아이치[愛知]현 동부의 옛 지역명)로 데리고 내려갔는데,[5)] 그 여인이 한동안 병마에 시달리다가, 아름다웠던 모습도 스러지고 세상을 뜨고 말았다.[6)] 이에 너무나도 슬픈 나머지 장례도 치르지 않고,[7)] 밤이며 낮이며 말을 붙이며 곁에 누워서 입을 맞추곤 하고 있었는데,[8)] 그러는 사이에 뭔가 고약한 냄새가 입에서 나왔기에, 꺼림칙한 마음이 들어서 울며불며 장사 지냈다.[9)]

그 후에 이 세상은 참으로 고통스럽다고 생각하게끔 되었는데,[10)] 미카와 지방에서

---

1) 『日本古典文学全集』「4巻7」「三河入道遁世の事」(미카와 입도가 둔세한 일)

2) 〈원문〉의 「入道(にゅうどう)」는 번뇌의 더러움이 없는 무루(無漏:むろ)의 깨달음에 드는 것이다. 또한 불문에 들어가서 머리를 밀고 승려나 비구니가 되는 것(사람)을 가리킨다. 참고로 〈표준국어대사전〉에는 「입도(入道) : 깨달음의 경지에 이르기 위한 수행을 시작함.」 한편 『全集』에는 이 인물이 시가와 문장에 빼어나 『詞花和歌集(しかわかしゅう)』(1151-1154 상주)와 『新古今和歌集(しんこきんわかしゅう)』(1205)에 작품을 올린 〈오오에노 사다모토(大江定基)〉라고 한다.

3) 三河入道いまだ俗にてありける折、

4) もとの妻をば去りつつ、若くかたちよき女に思ひつきて、

5) それを妻にて、三河へ率て下りける程に、

6) その女久しく煩ひて、よかりけるかたちも衰へて、失せにけるを、

7) 悲しさの余りに、とかくもせで、

8) 夜も昼も語らひ臥して、口を吸ひたりけるに、

9) あさましき香の、口より出で来たりけるにぞ、疎む心出で来て、泣く泣く葬りてける。

10) それより、世は憂き物にこそありけれと思ひなりけるに、

풍제(風祭)[11]라고 하는 것을 했을 때,[12] 산 제물이라 해서 멧돼지를 산 채로 저미는 것을 보고,[13] 이 지방을 떠나고자 생각하게 됐다.[14] 꿩을 산 채로 잡아, 나온 사람을 붙들고,[15] “자 이 꿩을 산 채로 요리해서 먹자.[16] 좀 더 맛이 좋은지 어떤지 시험해보자.” 하자,[17] 어떻게든 윗사람의 마음에 들고 싶어 하는 하인들 가운데 영문도 모르는 자들이,[18] “그거 좋습니다. 어찌 맛이 낫지 않을 턱이 있을까요.”라며 부추겨 떠들었다.[19] 조금 분별이 있는 사람은, 참으로 고약한 말을 한다고 생각했다.[20]

이렇게 눈앞에서 산 채로 털을 쥐어뜯게 했기에,[21] 한동안은 퍼덕거리는 것을 잡아 누르고 그저 털을 쥐어뜯자,[22] 새는 눈에서 피눈물을 흘리고 눈을 껌벅껌벅하며,[23] 살려달라 여기저기 눈을 맞추는 걸 보고,[24] 차마 견디지 못하고 자리를 뜨는 사람도 있었다.[25] “이 녀석이 이렇게 우는군.” 하며 흥겹게 웃고,[26] 더더욱 가차 없이 쥐어뜯

---

11) 〈원문〉의 「風祭(かざまつり)」는 가을 수확을 앞두고 큰바람이 이는 것을 염려하여 바람을 가라앉혀 풍작을 기원하기 위해 210일, 220일, 또는 음력 8월 1일에 행하는 제사를 가리킨다. 참고로 「풍신제(風神祭) : 『민속』 음력 2월 초하루부터 스무날 사이에 풍신인 영등할머니에게 지내는 제사. 집집마다 부엌이나 뒤뜰에 제단을 차리고, 폭풍우의 피해를 면하여 주고 집안 식구에게 복을 내려 주기를 빈다.」(표준국어대사전)

12) 三河国に風祭といふ事をしけるに、

13) 生贄といふ事に、猪を生けながらおろしけるを見て、

14) この国退きなんと思ふ心つきてけり。

15) 雉子を生けがら捕へて、人の出で来たりけるを、

16) 「いざこの雉子、生けながら作りて食はん。

17) 今少し味はひやよきと試みん」といひければ、

18) いかでか心に入らんと思ひたる郎等の、物も覚えぬが、

19) 「いみじく侍りなん。いかでか味はひまさらぬやうはあらん」などはやしいひける。

20) 少し物の心知りたる者は、あさましき事をもいふなど思ひける。

21) かくて前にて、生けながら毛をむしらせければ、

22) 暫しはふたふたとするを、抑へてただむしりにむしりければ、

23) 鳥の目より血の涙をたれて、目をしばたたきて、

24) これかれに見合せけるを見て、

25) え堪へずして、立ちて退く者もありけり。

는 사람도 있다.[27] 털 뽑기가 끝나고 요리를 시키자,[28] 칼질에 따라 피가 철철 흘렀는데,[29] 그걸 연신 닦아내며 저몄기에,[30] 도저히 못 견디겠다는 듯 소리를 내고 죽고 말았다.[31] 그렇게 다 저미고 나서 “볶고 굽고 해서 맛을 보자.”라며 사람들에게 맛을 보게 했더니,[32] “유별나게 좋은 맛입니다.[33] 죽은 것을 요리해서 볶고 구운 것보다 이쪽이 맛있습니다.”라고 하는 꼴을,[34] 그가 가만히 보고 듣고서, 눈물을 흘리고, 목청을 높여 울부짖었기에,[35] 맛있다고 한 사람들은 윗사람의 마음에 들어보려는 노림수가 빗나가고 말았다.[36] 그리고 바로 그날 곧바로 그 지방을 떠나 도읍으로 올라가서 승려가 되고 말았다.[37] 불심이 일었던 까닭으로, 확실히 마음을 정하고자 이런 희한한 일을 해 본 것이다.[38]

동냥하던 시절에 벌어진 일인데,[39] 어떤 집에서 음식을 말도 못 할 만큼 훌륭히 마련해서,[40] 뜰에 거적을 깔고 음식을 먹도록 했기에, 이 거적에 앉아 먹으려고 하는데,[41] 발을 들어 올린 그 안에, 잘 차려입은 여인이 있는 것을 보았다.[42] 그런데 그게

26) 「これがかく鳴く事」と、興じ笑ひて、

27) いとど情なげにむしる者もあり。

28) むしり果てておろさせければ、

29) 刀に随ひて、血のつぶつぶと出で来けるを、

30) のごひのごひおろしければ、

31) あさましく堪へ難げなる声を出して、死に果てければ、

32) おろし果てて、「炒焼などして、試みよ」とて、人々試みさせければ、

33) 「殊の外に侍りけり。

34) 死したるおろして、炒焼したるには、これはまさりたり」などいひけるを、

35) つくづくと見聞きて、涙を流して、声を立ててをめきけるに、

36) うましきといひける者ども、したく違ひにけり。

37) さてやがてその日、国府を出でて、京に上りて法師になりにける。

38) 道心の起りければ、よく心を固めんとて、かかる希有の事をして見けるなり。

39) 乞食といふ事しけるに、

40) ある家に食物えもいはずして、

자신이 멀리했던 옛날 아내였다.[43] “저 빌어먹는 녀석, 이렇게 되는 꼴을 보고 싶었도다.” 하며 가만히 눈길을 맞췄지만,[44] 스님은 망신스럽다고도 괴롭다고도 생각하는 기색도 없이,[45] “아아, 귀하도다.”라며 차린 음식을 잘 먹고 돌아갔다.[46] 흔치 않은 훌륭한 마음일 것이다.[47] 불심을 굳게 깨우치고 있었기에, 그런 일을 당하고서도 조금도 괴롭다고 생각하지 않았던 것이리라.[48]

---

41) 庭に畳を敷きて、物を食はせければ、この畳に居て食はんとしける程に、

42) 簾を巻き上げたりける内に、よき装束着たる女の居たるを見ければ、

43) 我が去りにし古き妻なりけり。

44) 「あの乞児、かくてあらんを見んと思ひしぞ」といひて、見合せたりけるを、

45) 恥かしとも、苦しとも思ひたる気色もなくて、

46) 「あなたふと」といひて、物よくうち食ひて、帰りにけり。

47) ありがたき心なりかし。

48) 道心を固く起してければ、さる事にあひたるも、苦しとも思はざりけるなり。

60. 노승의 마지막 축원[1]

지금은 옛날, 신노묘부(進命婦)[2]가 젊었던 시절,[3] 항상 기요미즈데라(清水寺_교토[京都] 소재 법상종[法相宗]의 사찰)에 참배하러 가고 있었는데, 그 사이 스승으로 모신 스님이 너무나 정결했다.[4] 나이 여든인 사람이다.[5] 법화경을 팔만 사천여 권 읽어 바친 사람이다.[6] 그런데 이 여인을 보고 욕심을 일으켜,[7] 갑자기 몸져누워 이제 금방이라도 죽으려 하기에,[8] 제자들이 수상쩍게 생각하여 물어 이르길,[9] "이 병환의 형세는 아무래도 통상적인 것이 아닙니다.[10] 뭔가 고민거리라도 있습니까?[11] 말씀하시지 않는 건 옳지 않은 일입니다."라고 한다.[12] 이때 노승이 이르길 "실은 도읍에서 본당에 참배하러 오

---

1) 『日本古典文学全集』「4巻8」「進命婦清水寺へ参る事」(신노묘부가 기요미즈데라에 참배한 일)

2) 『全集』에 따르면 이는 헤이안(平安)시대 중기의 귀족인 후지와라노 요리미치(藤原頼通:992-1074)와 연을 맺어 모로자네(師実:1042-1101), 가쿠엔(覚円:1031-1098), 간시(寛子:1036-1127) 등을 낳고, 1053년 세상을 떠난 인물이라고 한다. 「命婦(みょうぶ)」는 율령제에서 5위(位) 이상의 여관(女官_궁중에 출사한 여성 관리) 및 5위 이상 관리의 아내에 대한 호칭이다. 참고로 「여관(女官) : 『역사』 고려 · 조선 시대에, 궁궐 안에서 왕과 왕비를 가까이 모시는 내명부를 통틀어 이르던 말. 엄한 규칙이 있어 환관(宦官) 이외의 남자와 절대로 접촉하지 못하며, 평생을 수절하여야만 하였다.」

3) 今は昔、進命婦若かりける時、

4) 常に清水へ参りける間、師の僧清かりけり。

5) 八十の者なり。

6) 法華経を八万四千余部読み奉りたる者なり。

7) この女房を見て、欲心を起して、

8) たちまちに病になりて、すでに死なんとする間、

9) 弟子ども怪しみをなして、問うて曰く、

10) 「この病の有様、うち任せたる事にあらず。

11) 思し召す事のあるか。

시는 여인과 가까워져서,[13] 이야기 나누고 싶다고 생각한 지 이제 삼 년인데 음식을 먹을 수 없는 병이 들어서,[14] 머잖아 저승[15]에 떨어지려 하고 있다.[16] 참으로 애달픈 일이다."라고 한다.[17]

그래서 한 제자가 신노묘부에게 가서 이 일을 이야기하자,[18] 여인이 지체하지 않고 찾아왔다.[19] 병자는 머리를 밀지 않고 오랜 세월을 보냈기에,[20] 수염이며 머리카락이며 은으로 만든 바늘을 삐죽 세워놓은 모양인데, 거의 귀신이나 진배없다.[21] 하지만 이 여인은 조금도 두려워하는 기색도 없이 말하길,[22] "오랫동안 내 스승으로 의지해 온 마음이 헛되지 않습니다.[23] 무슨 일이라고 하더라도 어찌 말씀에 거역하겠습니까?[24] 한데 육신이 쇠약해지시기 전에 어찌 말씀하시지 않으셨습니까?"라고 했다.[25] 그때 이 스님이 도움받아 일어나서, 염주를 들어 쓱쓱 돌리며 이르길,[26] "기쁘게도 와 주셨구려.[27] 팔만여 권을 읽어 바친 법화경에서 가장 중요한 글월을 당신에게 드립니

---

12) 仰せられずはよしなき事なり」といふ。

13) この時語りて曰く、「誠は、京より御堂へ参らるる女に近づき馴れて、

14) 物を申さばやと思ひしより、この三か年不食の病になりて、

15) 〈원문〉의 「蛇道(じゃどう)」는 사람이 죽어서 뱀으로 다시 태어난다는 세계를 가리킨다.

16) 今はすでに蛇道に落ちなんずる。

17) 心憂き事なり」といふ。

18) ここに弟子一人、進命婦のもとへ行きて、この事をいふ時に、

19) 女程なく来たれり。

20) 病者頭を剃らで、年月を送りたる間、

21) 鬚、髪、銀の針を立てたるやうにて、鬼のごとし。

22) されどもこの女、恐るる気色なくしていふやう、

23) 「年比頼み奉る志浅からず。

24) 何事に候とも、いかでか仰せられん事そむき奉らん。

25) 御身くづほれさせ給はざりし先に、などか仰せられざりし」といふ時に、

26) この僧かき起されて、念珠を取りて、押しもみていふやう、

27) 「嬉しく来たらせ給ひたり。

다.[28] 속인을 낳으신다면 간빠쿠(関白_덴노[天皇]를 보좌하여 정무를 집행하는 중요 벼슬)나 셋쇼(摂政_임금을 대신하여 정무를 집행하는 벼슬)를 낳으십시오.[29] 여식을 낳으신다면 태자비[30]나 왕후[31])를 낳으십시오.[32] 스님을 낳으신다면 법무 대승정을 낳으십시오."라는 말을 끝마치고 그대로 숨을 거두고 말았다.[33]

그 후에 이 여인은 우지(宇治)님[34]에게 총애를 받으셔서,[35] 아닌 게 아니라 정말 그런 자리에 오른 자녀들[36]을 낳으셨다는 것이다.[37]

---

28) 八万余部読み奉りたる法華経の最第一の文をば、御前に奉る。

29) 俗を生ませ給はば、関白、摂政を生ませ給へ。

30) 〈원문〉의 「女御(にょうご)」는 덴노(天皇)의 침소에서 시중드는 여성의 지위 가운데 하나다. 또는 상황(上皇)이나 황태자(皇太子)의 비(妃)를 가리킨다.

31) 〈원문〉의 「后(きさき)」는 덴노(天皇)의 정처(正妻) 즉 황후(皇后)를 가리킨다. 또는 왕후(王侯)귀족의 아내를 가리킨다.

32) 女を生ませ給はば、女御、后を生ませ給へ。

33) 僧を生ませ給はば、法務の大僧正を生ませ給へ」と言ひ終りて、則ち死にぬ。

34) 『全集』(p.188)에 따르면 본문의 「宇治殿(うじどの)」는 후지와라노 요리미치(藤原頼通)를 가리킨다. 미치나가(道長)의 장남으로, 셋쇼(摂政)와 간빠쿠(関白)를 역임했다.

35) その後この女、宇治殿に思はれ参らせて、

36) 『全集』(p.188)에 따르면「京極大殿」는 간빠쿠와 셋쇼를 역임한 후지와라노 모로자네(藤原師実), 「四条宮」는 황후에 오른 후지와라노 간시(藤原寛子;1036-1127), 「三井の覚円座主」는 대승정에 오른 후지와라노 가쿠엔(覚円;1031-1098)을 각각 가리킨다고 한다. 이들은 모두 후지와라노 요리미치(藤原頼通)의 자녀들이다. 한편 「座主(ざす)」는 학문과 덕행 모두 훌륭한 승려로 그 자리에서 으뜸을 가리킨다. 참고로 〈표준국어대사전〉에 불교 용어로서 「좌주(座主)」는 '선원에서, '강사'를 달리 이르는 말'로 풀이되어 있다.

37) 果して京極大殿、四条宮、三井の覚円座主を生み奉れりとぞ。

옮긴이 **민병찬**

인하대학교 일본언어문화학과 교수

■ 저서

『역주 첩해신어(원간본·개수본)의 일본어(中)』, 시간의물레, 2021
『역주 첩해신어(원간본·개수본)의 일본어(上)』, 시간의물레, 2020
『역주 일본판 삼강행실도 1(효자)』, 시간의물레, 2017
『역주 일본판 삼강행실도 2(충신)』, 시간의물레, 2018
『역주 일본판 삼강행실도 3(열녀)』, 시간의물레, 2019
『고지엔 제6판 일한사전』(제1-2권), 어문학사, 2012
『일본인의 국어인식과 神代文字』, 제이앤씨, 2012
『일본어 옛글 연구』, 불이문화, 2005
『日本韻學과 韓語』, 불이문화, 2004
『일본어고전문법개설』, 불이문화, 2003

■ 논문

▶『小公子』와 『쇼영웅(小英雄)』에 관한 일고찰 -언어연구 자료로서의 활용 가치를 중심으로-, 『일본학보』, 2018
▶『捷解新語』의 〈'못' 부정〉과 그 改修에 관한 일고찰, 『비교일본학』 40, 2017
▶가능표현의 일한번역에 관한 통시적 일고찰, 『일본학보』, 2016
▶『보감(寶鑑)』과 20세기초 일한번역의 양상, 『비교일본학』 35, 2015
▶〈べし〉의 대역어 〈可하다〉에 대하여 -『조선총독부관보』를 중심으로-, 『비교일본학』 32, 2014
▶〈べし〉의 한국어 번역에 관한 일고찰 -〈べから-〉에 대한 대역어를 중심으로-, 『일본학보』, 2014
▶『朝鮮總督府官報』의 언어자료로서의 활용 가능성에 대하여 -〈努む〉에 대한 대역어를 중심으로-, 『일본학보』, 2014
▶『日文譯法』의 일한번역 양상에 대하여, 『일본학보』, 2013
▶조선총독부관보의 '조선역문'에 대하여, 『일본학보』, 2012
▶ヘボン·ブラウン譯『馬可傳』における「べし」について, 『일본학보』, 2012
▶伴信友와 神代文字: 平田篤胤와의 비교를 중심으로, 『일본학보』, 2012
▶落合直澄와 韓語 -『日本古代文字考』를 중심으로-, 『일본학보』, 2011

초판인쇄 2022년 3월 25일
초판발행 2022년 3월 31일
저 자 민병찬
발 행 인 권호순
발 행 처 시간의물레
주 소 경기도 파주시 숲속노을로 150, 708-701
전 화 031-945-3867
팩 스 031-945-3868
전자우편 timeofr@naver.com
홈페이지 http://www.mulretime.com
블 로 그 http://blog.naver.com/mulretime
I S B N 978-89-6511-380-5 (93830)
정 가 25,000원